W0185661

Tous les CHEMINS MÈNENT à toi

Illustration de couverture et portraits : Anna Kuptsova.

Titre original : *Everywhere you want to be*
originellement publié par Blink, un label de HarperCollins Focus, LLC.
Published by arrangement with HarperCollins Focus, LLC.
© 2018 by Christina Ketchem

mame

Direction : Guillaume Arnaud
Direction éditoriale : Sophie Cluzel
Édition : Marie Rémond, assistée de Zélie du Peyroux
Direction artistique : Thérèse Jauze
Direction de la fabrication : Thierry Dubus
Fabrication : Maëlle Le Guen Lamandé
Mise en page : Nicolas Chevalier (Studiolivre)
© Mame, Paris, 2025, pour l'édition française.
57 rue Gaston Tessier, CS 50061, 75166 Paris Cedex 19
www.mameeditions.com
ISBN : 978-2-7289-3704-2
MDS : MM37042
« Loi n° 49-956 du 16 juillet 1949 sur les publications destinées à la jeunesse, modifiée par la loi n° 2011-525 du 17 mai 2011. »

CHRISTINA JUNE

Tous les CHEMINS MÈNENT à toi

TRADUIT DE L'ANGLAIS (ÉTATS-UNIS)
PAR CHARLOTTE GROSSETÊTE

À cœur cœur

mame

À tous ceux qui figurent sur mes photos
Et
À Tony, qui a suivi son propre chemin.

« *On appartient instantanément à New York,*
on lui appartient aussi bien au bout de cinq minutes
qu'au bout de cinq ans. »
Tom Wolfe

« *Tu ne peux pas rester dans ton coin de forêt à attendre*
que les autres viennent à toi. Tu dois aller à eux, parfois. »
A. A. Milne

1

Je détestais mentir à ma mère. Cela me laissait toujours en bouche un goût désagréable, métallique, comme si je m'étais mordu la joue sans le faire exprès et qu'elle saignait un peu. Mais parfois, je n'avais pas le choix.

Elle m'avait posé un ultimatum.

Elle m'avait dit :

— Tu peux accepter cette place à New York.

J'avais senti mon cœur gonfler comme un ballon, mais elle avait aussitôt ajouté :

— Dès que tu auras envoyé ton acompte à Georgetown.

À ces mots, mon cœur s'était mis à fuir tel un ballon qui se dégonfle, lentement, tristement. C'était à peine si je ne l'entendais pas siffler en se rétractant. Au moins, ma mère ne pouvait pas s'en apercevoir. À mes yeux, ce stage estival de danse à New York devait constituer la première étape vers une carrière de danseuse professionnelle, sans escale à l'université de Georgetown. L'université avait toujours fait partie de mes objectifs, mais si quelqu'un s'y connaissait en changements de projets, c'était bien moi.

— Et passe voir ta grand-mère de temps en temps, avait ajouté Maman. Elle se remet de son opération chez une amie dans le New Jersey, elle sera donc dans le secteur.

Mon *abuela*, qui était un esprit libre, s'était récemment rompu la coiffe des rotateurs[1] lors d'un cours de trapèze. Quand ma mère l'avait grondée de pratiquer quelque chose d'aussi dangereux « à son âge », Abuela s'était contentée de grogner qu'elle réalisait son rêve, celui de découvrir les arts du cirque. Typique d'Abuela.

Dans la solitude de ma chambre, j'ai sorti mon carnet magenta préféré, offert par ma demi-sœur, Tatum, pour mon dix-huitième anniversaire, et j'ai débattu avec moi-même.

Aller à l'université :	*Danser professionnellement :*
* Un diplôme universitaire m'aidera à trouver un emploi hors du monde de la danse. * Aller à l'université signifie être indépendante. * Je rencontrerai de nouvelles personnes. * Je connais bien Washington D.C. * Maman sera contente. * Je pourrais le regretter.	* J'aime danser. * Je pourrai vivre à New York ou dans une autre ville géniale. * Je danserai sur certaines des scènes les plus prestigieuses du monde. * J'en apprendrai plus sur la danse. * J'aurai de meilleurs enseignants. * Je pourrai gagner (un peu) d'argent en exerçant mon art, comme Tatum. * Avoir un emploi à plein temps signifie être indépendante. * Je rencontrerai de nouvelles personnes. * Maman sera peut-être fâchée. * Je serai heureuse.

1. La coiffe des rotateurs est l'ensemble de quatre muscles de l'épaule. Toutes les notes sont de la traduction.

La balance penchait nettement d'un côté.

J'avais donc envoyé l'acompte qui me garantissait une place à Georgetown, puis écrit un courriel à Sage Oliver, la chorégraphe, pour lui dire que j'acceptais son offre : elle cherchait des danseuses pour un spectacle d'été en préparation.

Ce que ma mère ignorait, c'est qu'en versant mon acompte, j'avais demandé à reporter mon inscription d'un an. C'était un risque, sans doute le plus grand que j'aie jamais pris, mais je devais donner à la danse une dernière chance, une vraie. J'avais retenu mon souffle en envoyant le dernier courriel, confirmant au doyen que je ne serai pas sur le campus fin août. Si une compagnie de danse m'offrait un emploi, je négocierais avec Maman le moment venu. Et si ce n'était pas le cas ? Eh bien, même si j'aimais que les choses soient planifiées et en ordre, je devrais y réfléchir en temps et en heure.

Le goût nauséabond m'est resté en bouche pendant tout le trajet en train jusqu'à New York, malgré la quantité d'eau que j'ai bue et le nombre de chewing-gums que j'ai mâchés. J'ai relu ma liste une centaine de fois pendant le voyage, me répétant que j'étais sur le bon chemin. Le bon chemin pour moi. Je l'espérais.

La *skyline* de New York a surgi dans la brume estivale comme un comité d'accueil offert par la ville. J'ai approché le visage de la vitre du train au point de voir s'y condenser mon souffle. J'ai dessiné un cœur dans la buée, avant de l'effacer rapidement. Je n'étais allée à New York qu'une seule fois, mais cela faisait si longtemps que ce séjour ne constituait plus qu'un rêve estompé. Pour me préparer à la frénésie urbaine, je venais de passer une semaine à lire des commentaires de voyageurs, à dresser une liste de tous les sites que je voulais voir, à mémoriser des plans de métro. Mais à l'idée de me retrouver dans une si grande ville, mon cœur s'emballait.

Deux choses m'ont frappée à la sortie de Penn Station. L'odeur, d'abord. Un parfum d'expérience chimique ratée, mêlé à du sucre brûlé et à de la viande grillée. Ensuite, la taille des immeubles. Chez moi, à Washington, le plus haut bâtiment est le Washington Monument. Ici, les immeubles grattaient littéralement le ciel. Ils me donnaient envie de me dresser en *relevé* pour essayer de les toucher.

Au milieu des structures gargantuesques et de l'odeur semi-nocive émanant d'on ne sait où, il y avait des gens. Il y en avait partout. De toutes les tailles, de tous les âges et de toutes les couleurs, se précipitant dans tous les sens. Et je me trouvais là, au milieu.

Même si la terreur faisait battre mon cœur à tout rompre, j'ai mis la peur de côté. Ici, mon rêve pouvait commencer. Alors j'ai mis mes lunettes de soleil rouges vintage – cadeau de mon *abuela* – et j'ai souri. J'étais arrivée.

Ma première décision ? Métro ou taxi. Les escaliers qui plongeaient dans le métro m'ont paru mesurer des kilomètres. J'y ai jeté un coup d'œil, j'ai ressenti une douleur fantôme dans la cheville que je m'étais cassée l'hiver dernier, et j'ai fait demi-tour. Non. Pas question. Cette cheville cassée m'avait empêchée de participer aux auditions des compagnies professionnelles au printemps, comme toutes mes camarades de l'école de danse. Je ne voulais pas me blesser une deuxième fois et reprendre le train pour rentrer à la maison.

Il fallait que je prenne un taxi. Ceux-ci fonçaient devant moi dans un flou de jaune – il semblait impossible que l'un d'eux m'aperçoive au milieu de la cohue des touristes.

T'inquiète, Tilly, me suis-je raisonnée. *Des millions de visiteurs passent à New York chaque année et ils parviennent tous à atteindre leur hôtel sans problème. Tu es intelligente, débrouillarde et tu as de la volonté. Tu peux faire signe à un taxi.*

Je me suis ruée au coin de la rue en traînant derrière moi ma valise aussi volumineuse qu'une péniche, et j'ai levé la main. Dix secondes plus tard, une petite hybride couleur canari s'est arrêtée devant moi. J'ai écarquillé les yeux – cela avait été beaucoup plus facile que je ne le pensais – et ouvert ma portière en même temps que le chauffeur de taxi ouvrait la sienne.

— Je vais mettre ça à l'arrière pour vous, Mademoiselle, m'a-t-il dit en prenant ma valise.

— Merci.

Je me suis glissée à l'arrière et me suis installée au bout de la banquette en similicuir lisse.

L'homme est retourné s'asseoir à la place du conducteur. Il m'a observée dans le rétroviseur, puis il a toussoté.

— Ah. Oui. Résidence Marian, s'il vous plaît.

J'ai bredouillé l'adresse située dans l'Upper East Side ; je la connaissais par cœur depuis trois jours. Il s'est inséré dans la circulation.

— Premier séjour à New York ?

— Oui, Monsieur. Comment avez-vous deviné ?

Mon désarroi se lisait-il sur mon visage ? J'espérais que non.

— Jolie fille aux yeux effrayés. Grosse valise. Descend dans une résidence pour hôtes de passage.

Il a gloussé discrètement.

— Hôtes de passage ?

— Au Marian, il y a un flot entrant et sortant de stagiaires et d'apprentis. Des New-Yorkais temporaires. Des gamins animés de grands rêves.

— Personne ne reste ?

Un nœud se formait au fond de ma gorge. Allais-je être éphémère, moi aussi ?

— Certains, si. Il y en a qui sont broyés tout de suite et rentrent dare-dare à la maison. D'autres survivent tout l'été puis retournent à l'université, ou dans l'Iowa, ou peu importe où, mais chez eux. Mais certains restent. Ils chopent le virus.

J'ai blêmi.

— Comme une maladie ?

Il a ri, plus fort cette fois.

— Non, comme un courant électrique. Il vous parcourt de l'intérieur, et vous avez l'impression que tout votre sang a été remplacé par du mercure.

J'ai souri.

— Vous êtes écrivain.

— Je l'ai été, si on peut dire, a-t-il répondu, une note de tristesse audible derrière les mots. J'étais professeur dans mon pays. Le Pakistan. Mais ici, je suis chauffeur.

Abuelo et Abuela aussi avaient immigré. Mais Abuelo avait quitté son métier au Chili pour en exercer un meilleur à son arrivée aux USA. Il m'était strictement impossible d'imaginer qu'on ne puisse pas faire ce qu'on aimait dans la vie. Mais soudain, je me suis rendu compte que, hélas, je pouvais me le figurer. J'avais passé six mois à ne pas danser à cause de cette stupide cheville cassée.

Notre trajet s'est poursuivi en silence pendant quelques minutes avant que je trouve le courage de lui demander :

— Vous regrettez d'être venu ici ?

Les regrets étaient ma plus grande peur. Je ne voulais pas me retrouver à estimer que j'aurais dû rester chez moi et passer mon été à faire des courses avec ma mère en vue de mon installation à l'internat, en regardant des émissions de cuisine avec ma demi-sœur. Je ne voulais pas me retrouver bredouille, à regretter d'avoir tenté ma chance. Je ne voulais pas envisager que ma mère puisse être déçue que je lui aie menti, voire pire. La confiance était une valeur appréciée sous notre toit, et même s'il m'était arrivé de mentir, ça n'avait jamais concerné un sujet aussi important.

Le chauffeur m'a de nouveau regardée dans le rétroviseur.

— C'est dur d'être nouveau dans un nouvel endroit. Mais est-ce que je le regrette ? Non. Jamais. Pas quand j'ai tout ça.

Il a désigné d'un geste le décor qui s'étendait devant nous. Des arbres verts et des collines rocheuses parsemées de touristes. Des calèches tirées par des chevaux aux plumes rouges et violettes passaient devant nous.

— J'espère que cela ne vous dérange pas. J'ai choisi le plus bel itinéraire pour vous.

— Ça ne me dérange pas du tout. Merci. C'est Central Park ?

J'ai senti les poils de mes avant-bras se dresser ; c'était la même émotion qui m'envahissait au lever du rideau, quelques secondes avant que je ne commence à danser. L'impatience était plus puissante que la culpabilité. J'ai ouvert les yeux plus grand pour ne rien manquer du spectacle.

— Exactement.

Je regardais défiler le paysage sur ma gauche tandis que nous poursuivions notre route, en me demandant si j'aurais le temps d'explorer la ville avant la répétition du lendemain.

Et bien sûr, la pensée des répétitions m'a ramenée à la réalité. Alors, j'ai saisi mon téléphone pour envoyer un texto à Maman, le goût métallique de retour dans ma bouche.

J'y suis.
Dans le taxi, en route vers la résidence.

Ma mère a répondu deux secondes plus tard :

Merci pour cette nouvelle. Je suis contente que tu sois arrivée.

Moi aussi !

Travaille bien à la répétition demain.

C'était sa façon de me dire qu'elle m'aimait.

Je travaille toujours bien.

C'était ma façon de lui répondre que moi aussi.

Trop tôt, le chauffeur s'est garé devant une façade de briques, beaucoup moins haute que les immeubles voisins de la gare, mais tout de même impressionnante. La double porte d'entrée était renforcée de fer noir. Une enseigne dorée où s'étalait l'inscription « The Marian » brillait au soleil de l'après-midi.

— Alors, quel genre de rêveuse êtes-vous ?

— Pardon ?

J'ai regardé le chauffeur qui me dévisageait, amusé.

— Vous vous installez dans la grande ville et vous allez vivre dans cette maison de rêveurs. À quelle catégorie appartenez-vous ?

— Oh. Je suis danseuse.

La fierté a gonflé ma poitrine. J'adorais dire cela tout haut. Être ici rendait ces mots plus réels qu'ils ne l'avaient jamais été.

— Ah, merveilleux. Ma fille est danseuse. C'est bon pour l'âme.

— Je le pense aussi.

Je lui ai tendu le prix de la course augmenté d'un gros pourboire. Il me semblait que c'était le geste à avoir envers la première personne qui m'accueillait dans sa ville. Il a déposé mon bagage géant sur le trottoir au pied de l'immeuble et s'est incliné presque imperceptiblement.

— Bonne chance. J'espère que vous réaliserez votre rêve.

— Merci, Monsieur. Je l'espère aussi.

J'ai saisi la poignée de la valise et levé les yeux. Un nuage blanc flottait au-dessus du bâtiment et la brise soufflait. Pour l'instant, ici, c'était chez moi. Et comme l'avait prédit le chauffeur, mes veines se sont mises à crépiter d'électricité.

Tandis qu'il s'éloignait, je me suis demandé combien de fois il avait conduit un non-New-Yorkais inquiet jusqu'à cette résidence, lieu d'hébergement pour des jeunes comme moi qui étaient là pour mettre leurs rêves à l'épreuve. Je me suis demandé combien de chuchotements enthousiastes et de sanglots déchirants ce bâtiment avait entendus au cours de son existence. Où me situerais-je parmi eux ?

Dans le petit hall d'entrée, une fille aux cheveux d'un roux vif faisait les cent pas en se disputant avec quelqu'un au téléphone, et un type coiffé d'un casque de moto m'est passé devant pour sortir en trombe. Je me suis présentée à la réceptionniste. Elle m'a donné la clé de la chambre 4F et m'a informée que ma colocataire venait d'arriver quelques minutes auparavant.

— L'escalier est à gauche, ma belle, m'a-t-elle dit en désignant un petit couloir.

L'escalier. J'ai fait de mon mieux pour oublier la peur qui m'assaillait de nouveau à l'idée de dégringoler les marches. J'ai respiré et redressé les épaules. J'étais danseuse. J'avais les jambes solides. Mon kinésithérapeute m'avait garanti que j'étais comme neuve. J'ai enfilé mon sac à dos sur mes épaules et tiré ma valise à roulettes jusqu'au pied de l'escalier. Le troisième étage n'était pas si haut. Pas vraiment. Pas du tout.

Ne te retourne pas. Ne te retourne pas.

Lorsque j'ai atteint le troisième étage, j'avais les mollets en feu et le souffle court. À ma décharge, j'avais été privée d'exercice pendant longtemps. J'ai fait glisser mon bagage jusqu'à la porte marquée d'un « 4F ». Le F était un peu de travers et la peinture s'écaillait dans les coins, mais je n'avais jamais eu aussi hâte d'entrer quelque part. Ou d'avoir les deux pieds fermement posés sur terre. J'étais sur le point d'introduire la clé dans la serrure en laiton défraîchie lorsque la porte s'est ouvert à la volée.

— J'ai entendu ta valise heurter les marches. Je me suis dit que tu avais peut-être besoin d'aide, mais je suppose que je me trompais puisque te voilà. Tu es Matilda ?

Sans attendre ma réponse, une fille aux longs cheveux noirs, encore plus sombres que les miens, avec une incroyable frange qui tombait sur ses lunettes orange, a fait glisser mon sac à dos de mes épaules et l'a porté dans la chambre. Elle l'a laissé tomber sur le lit vide qui se trouvait en face d'un autre lit déjà muni de draps et d'une couverture beige.

— J'ai pris le lit de droite, j'espère que ça te va. Je n'aime pas dormir à côté de la fenêtre. Ça me met mal à l'aise.

Le soleil de l'après-midi entrait par la fenêtre au-dessus du lit qui m'était dévolu. Je me suis dit que ça ne me dérangerait pas de me réveiller chaque matin avec cette vue sur la ville. Pas du tout. J'ai tendu la main à la fille :

— Aucun problème. Et, oui, je m'appelle Matilda Castillo. Tilly.

J'espérais que ma paume n'était pas trop dégoûtante après cette grimpette alpine jusqu'au troisième étage. Elle m'a serré la main, ses longs doigts fins saisissant fermement les miens. Ma mère aurait approuvé cette poignée de main.

— Charlotte Tran.

Ses lèvres rouges comme un camion de pompier se sont étirées en un grand sourire.

— Enchantée, Charlotte.

— Moi aussi. Je suis à New York pour la première fois. Ça va être amusant, je pense.

Elle s'est assise sur son lit et a étendu ses longues jambes, cheville gauche croisée sur la droite et bras levés au-dessus de sa tête, presque en cinquième position. Elle semblait danser, même assise.

— Tu viens d'où ? lui ai-je demandé.

— Los Angeles. La ville des anges, a-t-elle répondu en souriant. (Elle avait une voix musicale.) Et toi ?

— D'Arlington, en Virginie, un peu au sud de Washington. Je descends tout juste du train. Moi aussi, c'est mon premier vrai séjour à New York.

Je n'ai pas ajouté que j'étais plus qu'un peu intimidée. Si Charlotte était de Los Angeles, elle devait se sentir chez elle dans cette ville tentaculaire.

— Tu as bravé le métro ? s'est enquise Charlotte en martelant la table de chevet de ses ongles, qui étaient du même rouge que sa bouche.

J'ai secoué la tête, lèvres pincées.

— Pas assez courageuse, je suppose. La prochaine fois peut-être. Et toi ?

— Oui, a souri Charlotte, fière d'elle-même. (Son rouge à lèvres faisait ressortir la blancheur de ses dents.) Rien de terrible, en fait. Il faut juste savoir dans quelle direction tu vas, c'est tout.

— C'est tout, ai-je répété en écho.

Savoir dans quelle direction j'allais, telle était la raison de ma présence ici. J'ai balayé la chambre des yeux à la recherche d'une autre paire de draps.

— C'est là-dedans, a dit Charlotte en devinant ce dont j'avais besoin.

Elle désignait du doigt le meuble minuscule qui faisait office de placard. J'ai ouvert la porte, pris les draps et commencé à faire le lit.

— C'est la première chose que j'ai faite, moi aussi, m'a dit Charlotte.

— Je trouve qu'une chambre est laide si le lit n'est pas fait, tu ne trouves pas ? ai-je dit.

J'ai fait le tour du lit, mal à l'aise dans cet espace exigu, et j'ai bordé le drap dans un coin près de la fenêtre.

— Je suis d'accord. Jolies lunettes de soleil, au fait.

J'ai rougi, ravie qu'elle les ait remarquées, et je les ai recentrées sur ma tête. C'est mon *abuela* qui les avait dénichées. Le rouge n'était pas la couleur que j'aurais spontanément choisie, mais Abuela les avait commandées pour moi en affirmant que c'était la bonne couleur, que le rouge me donnerait confiance ; comme si elle savait ce que j'avais en tête et qu'elle encourageait mon plan machiavélique.

— Alors, qu'est-ce que tu sais de Sage Oliver ? m'a demandé Charlotte, d'un ton qui paraissait insinuer quelque chose.

— Rien. Pourquoi ? Il y a quelque chose que je devrais savoir ?

J'ai ressenti un vertige au creux du ventre, comme sur des montagnes russes : je n'aimais pas trop ça.

Charlotte a secoué la tête, sa frange chatouillant le haut de sa monture orange.

— Non, je ne crois pas. J'espère en tout cas. Je sais qu'elle a longtemps travaillé à l'étranger, c'est tout. Elle est un peu mystérieuse. Mais je suis tellement contente qu'on ne danse que du contemporain. J'adore le classique et tout ça, mais ça révèle ce qu'il y a de pire chez les danseurs, si tu vois ce que je veux dire.

Je voyais exactement ce qu'elle voulait dire. Les filles du programme de danse de mon lycée avaient été impitoyables. Si voler un costume, faire trébucher quelqu'un ou lancer une rumeur ridicule étaient des moyens d'éprouver les nerfs des concurrentes, elles brillaient dans ce domaine. Mais le plus souvent, elles essayaient de vous enfoncer d'un coup d'œil, d'un ricanement, d'un murmure associé à votre nom. Il y avait quelque chose dans le tulle et le satin qui criait la guerre émotionnelle. C'était en partie ce qui m'avait poussée à embrasser d'autres styles de danse.

— Ouais, moi aussi, ai-je dit.

Lors de mon stage intensif avec la District Ballet Company l'été dernier, je m'étais prise de passion pour la danse contemporaine. Après le cours d'introduction, j'avais passé des heures à visionner *Revelations* d'Alvin Ailey et *Second Hand* de Merce Cunningham en boucle sur YouTube pour les étudier. C'était l'expressivité qui me bouleversait à chaque fois. Les danseurs classiques font passer les émotions, cela ne fait aucun doute, mais j'ai toujours eu l'impression qu'ils se retiennent. Ils peuvent exprimer de la joie ou de la tristesse, mais seulement dans une certaine mesure au-delà de laquelle ils paraissent brouillons. J'avais vite compris que l'énergie du contemporain pouvait être très brute et explosive. Quand on fait bien les choses, les murs s'écroulent et la pièce est transformée en un nuage de rubans et de confettis. J'ai toujours couru après les confettis, pendant que ma mère rebâtissait les murs. New York, ce sont les confettis. L'université, ce sont les murs.

— Alors, Matilda Castillo, quelle est ton histoire ? Qu'est-ce que tu fais ici ? Pourquoi tu n'es pas en train d'attaquer un programme préprofessionnel au sein d'une compagnie de danse ?

J'ai senti mon cœur se serrer et éprouvé à la cheville une douleur qui n'était que dans ma tête, je le savais. J'ai respiré profondément.

— Je me suis cassé la cheville l'hiver dernier. J'ai dû me faire opérer et porter un plâtre. Suivre une rééducation. Mon état m'a empêchée de passer les auditions comme tout le monde.

Le volume de ma voix s'atténuait à chaque mot ; j'ai fini par m'interrompre complètement. J'étais presque sûre que le craquement entendu le jour de ma chute sur le trottoir verglacé, après avoir glissé sur les marches, resterait à jamais cuisant dans ma mémoire. Cette cheville cassée avait changé ma vie en une demi-seconde, et pas dans le bon sens.

— Une bonne chose que notre audition ait eu lieu si tard alors ! a dit Charlotte, et j'ai acquiescé.

Le timing avait été providentiel. Même mon professeur l'avait fait remarquer. Le rêve d'avoir une chance de danser professionnellement, d'être payée pour faire ce que j'avais toujours aimé, m'avait semblé hors de portée. Impossible. Il fallait que je me souvienne de remercier Sage pour ce regain d'espoir qu'elle m'avait offert.

— Oui, vraiment.

J'ai lissé la couverture et rabattu le drap par-dessus.

— Et toi ?

— Honnêtement ? m'a-t-elle dit, la tête penchée sur le côté.

— Non, malhonnêtement, ai-je répondu en riant.

— Mes parents ne voulaient pas que je passe d'auditions. Ils prétendaient que la scène était un choix de carrière risqué, qu'on ne gagnait pas bien sa vie, que ça revenait à devenir serveuse professionnelle, tout ça ; mais je sais qu'ils pensaient en réalité que j'allais être blessée émotionnellement. J'ai essayé de leur dire que j'avais le cuir dur, c'est indispensable dans ce boulot, tu sais ?

J'ai hoché la tête.

— Ils ne voulaient rien entendre. J'ai beaucoup crié et pleuré. En fin de compte, je ne pouvais pas leur manquer de respect et aller à l'encontre de leurs souhaits. Alors, j'ai renoncé. Mais les papiers d'inscription à l'université s'empoussiéraient sur le comptoir de la cuisine, et mon père a fini par me demander pourquoi je ne les remplissais pas. Je lui ai dit la vérité. Et, bref, je suis ici.

— Ma mère est protectrice aussi, lui ai-je dit, quoique « protectrice » soit un euphémisme.

Charlotte a tendu le bras dans l'espace qui séparait nos lits et elle a levé la main en l'air. Je lui ai fait un *high five* en douceur.

— Alors, tu veux être danseuse professionnelle ? m'a-t-elle demandé.

— Je veux être danseuse, point. Ça revient au même.

Nous avons échangé un sourire qui s'est transformé en rire. C'était étrange de parler avec une autre danseuse sans qu'un nuage de tension plane au-dessus de nous. Chez moi, le quotidien était toujours lourd de tempêtes possibles, alors je trouvais ce changement bienvenu.

J'ai fini de déballer mes affaires pendant que Charlotte pianotait sur son téléphone. Une fois mes vêtements rangés dans la petite armoire et mes affaires de toilette dans la salle de bain, je me suis perchée sur le bord de mon lit. J'ai observé la rue animée en contrebas, faisant connaissance avec ma nouvelle ville. J'ai souri en pensant à tous les possibles que m'offrait un été à New York, et l'énergie que j'avais ressentie devant la résidence m'a électrisée.

2

Prendre le métro s'est révélé nettement moins effrayant qu'imaginer le faire. Le lendemain, alors que nous nous rendions à notre toute première répétition, Charlotte m'a montré comment obtenir une carte de métro à la machine, en y insérant ma carte de crédit et en tapant sur l'écran tactile. J'ai acheté un abonnement illimité pour la durée de mon séjour. Si tout se passait comme prévu, la carte allait bien chauffer. En attendant, c'est moi qui m'attendais à chauffer pendant cet entraînement.

Une fois descendues de la rame et remontées à la surface, nous nous sommes retrouvées bien loin de l'Upper East Side paisible, dans le quartier bruyant et chaotique situé juste en dessous de Columbus Circle. Des passants se rendaient au métro ou hélaient des taxis, comme je l'avais fait la veille, vaquant à leurs occupations comme s'il s'agissait d'une journée ordinaire. Je n'ai pu réprimer un sourire en tournant au coin de la rue. En compagnie de Charlotte, mon sac de danse serré contre ma poitrine, j'avais presque l'impression de me sentir chez moi. Comme si cette ville pouvait être la mienne. C'était désormais mon quotidien. Ma réalité. En tout cas, pour le moment.

Charlotte s'est arrêtée devant un immeuble gris. Elle s'apprêtait à ouvrir la porte vitrée lorsque quelqu'un s'est immiscé devant elle, l'empêchant de le faire.

— Excuse-moi, a marmonné Charlotte, un brin agacée.

La fille, apparemment trop pressée pour céder le passage à deux personnes, s'est retournée pour nous jeter un coup d'œil. Elle avait à peu près notre âge, elle était grande et mince, mais j'avais fréquenté suffisamment de danseuses pour savoir que sa taille frêle cachait des muscles formidables. Rien qu'à regarder la stature de ses épaules alors qu'elle tenait la porte entrouverte, il me semblait voir mes propres épaules dans un miroir.

— T'excuser pour quoi ? Qu'est-ce que tu as fait ?

Elle a haussé un sourcil et fait tournoyer sa longue queue de cheval orange, qui a presque giflé Charlotte. Cette fille avait quelque chose de familier, mais je n'arrivais pas à mettre le doigt dessus. Sans attendre de réponse à ses questions, qui étaient manifestement rhétoriques, elle s'est engouffrée dans le bâtiment en laissant la porte se refermer derrière elle.

— Excuse-moi pour ce que je pense de toi, là, tout de suite, a marmonné Charlotte dans le dos de notre interlocutrice.

Elle a rouvert la porte et m'a fait signe de passer.

— Après toi.

— Je déteste dire ça, mais il se peut qu'elle soit dans notre groupe, ai-je chuchoté, en me rappelant où j'avais vu cette fille. Elle se trouvait dans le hall du Marian à mon arrivée ; c'était elle qui marchait de long en large en téléphonant.

— Je l'ai vue hier. Je suis presque sûre qu'elle habite aussi dans notre résidence.

— Parfait. Tu as remarqué qu'elle empeste la vanité ? Le parfum que j'aime le moins.

Charlotte a foudroyé du regard l'espace qu'occupait la rousse un instant auparavant, puis nous avons éclaté de rire toutes les deux.

Un escalier miteux nous a menées au premier étage où nous avons trouvé notre salle au bout d'un long couloir qui avait désespérément besoin d'une nouvelle couche de peinture. L'espace d'entraînement se réduisait à un tapis de danse destiné à absorber les chocs et encadré de murs tapissés de miroirs. Nous y avons retrouvé la fille malpolie, assise par terre, en train de faire ses étirements, le nez sur les genoux. Deux autres filles, légèrement en retrait derrière elle, faisaient de leur mieux pour l'imiter sans la quitter des yeux. Charlotte et moi avons déposé nos sacs dans un coin et attaqué nos propres échauffements.

Après avoir enfilé mes chaussettes et vérifié que mes lunettes rouges étaient bien à l'abri dans mon sac, je me suis penchée en avant pour soulager la tension dans ma colonne vertébrale. J'ai laissé mes bras pendre vers le sol et regardé à travers mes jambes ; j'ai vu la rousse se lever et adopter la même position. Une seconde plus tard, les autres filles faisaient de même. Étrange. J'ai repris ma routine habituelle et j'ai vite compris que ce n'était pas une coïncidence. Tout ce que je faisais, elles le faisaient aussi. J'ai soupiré lorsque la jambe de la rousse est apparue sur la barre non loin de la mienne, et tourné les yeux de l'autre côté. Au lycée, j'avais assez bien réussi à faire la part des choses lorsque la compétition était devenue vraiment intense, alors à mon sens, cette fille ne représentait guère une menace pour ma concentration. Mais je n'appréciais pas ses tentatives pour me perturber.

Alors que j'avais gagné en souplesse grâce à ces échauffements, une femme aux cheveux très courts, décolorés, presque blancs, a pénétré dans la pièce d'un pas long et imposant. C'était forcément Sage Oliver.

— Vous êtes ma troupe ?

Sa voix était si forte qu'elle résonnait, même dans ce petit espace. J'ai été heureuse de la voir afficher un grand sourire.

J'avais eu, des années auparavant, un professeur dont la voix était une bombe sonore à chaque fois qu'il prenait la parole. Même quand il disait simplement « bonjour », on avait l'impression qu'il criait.

Néanmoins, son entrée nous a toutes tellement surprises que personne n'a répondu.

— Aucune d'entre vous ne sait parler ? Je sais qu'on n'a pas besoin de parler pour danser, mais je ne prévoyais pas un été silencieux.

Charlotte s'est esclaffée et a levé le doigt. La femme lui a fait signe qu'elle l'écoutait.

— Quel volume sonore attendez-vous ?

La femme a souri, un sourcil haussé.

— Soyez aussi sonores que vous le souhaitez, mes chéries.

Les autres ont laissé échapper un rire nerveux.

— Bon, au cas où ce ne serait pas évident, je suis votre chorégraphe. Votre cheffe sans peur et sans reproche, si vous voulez. Sage Oliver. Sage, ça ira bien. S'il vous plaît, ne m'appelez pas Mme Oliver ; ça, c'est ma mère.

Sage a passé les pouces dans ses bretelles noires et les a écartées de son corps. Ses yeux gris ont rencontré les miens, et elle a fait un clin d'œil.

— Bienvenue à New York pour celles d'entre vous qui arrivent de contrées lointaines. Et à celles qui vivent ici : bienvenue chez vous.

J'ai regardé les yeux de Sage se tourner vers la danseuse rousse. Intéressant. Elle venait donc de New York. Je me suis demandé pourquoi elle logeait à la résidence au lieu d'être chez elle.

Sage a poursuivi :

— J'aime que mes danseuses soient autonomes. J'aime aussi celles qui travaillent dur et celles qui ont le souci des autres. Je fais ce métier depuis assez longtemps pour savoir ce qui se passe quand les danseurs ne poursuivent pas un objectif commun, et je vous le dis tout de suite, j'ai une politique de tolérance zéro en ce qui concerne les tactiques d'intimidation.

J'ai résisté à l'envie de regarder les autres à nouveau. Sage avait-elle surpris notre échange à la porte ? Avait-elle vu la fille qui essayait de prendre l'avantage sur moi pendant les échauffements ?

— Je sais que nous ne nous connaissons pas encore et que nous ne sommes ensemble que pour un laps de temps assez bref, mais cette représentation est très importante pour moi. Elle revêt une grande importance personnelle et je compte sur votre professionnalisme pour les semaines à venir. Vous travaillerez ensemble. Vous travaillerez en équipe. Vous veillerez les unes sur les autres. Vous vous aiderez les unes les autres.

Ses yeux gris nous ont scrutées à tour de rôle. J'espérais que ses propos se réalisent. Quoi qu'il en soit, je n'allais pas laisser la possibilité d'un drame entre danseuses me gâcher cette expérience. C'était ma chance de réaliser mon rêve, et je n'allais pas la gâcher.

Sage s'est assise en tailleur par terre, et nous a invitées à former un cercle pour les présentations. En regardant autour de moi, j'étais heureuse de voir des filles d'origines si différentes. Bien que j'aie eu la chance de grandir dans une région peuplée de personnes venues du monde entier, le monde de la danse ne reflétait pas forcément cette diversité. L'été dernier, j'avais eu une altercation avec une fille : elle avait insinué que je faisais de la danse contemporaine uniquement parce que je savais que les compagnies classiques refusaient les « filles comme moi ». Je n'ai jamais dévisagé quiconque aussi durement. Elle avait pris soin de ne pas parler de « Latinas » ou de « filles de couleur », alors j'avais pris soin de mettre les pieds dans le plat :

— Je te recommande de te renseigner sur la composition raciale des compagnies classiques et contemporaines. Les filles de couleur dansent sur les grandes scènes, c'est un fait. Je peux te donner une liste de danseuses noires, latinas, asiatiques, autochtones, indiennes, arabes…

Tout au long du lycée, j'avais adoré lire des articles sur Misty Copeland, Evelyn Cisneros, Michaela DePrince et Yuan Yuan Tan, entre autres. Elles avaient ouvert la voie pour que des filles comme moi aient une chance.

— J'ai compris.

Les yeux de la fille avaient quasiment brillé de colère, mais elle avait eu le bon goût de rougir. Elle ne m'avait plus adressé la parole du reste de l'été, sauf nécessité absolue.

En observant le cercle de filles parmi lesquelles j'étais assise, j'ai pressenti que je n'allais pas rencontrer le même problème ici. La sélection de Sage pour les danseuses de son spectacle prouvait ce que je savais déjà : la fille de l'été dernier avait tout faux.

Pour briser la glace, Sage nous a invitées à donner notre nom, le lieu d'où nous venions, et une information qui ne pouvait pas se deviner en nous regardant. Elle a dit :

— Je vais commencer. Si l'une d'entre vous a décidé de me suivre sur Internet avant de venir ici, vous savez probablement que je suis originaire de la banlieue de Chicago, mais que j'ai passé les vingt dernières années à travailler à l'étranger. Le dernier endroit où j'ai vécu était Tokyo. Et ce que personne ne peut savoir en me regardant, c'est que j'ai environ un million de broches et de tiges dans la hanche.

Elle s'est tapé le côté du poing.

— Je suis un peu cyborg, en fait. Il y a longtemps, j'étais assise à la même place que vous, les yeux brillants et prête à affronter le monde. Mais mon partenaire m'a laissée tomber et c'est ainsi que s'est terminé mon entraînement de danse.

J'ai senti la douleur fantôme de ma cheville m'irradier jusqu'au mollet.

— C'est horrible, ai-je murmuré sans réfléchir.

Sage a acquiescé.

— Oui, ça l'a été. J'ai pensé que ma vie était fichue. Ma colère a été durable – contre mon partenaire, contre les autres danseurs valides, contre l'univers. Mais je me suis révélée douée pour la chorégraphie, ce qui m'a offert une vie différente, mais tout aussi satisfaisante. J'ai choisi de ne pas abandonner.

Elle a fait signe à la rousse, qui était assise pile en face d'elle :

— À ton tour.

La fille s'est redressée, épaules en arrière et poitrine en avant, telle une reine siégeant sur son trône et entourée par ses sujets.

— Je m'appelle Sabrina Wolfrik et j'habite à Manhattan. Je danse depuis l'âge de deux ans et, l'été dernier, je suis apparue dans une publicité nationale pour un parc d'attractions. Vous me reconnaissez peut-être.

Le sourire suffisant de Sabrina semblait nous mettre toutes au défi de dire quelque chose de mieux et de plus impressionnant.

— Félicitations, a dit Sage sans paraître épatée.

J'ai réprimé une envie de rire. Je doutais qu'elle soit compatible avec la volonté de Sage de nous voir travailler en cohésion les unes avec les autres.

La jeune fille blonde assise à gauche de Sabrina s'est présentée : Ella Cohen. Elle ne devait pas avoir plus de quinze ans. Ella venait du Connecticut et son rêve était de danser dans des comédies musicales à Broadway. Elle s'est arrêtée là pour attendre notre réaction ; nous avons répondu par un silence poli. J'ai souri, mais Ella ne me regardait pas. Ses yeux bruns se sont tournés vers Sabrina, qui affichait un sourire narquois.

La voisine d'Ella, Arden Davis, avait la peau brune et lisse et des traits évoquant ceux d'un oiseau. Elle paraissait aussi un peu plus jeune que moi. Arden venait d'Atlanta et aimait manger des sushis. À ces mots, Sabrina a gloussé ; Sage lui a jeté un coup d'œil en plissant les paupières, sans rien dire.

Charlotte était la suivante dans le cercle.

— Oh, c'est mon tour. Je m'appelle Charlotte Tran. J'habite L.A., donc je suppose que c'est moi qui ai fait le plus long voyage. Quand je ne danse pas, je fais du surf.

Je ne m'attendais pas à cela de la part de ma colocataire, mais ça ne m'a guère surprise. Elle semblait être le genre de fille qui n'a peur de rien. J'essayais de me figurer ce que je ressentirais si j'avais le soleil qui me tapait sur le dos et les pieds agrippés à une planche en train de chevaucher une vague, quand j'ai pris conscience que tous les regards étaient tournés vers moi. J'ai rougi.

— Pardon. Moi, c'est Matilda Castillo. Vous pouvez m'appeler Tilly. J'habite près de Washington et…

Je ne savais pas quoi dire d'autre. Hors de la danse, ma vie était plutôt monotone. J'ai essayé de m'imaginer un samedi soir à la maison et je me suis rendu compte que j'étais généralement en train d'étudier quelque chose : devoirs, révisions d'examens, mémorisation d'une chorégraphie, ou autre tâche intello. Après ma blessure, j'avais cru devoir renoncer à la danse, alors je m'étais jetée sur les demandes d'inscription à l'université et j'avais refusé les invitations à aller au cinéma, aux matchs de hockey, aux fêtes, à tout ce que Tatum me proposait. Sans la danse, rien de tout cela ne valait la peine de faire le moindre effort.

Je me suis forcée à réfléchir au-delà de l'année écoulée pour chercher une activité vaguement digne d'intérêt.

— ... et j'aime cuisiner. Du pain, en général.

Parce que Tatum en regardait tout le temps, les émissions de cuisine m'avaient aspirée comme un trou noir. Mes préférées étaient celles qui étaient consacrées à la pâtisserie – plus la recette était simple, mieux c'était. Une nuit, peu après mon accident, alors que je me sentais particulièrement en colère, je n'arrivais pas à dormir et j'avais passé ma frustration sur un pain de blé au miel.

Mes doigts pouvaient travailler même si ma cheville en était incapable. Les dix minutes de pétrissage avaient réussi l'exploit de calmer ma colère contre moi-même et contre ma cheville en miettes. Ma mère avait emporté au travail le pain odorant pour le partager avec ses assistants juridiques, et j'avais bien dormi pendant quelques jours. Mes travaux culinaires nocturnes étaient devenus une oasis temporaire dans une traversée du désert interminable avant de retrouver une vie normale.

J'ai levé les yeux. Tout le monde continuait à me dévisager. J'ai regardé Sage, la suppliant silencieusement de passer à autre chose. Heureusement, elle a compris le message.

— Bon, eh bien, je suis ravie de vous avoir avec moi cet été. Vous le savez, nous allons nous produire dans le cadre d'un projet de spectacle parrainé par la Fondation Collective des Arts. D'autres compagnies et équipes indépendantes monteront de courtes productions à travers New York, certaines dans des endroits inattendus. Il y aura de nombreux mécènes parmi le public et, comme vous le savez, des recruteurs de compagnies de danse sont susceptibles de venir faire du repérage. Ainsi, celles d'entre vous qui sont encore à la recherche d'une place au sein d'une compagnie pourraient recevoir une offre d'emploi lorsque tout cela sera terminé. Je préfère toutefois vous prévenir qu'il n'y aura peut-être qu'une poignée de places disponibles, d'après ce que l'on m'a dit. La saison est déjà bien entamée, donc seule la crème de la crème pourra être embauchée.

Si peu de places ? Cela signifiait que la plupart des danseuses ici présentes pourraient rester sans emploi. Cela signifiait que chaque pirouette, pointe, jeté ou port de bras, chaque expression faciale et chaque détail de synchronisation avec les autres auraient pour moi une importance décisive.

Sage poursuivit avec un sourire félin :

— Et vous êtes les premières à apprendre que je vais profiter de l'occasion pour – je croise les doigts – lancer ma nouvelle compagnie.

— Bravo ! s'est exclamée Charlotte en levant les deux pouces.

J'ai essayé d'afficher un sourire de félicitations, mais je sentais mes épaules s'affaisser. Si Sage créait une toute nouvelle compagnie, elle serait probablement à la recherche de mécènes pour financer ses efforts. Mécènes qui pourraient être dans le public lors de notre représentation. J'en savais un peu plus à ce sujet après avoir vu mes professeurs au lycée se démener pour trouver des donateurs. Même si j'avais fréquenté une école publique spécialisée dans les arts du spectacle, ils essayaient sans cesse de collecter des fonds pour acheter de meilleurs costumes, inviter des chorégraphes, organiser des ateliers. Je me mettais assez de pression à espérer décrocher un emploi à la fin de l'été ; cette carotte sous le nez, je me forçais à continuer. Et maintenant, savoir que ma performance pouvait contribuer au succès de Sage ? C'était beaucoup à porter. J'espérais que ma cheville et moi-même pourrions tenir le coup.

J'ai jeté un coup d'œil à Charlotte. Sans avoir l'air aussi accablée que moi, elle souriait avec moins de naturel que quelques instants auparavant. Les autres filles, même Sabrina, paraissaient soucieuses et songeuses, peut-être même un peu effrayées, elles aussi. Il était évident qu'elles avaient tiré la même conclusion que moi.

Rompant la tension soudaine, Sage s'est levée d'un bond où demeurait la grâce d'une danseuse, et nous a fait signe de la rejoindre.

— Outre la règle du travail en équipe, j'ai une autre demande à vous faire.

Son regard a fait le tour de la pièce, se posant sur chacune d'entre nous.

— Je vous demande simplement de travailler dur. Votre qualité sera à la mesure de celle de vos efforts. Que votre but soit de trouver un emploi, de nouer des relations ou simplement de danser sur ce qui sera, je vous le promets, un spectacle incroyable, vous avez la capacité de l'atteindre. Je ne veux pas que quiconque reparte avec des regrets.

Mon cœur s'est dilaté en entendant ces mots magiques. Pas de regrets. Même si ma terminale ne s'était pas déroulée exactement comme je l'avais prévu, c'était ma deuxième chance, et j'entendais en profiter au maximum.

3

Sage ne plaisantait pas en disant qu'elle voulait nous voir travailler dur. À la fin de notre première répétition, j'étais en nage : mes chaussettes, mon débardeur noir et mon short me collaient au corps, trempés. Mes muscles criaient de fatigue, mais j'avais adoré chaque minute. À en juger par leurs visages, mes nouvelles camarades étaient tout aussi épuisées et tout aussi stupéfaites de ce qu'elles avaient accompli.

Dans le passé, j'avais connu des jours où je rentrais chez moi après un cours particulièrement long – physiquement ou émotionnellement – et où je me disais que j'étais à bout. Que le prix à payer pour mon corps et mon esprit était trop élevé. Mais je me souvenais inévitablement de la joie pure ressentie lorsque mon corps faisait des mouvements que je n'avais fait qu'imaginer. Même dans les moments douloureux où j'avais envie de partir, je trouvais un motif de me réjouir.

Je n'avais jamais renoncé parce que je savais que le lendemain pourrait être le plus beau jour de ma vie.

Là, c'était le plus beau jour. Le jour où je me sentais vivre vraiment. Et je savais, au plus profond de mes os épuisés, que ce ne serait pas le dernier.

Charlotte et moi sommes rentrées lentement du métro vers la résidence. Le soleil du soir faisait son œuvre pour sécher nos vêtements humides.

— Alors, dingue, hein ? a fait remarquer Charlotte. Je reconnais que Sage a trouvé un thème vraiment original. Tuer des dragons et combattre des démons intérieurs ? C'est audacieux. Ça se tient.

J'ai hoché la tête avec ferveur :

— J'adore. Sage est un génie.

À la fin de la répétition, Sage nous avait expliqué le thème de notre spectacle. Elle s'était accroupie devant nous comme pour nous faire part d'un secret et avait chuchoté :

— Nous allons explorer l'idée de vaincre les démons qui nous empêchent de vivre pleinement notre vie. Comme vous avez pu le déduire de ce que je vous ai dit de moi tout à l'heure, c'est un sujet cher à mon cœur.

J'avais réfléchi aux propos de Sage sur le fait de chercher un nouveau chemin dans la vie. Je savais que j'avais eu de la chance que ma blessure ait guéri, même si je me méfiais encore un peu des escaliers, mais j'ignorais ce que j'aurais fait ou éprouvé si le désastre avait été irréversible.

— Et chacune d'entre vous va s'approprier ce thème pendant qu'elle est ici.

Un gémissement collectif discret a parcouru la pièce. Sage s'est esclaffée.

— Rien que vous ne puissiez supporter. Le thème que je veux que vous reteniez pendant que vous dansez est « tuer le dragon ». Il peut s'agir d'un vrai dragon, comme dans les contes de fées.

Il peut s'agir de vaincre un ennemi à la guerre, comme Jeanne d'Arc. Il peut s'agir de quelque chose qui se trouve à l'intérieur de soi. Mais vous devez réfléchir aux idées ou aux héros qui vous inspirent l'envie d'avancer. Prenez un livre. Regardez un film. Observez les personnes qui peuplent votre vie.

Sage a baissé la voix.

— Certains de mes personnages préférés sont ceux qui ont combattu et perdu. Par exemple, j'ai souvent utilisé la musique d'Amy Winehouse et de Janis Joplin pour mes chorégraphies parce qu'on les entend lutter avec leurs émotions quand elles chantent.

Sabrina avait froncé le nez en entendant le nom des musiciennes. Sage avait alors haussé un sourcil et l'avait dévisagée jusqu'à ce qu'elle devienne rouge comme une betterave.

— Désolée, mais pourquoi danser sur de la musique triste et criarde jouée par des gens qui ont l'air de ne pas avoir pris de douche depuis des dizaines d'années ? C'est dégoûtant.

— Parfois, les plus belles leçons nous sont données par des gens qui ont vécu avec les plus grands démons intérieurs, avait expliqué Sage. Ces artistes sont-elles celles que je voudrais vous voir prendre comme modèles ? Peut-être. Peut-être pas. Mais si nous ne prêtons attention qu'aux licornes et aux arcs-en-ciel dans la vie, nous passons à côté de tout ce qui fait de nous des êtres humains. Nous lisons des livres d'histoire pour savoir quels choix ont été couronnés de succès et lesquels se sont soldés par un échec, n'est-ce pas ? Et je crois aussi qu'il y a quelque chose à dire sur notre capacité à reconnaître nos démons intérieurs, à savoir que nous avons le pouvoir de les combattre.

Sabrina avait marmonné quelque chose d'inintelligible et détourné les yeux. Ella et Arden regardaient fixement leurs pieds.

Charlotte souriait poliment, comme si elle approuvait, mais ne savait pas quoi répondre. À voir la mine de Sage, j'avais deviné qu'elle s'attendait à une autre réaction.

— J'aime bien l'idée, avais-je dit à voix basse.

Sage m'avait répondu par un clin d'œil en se levant.

— Alors c'est décidé.

Pour conclure la séance, Sage nous avait fait un bilan personnalisé. Charlotte, Arden et Ella avaient reçu chacune un mot d'éloge et un « point d'action », selon l'expression de Sage, à travailler le lendemain. Elle avait ensuite regardé Sabrina de la tête aux pieds, comme si elle voulait dire quelque chose ; mais elle s'était ravisée, se bornant à lui dire de surveiller sa posture. Quand mon tour était venu, Sage m'avait offert un grand sourire en me priant de continuer exactement sur ma lancée.

— Superbe, Tilly. J'en redemande.

Et elle m'avait fait un clin d'œil.

Je l'avais remerciée à voix basse, observée par quatre paires d'yeux. Charlotte avait l'air heureuse pour moi, mais je sentais qu'Arden et Ella me regardaient de travers. Même plus jeunes, et donc non concernées par la recherche d'un poste à la fin de l'été, les danseuses étaient programmées pour se jauger mutuellement. Lorsque j'ai croisé le regard de Sabrina, j'ai frémi. Volontairement ou non, Sage venait de me peindre une cible rouge vif sur le dos, et Sabrina s'apprêtait à viser. L'espace d'un instant, il m'a semblé qu'elle montrait les dents, sur le point de grogner. J'ai été reconnaissante à Charlotte de passer son bras dans le mien pour sortir du studio une fois nos sacs prêts.

Une demi-heure plus tard, Charlotte et moi nous sommes arrêtées devant la porte du Marian. Je lui ai fait une proposition :

— Tu veux te promener en ville ?

Exactement au même moment, elle disait :

— Je suis épuisée, mais je n'ai pas envie de rentrer.

Nous avons ri ensemble. Elle m'a dit :

— Il faudrait prendre une douche, sinon nous risquons d'effrayer les touristes. Ensuite, allons nous balader !

Sans attendre mon assentiment, elle est entrée dans la résidence d'un pas vif, son énergie retrouvée.

Je lui ai emboîté le pas, impatiente d'explorer ma nouvelle ville.

— Jouons à un jeu, m'a dit Charlotte en ressortant de la résidence.

La température restait élevée, mais la promesse du coucher de soleil rendait la chaleur plus supportable. Je m'étais changée : je portais une jupe qui virevoltait lorsque je tournais, j'avais mes lunettes de soleil rouges sur les cheveux et je m'étais servie du rouge à lèvres Pink Pout de Charlotte. Elle m'avait assuré qu'il me donnerait un teint doré, alors je lui avais fait confiance. Je n'étais pas sûre de rayonner vraiment, mais je me sentais belle, vêtue pour un événement particulier : ma première soirée d'exploration de New York.

— Quel genre de jeu ? ai-je demandé alors que nous nous éloignions du Marian.

— Une photo, une histoire. Nous y avons joué pendant le programme que j'ai suivi l'été dernier. C'est un jeu pour apprendre à nous connaître. Je choisis une photo sur ton téléphone et tu me racontes son histoire.

— Ce sont peut-être des histoires ennuyeuses, l'ai-je prévenue.

— Tu me laisseras en juger.

— D'accord. Mais tu commences.

Charlotte m'a tendu son téléphone, et j'ai fait défiler ses photos, m'arrêtant sur un cliché qui me sautait aux yeux. Une fille qui ressemblait beaucoup à Charlotte posait les mains sur les empreintes ornant le trottoir devant le Grauman's Chinese Theater, que j'avais vu à la télévision.

— Celle-là, ai-je dit.

— Ah, oui. Elle date des dernières vacances de printemps. C'est ma grande sœur, Sophia, et elle est aussi proche que possible de son idole, Julie Andrews.

— L'actrice de *Princesse malgré elle* ?

Charlotte a ricané.

— Oui, et des classiques comme *La Mélodie du bonheur* et *Mary Poppins*. Soph est fan. Elle est en école de cinéma et fait son projet de thèse sur les comédies musicales. Au lycée, elle ne vivait que pour la chorale, alors la suite était prévisible. Papa et Maman détestent ça.

— Parce que les métiers du cinéma sont éreintants ? Superficiels ?

Charlotte a secoué la tête alors que nous attendions l'arrêt de la circulation sur Lexington Avenue.

— Non, ils n'aiment tout simplement pas les comédies musicales. Ils sont déconcertés d'entendre entonner une chanson au milieu d'une scène.

Elle a tendu la main.

— À mon tour.

Je lui ai passé mon téléphone. Elle a fait défiler les images pendant une éternité, et je me suis demandé ce qu'elle pouvait bien regarder. Je ne prenais pas beaucoup de photos, alors j'étais curieuse de savoir sur quoi elle allait s'arrêter. La plupart d'entre elles représentaient des choses… comme un lever de soleil rose sur le chemin de l'école, les fleurs de notre jardin, ou un joli détail remarqué pendant un spectacle ou une répétition – la finition d'un costume, la ligne de l'épaule d'une danseuse.

— Il n'y a personne sur tes photos, a commenté Charlotte.

— Désolée, je t'avais dit qu'elles risquaient d'être ennuyeuses.

Nous avons traversé la rue. Je me suis promis de prendre plus de photos cet été. Avec des gens dessus. De préférence Charlotte et moi devant tous les sites que j'avais repérés et inscrits sur ma liste new-yorkaise.

— Oh, jackpot ! Voilà, s'est-elle exclamée en me montrant le téléphone. Qu'est-ce qui se passe là ?

J'ai réprimé un grognement. J'aurais dû me douter qu'elle allait choisir cette image de l'été dernier. Les guirlandes lumineuses suspendues à la scène artisanale scintillaient dans l'obscurité tandis que The Frisson, le groupe qui jouait, hypnotisait la foule. J'étais dans le public ce soir-là – un peu à contrecœur au début – et j'écoutais attentivement, sous le charme. Tatum m'avait traînée à ce concert, le premier auquel j'assistais, et il ne m'avait fallu que quelques minutes pour retrouver dans leurs chansons la même émotion que celle que j'éprouvais en dansant. Assister à un concert, vivre la musique en live, c'est expérimenter quelque chose qu'on ne peut recevoir à travers un enregistrement ou une vidéo.

— C'est The Frisson. Au piano, c'est le copain de ma demi-sœur. Seamus. Et le chanteur, Hunter, est le copain de son amie Abby. Tatum et moi sommes allées les écouter jouer. Ils étaient géniaux. Je pourrai te faire écouter leur musique plus tard si tu veux.

Je n'ai pas précisé que j'avais toutes les chansons de The Frisson sur mon téléphone, comme toute bonne fan qui se respecte. Mais cela faisait très longtemps que je ne m'étais pas autorisée à les écouter.

— Oui, je veux bien. Et qui est ce beau spécimen que je vois à la batterie ?

— Il s'appelle Paolo Sansone.

Je me suis mordu la langue. Je ne voulais pas parler de Paolo. Cette journée était trop belle pour que je la gâche à ressasser d'anciennes erreurs.

— Salut, Paolo, a dit Charlotte.

Elle a soufflé un baiser sur l'écran avant de me rendre le téléphone. J'espérais que mes joues cramoisies passaient inaperçues.

— Ça a dû être très amusant. J'adore les concerts. Il faudra peut-être qu'on cherche des spectacles en plein air pendant notre séjour ici.

— Oui, ça me ferait plaisir.

Un concert aurait pu être super, du moment qu'un certain groupe ne jouait pas ici – même s'il y avait zéro chance pour qu'ils se produisent à New York.

Lorsque j'ai choisi la photo suivante, Charlotte m'a raconté le jour où, avec son petit frère Henry, elle a essayé d'apprendre à leur chien à surfer. La photo montrait un golden retriever visiblement heureux, juché sur une planche rouge. Il avait l'air de surfer sur une vague vers le rivage.

— Sauf que deux secondes plus tard, ce pauvre Bandit s'est retrouvé à l'eau. Après cet incident, il n'a plus voulu s'approcher de la planche, ce qui a brisé le cœur d'Henry, mais il n'y avait rien à faire !

Son anecdote terminée, je me suis rendu compte que nous nous étions perdues dans Central Park. La ville s'était évanouie et avait été remplacée par un monde irréel, verdoyant et luxuriant. Pendant que Charlotte faisait défiler les photos de mon téléphone à la recherche d'une histoire intéressante, je l'ai guidée sur les sentiers sinueux qui nous ont fait passer devant des statues à thème littéraire et devant des parents qui essayaient d'empêcher leurs enfants de sauter dans les fontaines. Nous nous sommes tues pour nous laisser pénétrer de cette beauté, et nous avons simplement marché. Mes veines pétillaient d'excitation, rien que d'être ici, au beau milieu de ce décor.

— C'est magique, ai-je chuchoté à Charlotte au moment où nous dépassions ce que je savais être la fontaine de Bethesda, grâce à la carte que m'avait surlignée mon beau-père Ken avant mon départ.

— Je n'ai même plus l'impression d'être dans la ville, a répondu Charlotte. Il faudra venir ici tous les jours. Ou du moins, trouver un endroit comme celui-ci. Je suis sûre qu'il y a d'autres coins, probablement plus méconnus.

— D'accord.

Voilà une proposition que je n'ai pas hésité à valider.

Nous avons entendu les percussions avant de voir les musiciens, et Charlotte a littéralement fait un bond en l'air.

— Oh, de la musique ! Exactement ce qu'on espérait. Allons voir. Il se peut même que j'aie quelques pièces en poche.

Elle m'a rendu mon téléphone et m'a tirée en avant sur le chemin jusqu'à ce que nous soyons arrivées en vue d'un petit attroupement. Charlotte a présenté ses excuses aux gens qu'elle bousculait tandis qu'elle s'immisçait au milieu de la foule en m'entraînant avec elle. Cinq musiciens tapaient sur des seaux de trente litres renversés. Assis sur des caisses en plastique, les genoux pliés, ils avaient la tête penchée sur leurs tambours. Une symphonie de rythmes nous enveloppait. Chaque fois qu'ils frappaient leurs tambours de fortune, le son résonnait agréablement dans ma poitrine. Mes jambes avaient envie de bouger, mes orteils voulaient se tendre et fléchir selon la cadence des vibrations.

— Tu as envie de danser, non ? m'a murmuré Charlotte à l'oreille.

— Bien sûr.

Ma bougeotte avait augmenté de mille pour cent avec la musique et le fait d'être au beau milieu de ce parc magnifique.

— Mais je me demande s'ils aimeraient qu'on les distraie.

— Sans doute pas.

Nous sommes restés immobiles, les yeux rivés aux dix baguettes qui striaient les airs comme des oiseaux en vol, jusqu'à ce que les cinq musiciens lèvent les bras en formant cinq V, la tête toujours penchée, comme s'ils s'inclinaient pour nous. La foule, qui avait doublé entre-temps, s'est mise à applaudir à tout rompre. J'ai suivi le mouvement jusqu'à en avoir mal aux paumes. Ils étaient fantastiques. C'était exactement le genre de moment new-yorkais dont j'avais rêvé. Tomber sur un spectacle musical si incroyable en marchant dans la rue était un événement quotidien ici.

Un jour comme les autres, me suis-je dit en souriant. Je me suis dépêchée de prendre une photo pour immortaliser mon premier souvenir magique de New York.

Les spectateurs se sont approchés des musiciens pour jeter des pièces et des billets dans l'étui à guitare en velours rouge posé sur le sol. J'ai sorti de mon sac à main un peu de monnaie que j'ai déposée dans l'étui, en admirant la somme qu'ils venaient de gagner en si peu de temps. Je me suis demandé si Charlotte et moi ne devrions pas envisager de trouver un petit duo à danser quelque part.

— *Grazie*, a dit une voix grave, rocailleuse.

J'ai sursauté – je connaissais cette voix. J'ai levé les yeux vers le musicien le plus proche de moi.

— De ri…, ai-je commencé, sans pouvoir terminer.

Mon regard venait de tomber sur deux yeux d'un brun ambré que j'aurais reconnus n'importe où.

Ils m'ont transpercée jusqu'au cœur, et mon estomac s'est serré. J'ai silencieusement ordonné à la barre protéinée que j'avais mangée pendant le trajet de rester là où elle était. Dans ce moment humiliant, vomir à ses pieds aurait constitué la cerise sur le gâteau.

J'ai cligné des yeux pour m'assurer qu'il n'était pas le fruit de mon imagination. Comment Paolo pouvait-il se trouver à New York ? Central Park était-il vraiment magique au point que ce garçon puisse apparaître devant moi ? Ses yeux, si chaleureux et amicaux lors de notre première rencontre, étaient maintenant vides de toute émotion, et ses lèvres pincées formaient une ligne ferme. J'ai ouvert la bouche pour dire quelque chose – quoi, je n'en avais aucune idée – et l'ai refermée. Je savais qu'il ne voudrait rien entendre, et ne pouvais lui en vouloir. À sa place, je me détesterais aussi. J'ai esquissé un hochement de tête et reculé. Puis, saisissant Charlotte par le bras, je l'ai entraînée avec moi pour partir le plus vite possible malgré ses protestations perplexes.

Mais bien sûr, à quinze pas de là, je n'ai pu m'empêcher de tourner la tête pour voir s'il me suivait des yeux. Ce n'était pas le cas. Il ne regardait même pas dans ma direction. Pire, il avait le bras posé sur les épaules de la musicienne à côté de lui – une jolie fille aux cheveux couleur de l'océan. Ils riaient ensemble, et cela me semblait étrangement intime, comme si j'interrompais quelque chose en les regardant. Le cœur serré, je me suis détournée et j'ai entraîné Charlotte loin du naufrage de ce qui avait failli constituer une relation.

4

— Où est l'urgence ? m'a demandé Charlotte. Je croyais que tu étais à fond.

— C'était Paolo.

La plante de mes pieds protestait, forcée de traverser le parc à moitié en marchant, à moitié en courant. Charlotte me suivait au même rythme, deux pas derrière moi.

— Paolo de la photo que tu viens de me montrer ? Comment c'est possible ?

— Je ne sais pas. Je n'aurais jamais cru ça possible.

J'ai pressé le pas, ne m'arrêtant qu'au portail qui donnait sur la 72e Rue. J'ai posé une main sur le muret de pierre et haleté un peu, essayant de reprendre mon souffle. Charlotte m'a rejointe cinq secondes plus tard, hors d'haleine elle aussi.

— Pourquoi courir loin du beau batteur surgi de nulle part ? Normalement, on court *vers* ce genre de chose, Tilly.

J'ai inspiré et expiré lentement pour forcer mon cœur à retrouver un rythme ordinaire.

— En théorie, je suis d'accord avec toi, mais ce beau batteur-ci ne veut pas avoir affaire à moi. Voilà pourquoi.

De surprise, les lèvres rouges de Charlotte ont formé un O.

— Mais tu es tellement sympa !

— J'essaie de l'être. Mais j'ai fait une erreur. Énorme. Il a tous les droits de me détester.

Nous nous sommes mises lentement en marche vers le centre-ville.

— Qu'est-ce que tu lui as fait ? m'a demandé Charlotte avec curiosité.

— Je l'ai repoussé, ai-je répondu en soupirant.

— Et pourquoi ?

— Parce que je prends de très, très mauvaises décisions quand je suis stressée.

Il y avait une raison – beaucoup de raisons en fait – pour lesquelles je ne voulais pas nourrir de regrets cet été. Parce que j'en avais éprouvé trop, pendant des mois et des mois. Ma blessure à la cheville n'avait été qu'un début.

J'ai palpé mon sac à main à la recherche de mon portable.

— Il faut que j'appelle ma demi-sœur.

Tatum était la seule au courant de ma relation désolante avec Paolo, donc la seule susceptible de comprendre pourquoi je paniquais à l'idée de le revoir. Avait-elle appris que Paolo serait à New York ? Si c'était le cas, j'allais carrément la tuer.

Tatum a décroché tout de suite.

— Dis-moi que tu manges quelque chose de délicieux. Ta mère a fait une salade de chou frisé pour le dîner, et je me demande comment je vais pouvoir tenir jusqu'à la fin de l'été si elle continue comme ça. Je vais avoir besoin que tu m'envoies des photos de tous les bagels et de tous les cheesecakes. Oui ? Oui. Contente que nous soyons d'accord sur ce point.

Si je n'avais pas eu le moral en miettes, j'aurais ri.

— Bonjour à toi aussi.

— Bonjour. (Je savais, sans même la voir, qu'elle souriait.) Comment ça se passe ? C'est fabuleux ? Je ne peux même pas te dire à quel point je suis jalouse en ce moment.

Je n'avais pas envie de papoter, alors j'ai dit de but en blanc :

— Il vient de m'arriver quelque chose de bizarre.

— Ah oui ?

— Oui, vraiment. Je me promenais dans Central Park avec ma colocataire et je suis tombée sur quelqu'un.

J'ai marqué une pause pour voir si elle allait prononcer son nom, mais elle est restée muette.

— Paolo.

Tatum a gardé le silence, et mon cœur s'est emballé. Était-elle dans le même état de choc que moi ou était-elle sans voix parce qu'elle se sentait coupable ?

— Tatum ? Tu es encore là ?

Elle a expiré bruyamment, faisant grésiller le téléphone.

— Je suis là. J'espérais que la ville serait assez grande pour que vous ne vous croisiez jamais. Mais, bien sûr que tu allais tomber sur lui. Bien sûr, a-t-elle dit lentement, d'une voix résignée.

J'ai aspiré une bouffée d'air.

— Tu savais qu'il était ici ?

— Oui.

— Et tu ne me l'as pas dit ?

J'ai dû parler plus fort, car les gens assis sur le banc devant lequel nous passions se sont tournés vers moi pour me dévisager, l'air perplexe. J'ai accéléré.

— Comment as-tu pu me cacher ce genre d'information ? ai-je chuchoté dans le téléphone. Tu savais que c'était compliqué entre Paolo et moi. Pourquoi ne m'as-tu pas au moins prévenue ?

Cela faisait longtemps que je n'avais pas été dure avec Tatum. Nous avions passé nos dix premières années ensemble à nous disputer ou à nous ignorer avant de prendre conscience que nous pouvions être amies. À ce moment-là, nous nous entendions très bien, mais je n'avais pas aimé qu'elle m'ait caché cela.

Un long silence a suivi.

— J'ai pensé que tu serais contrariée si tu savais, a fini par répondre Tatum en reniflant.

J'ai soupiré, mais réprimé un nouvel éclat de voix.

— C'est maintenant que je suis contrariée. Il jouait des percus au milieu du parc. Avant d'avoir compris à qui j'avais affaire, je lui ai donné de l'argent comme à n'importe quel musicien de rue. Tu te rends compte à quel point c'est humiliant ?

— Je peux l'imaginer, a répondu Tatum d'une petite voix. Je suis désolée. Je ne pensais vraiment pas qu'il y avait le moindre risque que vous vous rencontriez. J'ai pensé que si tu étais au courant de sa présence, tu serais inquiète, ça te stresserait et tu passerais un été terrible avec cette information à l'esprit.

J'ai fermé les yeux. Il n'était pas difficile de comprendre comment elle avait cru me protéger.

— J'ai compris. J'aurais juste aimé que tu me le dises, parce que j'aurais pu m'y préparer. J'aurais aimé que tu te mettes à ma place.

À la seconde où je l'ai dit, je l'ai regretté. J'aimais Tatum. Elle était ce qui se rapprochait le plus d'une meilleure amie. Nous n'étions peut-être pas d'accord sur le fond, mais je ne voulais pas qu'elle se reproche ses bonnes intentions.

— Je te demande pardon, a repris Tatum. Je ne sais pas quoi dire d'autre, Tilly. Je ne voulais pas te blesser. Je pensais que je faisais ce qu'il fallait.

Je me suis immobilisée, et Charlotte s'est arrêtée à côté de moi, les taxis et les bus klaxonnant devant nous dans la grande rue.

— Je sais, Tatum. Et je comprends, vraiment.

— Tu veux que je l'appelle ? Que Seamus l'appelle ? Qu'est-ce que je peux faire pour que ça aille mieux ?

J'ai secoué la tête avant de me rendre compte qu'elle ne me voyait pas.

— Non, merci quand même. Je pense être la seule personne qui puisse faire en sorte que ça aille mieux.

À ces mots, une boule s'est formée au fond de ma gorge.

— J'ai toujours son numéro. Je pense que je vais l'appeler et voir ce qui se passe.

Il y avait un million de choses que j'aurais préféré faire plutôt que de m'humilier davantage, mais cette rencontre avec Paolo était probablement un signe que je devais cesser de me cacher. Cet été, je devais être courageuse et sauter dans l'inconnu. Au fond de moi, je savais que je voulais tourner la page avec le seul garçon pour lequel j'avais vraiment éprouvé des sentiments.

— Bon. Rappelle-toi que tu es merveilleuse. S'il n'arrive pas à dépasser ça, alors il n'en vaut pas la peine.

La petite voix penaude de Tatum avait disparu. Je retrouvais la demi-sœur téméraire et confiante qui depuis cet hiver s'efforçait de me faire sortir de ma déprime.

— Merci.

— Je t'aime. Tu es la meilleure.

— Je t'aime aussi.

Tatum a élevé la voix, sans doute pour que ma mère l'entende.

— Et envoie-moi des photos de pizzas !

— Promis.

J'ai raccroché avec un sourire réticent.

— Tout va bien ?

Charlotte semblait partagée entre l'inquiétude pour moi et la crainte de me voir repartir d'un pas trop rapide.

— Non, pas vraiment, ai-je répondu en riant.

Je me suis pliée en deux et j'ai enfoui mon visage dans mes mains. Je ne voulais pas parler à Paolo. Enfin si. Ou plutôt, je voulais que tout se passe bien, comme si nous ne nous étions jamais rencontrés. Ainsi, j'aurais évité de mourir d'embarras.

— Tu veux en parler ?

J'ai levé la tête vers Charlotte.

— Pas pour l'instant. Mais je le ferai. Je te le promets.

Je devais d'abord y voir clair dans ma tête.

Charlotte a acquiescé.

— D'accord. Si on continuait à marcher ?

— Dans la direction opposée ?

— Et lentement.

Nous avons échangé un grand sourire avant d'emprunter la Ve Avenue. Dans la lumière déclinante, la ville prenait une autre teinte excitante. Je me suis concentrée sur mon souffle : inspirer et expirer, inspirer et expirer. Nous avons marché longtemps, à regarder les hommes d'affaires et les commerçants qui rentraient chez eux tandis que les touristes remontaient le courant à la recherche d'un dîner ou d'une happy hour. Nous nous sommes arrêtées pour admirer les bijoux dans les vitrines de Tiffany's et de Cartier, et Charlotte s'est attardée devant les étalages inventifs de Louis Vuitton et de Gap.

Nous avant arpenté différents quartiers, Charlotte me signalant les immeubles ou les restaurants intéressants ; je prenais des notes rapides sur mon téléphone afin de me rappeler les choses à garder pour plus tard. J'ai enregistré mentalement les heures d'ouverture du musée d'Art moderne et j'ai dit à Charlotte qu'il faudrait revenir un vendredi soir, quand l'entrée serait gratuite. Devant le Rockefeller Center, nous nous sommes prises en photo avec le panneau « 30 Rock ». Nous approchions de Times Square, qui s'illuminait de néons à mesure que le soleil se couchait, lorsque mon estomac s'est mis à gargouiller.

— Tu veux manger un morceau ?

Charlotte s'est frotté le ventre.

— Oui, s'il te plaît. Une pizza, ça t'irait ? On ne fait rien de plus new-yorkais.

— C'est vrai ? Allez, pourquoi pas ? (J'ai haussé les épaules.) On a bien mérité une part, avec toutes les calories qu'on a brûlées aujourd'hui.

Mes pieds douloureux étaient d'accord avec moi.

— En plus, j'ai promis à ma demi-sœur que je lui enverrais la photo d'une pizza de New York.

— Parfait, a répondu Charlotte.

Nous nous sommes engouffrées dans la pizzeria la plus proche.

Après la pizza, nous avons flâné jusqu'à la tombée de la nuit avant de retourner au Marian. Très délicate, Charlotte n'est pas revenue sur le sujet de Paolo et m'a changé les idées avec un film. Mais malgré ses efforts et mon propre épuisement, je n'arrêtais pas de me demander s'il fallait contacter Paolo comme je l'avais annoncé à Tatum. Que lui dire ? Est-ce qu'il répondrait seulement ? La liste des arguments pour et contre était interminable.

Une fois la lumière éteinte, Charlotte s'est endormie en quelques minutes. Quant à moi, j'ai fixé le plafond pendant une éternité, repoussant la couverture à coups de pied, avant de la remettre, puis de m'en débarrasser, encore et encore. Soudain, mon téléphone a éclairé la pièce. Heureuse de cette distraction, je l'ai attrapé et j'ai lu la notification.

Regarde ma nouvelle machine !

C'était un message d'Abuela. Je m'en suis voulu de ne pas être allée lui rendre visite ce soir. Cela aurait pu me faire oublier le désastre de Paolo plus efficacement qu'une pizza, même délicieuse. La photo qui accompagnait le message était un selfie. Elle souriait largement, comme toujours, et son épaule blessée était entourée d'un bandage bleu relié à une sorte de tube.

¡Hola ! Qu'est-ce que c'est ?

Elle fait monter de l'eau froide jusqu'à mon épaule, ce qui évite à la pauvre Ginger de changer constamment ma glace. Pratique, non ?

Abuela était hébergée par sa vieille copine Ginger dans le New Jersey, car elle se trouvait à proximité du « meilleur chirurgien que mon assurance puisse payer » et d'une « équipe de spécialistes en rééducation hors pair ». Rien de moins que le meilleur pour Abuela, même si cela signifiait qu'elle devait dormir dans un lit étranger pendant plusieurs semaines. À sa place, j'aurais préféré récupérer à la maison, mais elle avait l'habitude de s'inviter à droite et à gauche. Elle passait plus de temps chez des amis que dans son propre appartement. Il n'y avait donc rien de surprenant à ce qu'elle se déplace aussi en fonction des médecins.

Au lieu de répondre par texto, j'ai gagné sur la pointe des pieds le couloir obscur et appuyé sur le bouton du chat vidéo. Abuela a décroché tout de suite. Bien qu'elle soit en convalescence, ses courts cheveux argentés étaient parfaitement coiffés et son rouge à lèvres soulignait son sourire éclatant.

Elle était réconfortante.

— La technologie, n'est-ce pas merveilleux, Mija ? J'ai peut-être convaincu mon kiné de me laisser l'emprunter pendant tout mon séjour ici.

Comme Tatum, Abuela se lançait dans la conversation sans même dire bonjour.

Avec un sourire, je me suis assise par terre, adossée au mur.

— Ça a l'air très efficace. Tu te remets bien ?

— Aussi bien que possible. Je ne suis pas près de remonter sur le trapèze, mais le médecin trouve que je fais des progrès.

— Je suis contente d'entendre ça. Les médecins ont fait des miracles pour moi. Sans eux, je ne pense pas que je serais ici à New York.

C'était certainement la vérité. Ils m'avaient montré que mon corps était capable de bien plus que ce que je pensais, ce qui, pour une danseuse, était inestimable.

D'un geste de la main, Abuela a écarté ce que je disais.

— Nous sommes tous un peu cabossés. Mais cela ne veut pas dire que notre force nous a quittés. Je n'ai jamais douté que tu reviendrais sur scène.

J'ai souri et secoué la tête :

— Eh bien, je suis heureuse de l'entendre, car moi, j'avais beaucoup de doutes.

— Mais tu es à New York maintenant. Et je suis sûre que tu t'amuses beaucoup plus qu'une vieille dame coincée dans son canapé.

Abuela a promené son téléphone pour me montrer le petit salon de Ginger, avec son canapé en cuir sans doute un peu dur pour une femme souffrant d'une déchirure de la coiffe des rotateurs.

J'ai soupiré. Fallait-il lui parler de Paolo ? De Sabrina ? Du silence de Tatum qui aurait dû me faire part d'une information importante ? Non. Abuela méritait un rétablissement sans stress, alors je m'en suis tenue au positif.

— Tout est génial. J'aime beaucoup ma colocataire, Charlotte, et notre chorégraphe est géniale aussi. Le thème du spectacle est la chasse aux dragons, ce qui est génial, très inspirant. Charlotte et moi avons fait une magnifique balade en ville ce soir.

Abuela a observé un silence avant de parler.

— Et tu te sens bien ?

Hochement de tête exagéré de ma part.

— Ouais, génial.

Je me recroquevillais intérieurement, consciente qu'elle n'était pas dupe. Je n'avais jamais autant employé le mot « génial ».

Ce qui était bien chez Abuela, c'est qu'elle savait quand il fallait insister et quand il fallait laisser tomber. Elle a acquiescé, le coin des yeux plissés, probablement amusée par ma tentative de dissimulation.

— Quand je serai un peu plus mobile, tu peux t'attendre à ce que je débarque en ville pour voir à quel point tout est génial.

J'ai ri sans faire de bruit.

— C'est une menace ?

Abuela a souri.

— Juste une promesse.

— Je serai contente de te faire visiter New York. Et je viendrai aussi en visite chez Ginger. Qu'est-ce que je pourrai t'apporter ? De la glace ? Des petits gâteaux ?

C'était le moins que je puisse faire pour elle.

Elle a refait un geste évasif de la main.

— Juste ton sourire.

Mes lèvres ont obéi d'instinct à cette demande. Abuela a repris son sérieux et agité un index autoritaire.

— Tu ne devrais pas être au lit, Mija ? Les danseuses ont besoin de se reposer.

— Si, j'allais juste te souhaiter bonne nuit. À bientôt, d'accord ?

Abuela a fait un signe d'adieu de sa main libre, celle qui n'était pas en écharpe.

— Bonne nuit. Fais de beaux rêves.

— Bonne nuit, Abuela, ai-je répondu avec un signe de la main, avant que son visage disparaisse de l'écran.

5

— Alors, comment te sens-tu ? m'a demandé Charlotte le lendemain matin, en fourrant une tenue de rechange dans son sac de danse.

Je me suis étirée en bâillant.

— Comment je me sens à propos de quoi ? De ma rencontre avec le garçon que j'ai fait souffrir, mais pour qui j'ai encore des sentiments ? Ou à propos de ma demi-sœur qui s'est abstenue de me dire qu'il passait son été à New York ?

Je me suis levée, et j'ai sorti du minuscule placard un débardeur et un short de danse.

Charlotte a haussé gaiement les épaules.

— Les deux.

Je me suis affalée sur mon lit, le visage enfoui dans l'oreiller, et j'ai gémi.

— Tu es prête à en parler ? Tu n'es pas obligée, évidemment, mais je sais écouter.

C'était vrai, je m'en étais déjà aperçue. Il y avait quelque chose chez Charlotte qui me mettait à l'aise. J'ai soupiré. Tout en m'habillant et en faisant mon sac, j'ai raconté l'enchaînement de mes mauvaises décisions.

— L'histoire a commencé l'été dernier, au concert dont je t'ai parlé, celui de la photo. J'ai tout de suite remarqué Paolo sur scène. Tu connais l'expression « garçon en or » pour décrire le gars gentil et bourré de talent que tout le monde aime ? Elle m'est tout de suite venue à l'esprit quand je l'ai vu, sauf que j'ai pensé à de l'or véritable. Tu as vu la photo. Ses cheveux, ses yeux, sa peau : chez lui, tout rayonnait de lumière et d'énergie. Tatum nous a présentés après le spectacle et nous avons échangé nos numéros. On a commencé à s'envoyer des textos tout de suite, et je suis tombée sous le charme. Il était si facile de s'ouvrir à lui.

Je me rappelais ce que j'avais ressenti alors : cette impression que, même si nous nous connaissions depuis peu de temps, il était possible d'aller plus loin. C'était ce que je voulais. Je voulais que Paolo soit plus pour moi. Je n'avais jamais ressenti cela pour quelqu'un d'autre.

Comme nous étions habillées l'une et l'autre, j'ai fait signe à Charlotte de me précéder et nous sommes descendues dans le hall.

— Deux semaines plus tard, Tatum m'a invitée à aller au cinéma avec Seamus et elle. À notre arrivée, Paolo nous attendait. Je suis restée assise pendant tout le film, raide comme un i. Je l'observais en douce pour voir s'il me regardait, ce qui était le cas. On regardait alors tous les deux ailleurs et on souriait. J'étais dans un état !

Ce souvenir me faisait sourire et rougir. Je sentais encore l'espace de cinq centimètres qui séparait ma jambe de la sienne dans l'obscurité, tandis que nous faisions tous deux semblant de regarder le film pour donner l'impression que nous ne prêtions pas attention à l'autre.

— Nous sommes ensuite allés dîner, et je n'ai rien pu avaler. Je formais des petits tas de riz dans mon assiette sans m'en rendre compte, jusqu'à ce que Paolo se penche sur moi et me demande si j'avais l'intention de devenir architecte.

J'avais gloussé, prise au dépourvu. Dans mon assiette, le riz ressemblait à un château de sable difforme.

Charlotte et moi nous sommes arrêtées devant une camionnette argentée à côté du métro. Charlotte a commandé un bagel lourdement garni ; le mien était nature avec du fromage frais vegan.

Son bagel est resté à planer près de sa bouche, tandis que j'attaquais le mien. Elle m'a dit avec une bourrade amicale :

— Pour l'instant, je ne vois aucun motif de fuite. Ni aucun mauvais comportement de ta part. On dirait que vos sentiments étaient vraiment réciproques.

J'ai mâché et avalé en descendant les escaliers du métro.

— J'étais totalement éprise. Il était drôle, gentil et tellement talentueux. Seamus et lui sont des génies de la musique. À table, ils ont mimé tout un morceau pour nous. Paolo avec sa fourchette et son couteau en guise de baguettes de tambour, et Seamus jouant sur un piano invisible. Ils voulaient que Tatum et moi chantions, mais nos fous rires nous en empêchaient.

Je me suis interrompue en songeant que je n'avais plus jamais ri comme cela. Ce qui était plus qu'angoissant. Et cela faisait partie de mon problème.

— On dirait le genre de personne qui me plaît, m'a dit Charlotte en prenant une énorme bouchée de son bagel.

La rame était à quai. Nous y avons trouvé deux sièges miraculeusement vides. J'ai souri tristement.

— Oui, moi aussi. Alors nous avons ensuite échangé beaucoup de textos, et de longs appels, jusque tard dans la nuit.

— Le type d'appel où tu restes à discuter jusqu'à l'aube, complètement épuisée, mais sans regret grâce à l'adrénaline que t'a apportée la conversation ?

— Exactement.

— Je connais ça.

Nous nous sommes souri, la bouche pleine.

— Nous sommes ressortis une fois avec Tatum et Seamus, mais le rythme est devenu fou à l'école. J'étais dans le programme de danse – tu sais comment ça se passe. Lui répétait avec son groupe et il était souvent en concert le week-end, alors c'était difficile de trouver un moment de liberté. Je n'aimais pas ça, évidemment, mais je savais qu'il comprenait. Si quelqu'un comprend ce que c'est de s'engager dans quelque chose que l'on aime, c'est bien Paolo.

À notre arrêt, nous sommes sorties du métro, avons franchi les tourniquets et retrouvé les rues animées sous le soleil matinal.

— Je n'étais pas vraiment proche des danseurs de mon école, alors j'étais contente de parler à quelqu'un d'aussi passionné que moi par son art. C'est l'une des choses que j'ai le plus appréciées chez Paolo. Quand nous comparions nos emplois du temps, il n'était ni jaloux ni contrarié que nous soyons obligés d'attendre plusieurs semaines avant d'avoir tous les deux une soirée libre. Un vendredi, son lycée a organisé un match de football. C'était l'une de mes seules soirées libres, alors je l'ai accompagné. Nous avons mangé des hot-dogs, bu du chocolat et encouragé son équipe, même si elle a perdu. J'ai rencontré ses amis du lycée, tous très gentils. J'ai eu l'impression d'être une fille normale qui fréquentait un lycée normal. Le temps d'une soirée.

J'avais adoré cette soirée-là. Et le lendemain, je m'étais remise au travail avec acharnement pour devenir la meilleure danseuse et la meilleure élève possible.

— Génial, tout ça. Je n'entends toujours pas de motif de brouille.

Charlotte m'a tenu la porte de l'immeuble où se trouve la salle de répétition. Heureusement, il n'y avait pas de Sabrina en vue.

J'ai soupiré bruyamment en approchant des escaliers, toujours en colère contre moi-même.

— On a continué à se parler et à s'envoyer des textos, mais on approchait des représentations de vacances et on était tous les deux débordés. En plus, on travaillait sur des dissertations pour l'université, il y avait les examens à venir, et ma grand-mère est venue me voir, puis la sienne, et…

Mon cœur s'est emballé en prévision de ce que j'allais raconter. Revivre ce cauchemar n'était jamais facile. Mon corps n'en finissait pas de réagir.

— … et puis il y a eu une vague de froid en décembre, et le perron de l'école n'a pas été salé tout de suite. J'ai glissé.

6

J'étais en haut des marches quand j'ai senti mes pieds quitter le sol. J'ai tendu les bras et écarté les doigts pour m'équilibrer, mais ma cheville a subi le poids de la chute.

Un craquement assourdissant a retenti lorsque je me suis écrasée par terre. La douleur a traversé chaque membre, chaque nerf de mon corps. Ce n'est que lorsque j'ai crié de souffrance que j'ai regardé mes jambes : ma cheville décrivait un angle anormal. Pire encore, un attroupement s'est formé dès que j'ai atterri sur le trottoir, au pied des marches. Les autres danseuses se tenaient là, bouche bée, sans doute contentes que ce soit moi et pas elles. Une blessure peut constituer un arrêt de carrière pour un danseur. Comme ce fut le cas pour Sage.

— J'ai été plâtrée, puis rééduquée pendant des mois, ai-je raconté à Charlotte. J'avais si mal, et pas seulement physiquement, que j'ai exclu tout le monde. J'étais tellement fâchée et humiliée. Cette vague de rage me déferlait dessus en permanence. Je m'en voulais de ne pas avoir été plus prudente, de ne pas avoir porté des chaussures adhérentes, de ne pas avoir prévu que ces marches seraient glissantes. L'accident était entièrement ma faute, et je détestais le savoir.

Je me suis pincé l'arête du nez. Le pire restait à venir.

— Après l'opération, je suis restée sur mon lit d'hôpital, en proie à la rage et aux larmes, pensant que ma carrière de danseuse – ma vie – était terminée. Tatum a appelé Paolo pour lui raconter ce qui s'était passé, et bien sûr, en bon garçon, il est venu me rendre visite. Il a même apporté un magnifique bouquet de lilas. Qui sait où il l'avait déniché, en hiver ?

La honte m'a envahie de l'intérieur. Les mots suivants ont eu du mal à sortir.

— J'ai refusé de le laisser entrer. J'étais tellement humiliée et furieuse. Comme si, en le voyant, j'allais exploser. Peut-être hurler. C'était comme si le plus bel événement de ma vie ne pouvait pas partager l'espace avec le pire qui me soit arrivé. Mon beau-père a renvoyé Paolo en promettant que je l'appellerais à mon retour. Mais je ne l'ai jamais fait. Je ne pouvais pas. Une semaine plus tard, il m'a envoyé un message pour me demander si je me sentais bien. C'était vraiment gentil. Il y avait même des emojis en forme de cœur. Au lieu de le remercier, comme l'aurait fait un être rationnel, je lui ai répondu par texto en lui disant de me laisser tranquille. Que je ne pouvais pas m'occuper de nous – de lui – à ce moment-là.

Ce souvenir me brûlait le visage. Avec le recul, je savais que c'était un acte de lâcheté, auquel Paolo avait répondu par le silence. Il avait tous les droits de ne plus jamais vouloir me revoir.

— Ma mère m'a suggéré d'essayer de trouver un moyen de canaliser ma colère, alors j'ai passé des semaines et des semaines dans ma chambre, à boucler des demandes de bourses d'études, à m'assurer que mes devoirs étaient parfaits, à mémoriser les chorégraphies que je n'arrivais pas à exécuter. Tatum était merveilleuse, même si j'étais horrible. Elle n'arrêtait pas de m'inviter à faire des activités et je refusais toujours, à moins qu'il ne s'agisse d'un film sur le canapé à la maison.

J'ai souri en regardant le sol.

— Une fois, elle a créé un site web pour me remonter le moral. Elle fait du graphisme, elle a même sa propre entreprise en fait. Alors elle a monté un faux site où elle m'a attribué une palette de faux talents. Tatum prétendait que j'étais poétesse et romancière primée, DJ à la radio, juge à la Cour suprême, toutes sortes de choses.

— Des choses qu'on peut faire assis, a fait remarquer Charlotte en souriant.

J'ai hoché la tête.

— Ou avec des béquilles, ce qui était mon cas à l'époque. C'était vraiment mignon. Mais ça me rappelait aussi la seule chose que je ne pouvais pas faire : danser.

Nous avons monté les escaliers lentement. Le simple fait de parler de ma cheville suffisait à ce qu'elle me fasse souffrir, juste un peu, à chaque marche.

— Et tu n'as jamais reparlé à Paolo ? a demandé Charlotte.

— Non, ai-je répondu tout bas. J'étais tellement gênée. Et en colère. Toujours en colère. Je ne voulais pas qu'il voie à quel point j'étais mal. Et je me suis mis dans la tête que si je ne pouvais pas danser, je devais avoir un plan de secours. Je veux dire, avant la blessure, j'avais toujours prévu d'aller à l'université et de danser à côté, peut-être avec un groupe universitaire. Georgetown a quelques options sur le campus. Mais quand je me suis effondrée… Boum. La danse était soudain la seule chose que je voulais faire, et ce n'était pas possible.

— On désire toujours ce qu'on ne peut pas avoir, a observé Charlotte avec tristesse.

Nous sommes entrées dans la salle de répétition – nous étions les premières – et avons déposé nos sacs dans un coin avant de nous asseoir par terre pour les échauffements.

— Et voilà. Je me suis sentie investie d'une mission. Il fallait que je décroche une inscription à l'université et que je finance mes frais de scolarité. Je n'avais plus aucune chance d'obtenir une bourse de danse, alors j'ai rempli de multiples demandes, écrit des lettres de motivation tellement stupides.

J'ai ricané doucement.

— Les blessures font des sujets de courrier très convaincants. À la fin de ma terminale, j'avais trouvé assez de fonds pour payer ma première année et même plus.

En raison de mon acte de foi brillant – ou délirant –, je savais qu'il allait falloir rendre cet argent. Mais le sacrifice en valait la peine, et quelqu'un d'autre pourrait bénéficier de mon changement d'orientation.

Charlotte est passée de l'autre côté pendant que je m'étirais en grand écart.

— Et tu as réussi à te faire admettre à Georgetown. Mais quelque chose a changé, de toute évidence, puisque tu es ici.

— Exactement. Je suis inscrite à l'université, mais je ne veux pas y aller. Je sais que ça fait très enfant gâtée de dire ça, mais je veux juste danser.

— Et c'est ce que tu vas faire. Pense à toute cette colère – elle doit constituer un bon matériau pour la danse, non ? Tu es en train d'essayer de tuer ton dragon.

J'ai hoché lentement la tête. J'appréciais l'optimisme de Charlotte.

— Le seul problème, c'est que j'ai promis à ma mère d'aller à l'université. La caution est versée. Ils sont probablement en train de m'attribuer une place dans un dortoir à l'heure qu'il est. Georgetown, me voilà.

Dès que j'ai fini ma phrase, le goût de métal a envahi ma bouche. J'ai dégluti avec force, mais la sensation est restée, me rappelant la promesse que j'avais déjà rompue.

— Peut-être, peut-être pas, a dit Charlotte, le nez touchant son genou, le bras levé au-dessus de sa tête.

J'ai brusquement inhalé une bouffée d'air.

— Tu peux garder un secret ?

J'ai regardé autour de la pièce pour vérifier qu'il n'y avait pas d'intrus, même si je savais que nous étions encore seules.

Charlotte a écarquillé les yeux.

— Bien sûr.

Je me suis rapprochée d'elle et j'ai murmuré :

— Voilà la vérité. Je n'irai pas à Georgetown. J'ai reporté mon inscription, je leur ai écrit que je prenais une année sabbatique. Au revoir le plan de secours.

Prononcer ces mots à voix haute pour la première fois m'a à la fois ravie et terrifiée. Tant de choses dépendaient de ce spectacle. Tout, en fait.

— Non !

Charlotte a frappé le sol des deux mains.

— Sérieusement ?

— Sérieusement. Tu es la seule à savoir, alors chut !

J'ai mis un doigt sur mes lèvres.

Charlotte a secoué la tête en signe d'incrédulité, ce qui m'a rendue un peu fière. Elle s'est tracé un X invisible sur le cœur et, en bonne conspiratrice, a changé de sujet.

— Pourquoi tu n'as pas appelé Paolo pendant ta convalescence ? Entre deux crises de rage et tout ça.

Elle a dit cette dernière phrase avec un sourire malicieux.

— Tu aurais pu tout arranger. Il a l'air d'un bon gars. Je parie qu'il t'aurait pardonné vu les circonstances.

J'ai soupiré. Les actions de la Tilly du passé n'avaient plus aucun sens à mes yeux.

— Même si je continuais à penser à lui, je m'étais convaincue qu'il me distrayait, comme un obstacle sur le chemin vers mon objectif. Cela semble ridicule, je sais, mais c'est ce que je pensais. J'étais concentrée sur la réalisation de mon nouvel avenir. De plus, il a respecté mon ordre de me laisser tranquille. Plus de textos ni d'appels. Je ne lui ai jamais donné d'explications, même si je parie que Tatum l'a fait en partie. La conclusion, c'est que j'ai tout foutu en l'air, et que maintenant, il me déteste.

— Mais non, je suis sûre que non, a dit Charlotte en haussant un sourcil. Tu te sens mal de l'avoir traité comme ça. C'est peut-être l'univers qui te souffle que tu dois te rattraper. Je veux dire : quelle était la probabilité qu'il soit ici à New York, à jouer de la batterie dans Central Park ? On se croirait dans un film ou un roman de Jane Austen. Peut-être que Paolo et toi êtes faits l'un pour l'autre, et que c'est votre deuxième chance.

J'ai secoué la tête.

— Tu es une indécrottable romantique. J'apprécie, et je te remercie d'essayer, mais tu n'as pas vu son regard hier. S'il avait pu me réduire en poussière d'un coup d'œil, il l'aurait probablement fait.

Charlotte a haussé les épaules.

— Bon. Peut-être qu'il ne sait pas quelle attitude avoir. Mais ça ne veut pas dire que tu ne peux pas essayer.

— C'est vrai, mais j'ai vu son bras sur les épaules d'une fille dix secondes plus tard. Ça me paraît être une bonne raison de ne pas le faire.

J'aurais aimé ne pas souffrir autant d'avoir surpris ce geste. Il n'était plus à moi, il ne l'avait d'ailleurs jamais été. Je n'avais pas laissé les choses aller aussi loin.

— C'est juste, je suppose. Mais si elle n'était pas sa copine ?

J'ai haussé un sourcil. Même si la fille aux cheveux bleus n'était pas sa petite amie, il avait l'air de vouloir qu'elle le soit. Mais je ne pouvais m'empêcher de penser que Charlotte n'avait pas tort. Je tenais peut-être ma deuxième chance, même si ce n'était qu'une chance d'amitié. Au moins, si j'en avais le courage, je pourrais tout lui expliquer… s'il était prêt à m'écouter. Petite amie ou pas, je regretterais de ne pas avoir dit que j'étais désolée.

Charlotte a fait une flexion, avant de pointer ses pieds.

— Si vous étiez vraiment amoureux l'un de l'autre, je parie qu'il serait d'accord pour au moins parler. Cela te donnerait l'occasion de t'excuser. Si tu en as envie.

La porte s'est ouverte, livrant passage à Sabrina.

— Qu'est-ce que tu as fait, Tilly ? Pourquoi tu dois t'excuser ?

Ella et Arden entraient sur ses talons, et je me suis demandé ce qu'elles avaient entendu.

— Oh, rien, ai-je marmonné.

Je ne connaissais peut-être pas bien Sabrina, mais elle était la dernière personne à qui je désirais révéler mes secrets les plus sombres.

Sage a franchi la porte tandis que nous étions toutes en train de nous échauffer.

— Alors, prêtes à travailler ?

Pendant la première moitié de la répétition, Sage nous a fait faire une série de mouvements évoquant les soldats de plomb que j'avais vus dans un film de Noël il y a des années. Si l'une de nous six pliait légèrement les genoux ou si nos orteils n'étaient pas parfaitement fléchis, Sage nous faisait recommencer. Encore. Et encore.

— Quand je vous disais que vous alliez apprendre à travailler en groupe, ce n'était pas seulement parce que j'aime m'entendre parler. C'est vrai que j'aime bien m'entendre parler, a dit Sage avec un petit rire. Mais je pensais ce que je disais. Une partie de la beauté de la danse contemporaine réside dans la précision qu'elle implique. Vous vous rappelez ce type au lycée qui avait des cheveux parfaits ?

Un ange est passé. Personne ne voyait de quoi elle parlait.

— Allez ! Vous le connaissez, celui-là.

Sage s'est passé le doigt dans les cheveux, au sommet de sa tête, jusqu'à ce qu'ils tiennent droits, défiant la gravité.

— Ce type existe dans toutes les écoles. Ses cheveux sont en désordre, mais c'est de l'art. On dirait qu'il est passé par une station de lavage ou dans une tempête, mais que ses cheveux se sont arrangés de la façon la plus classe qui soit, sans que l'on puisse en détacher le regard.

Sage s'est tapoté le menton.

— Pensez à Eddie Redmayne. Ou à tous les gars de BTS.

Ella a gloussé, une main sur la bouche.

— Ce type, c'est mon frère. Il passe plus de temps à s'occuper de ses cheveux que ma mère et moi réunies.

— Exactement, a répondu Sage. Il y a beaucoup de réflexion, de planification et de détails derrière ce désordre apparent, n'est-ce pas ?

Cinq têtes ont acquiescé, y compris la mienne. Sage a montré ses propres cheveux.

— Il se peut que je sois moi-même coupable de cela.

Nous avons toutes ri, même Sabrina.

— J'ai entendu des spectateurs dire que la danse contemporaine donnait l'impression que tout le monde sautait partout sur scène. Une femme que j'ai rencontrée à Londres a comparé les os des danseurs à des élastiques. J'ai croisé au Brésil un homme grincheux selon qui les danseurs improvisaient ce qui leur passait par la tête. Ils ont utilisé des mots comme « raté » et « chaotique » et « laid », mais vous savez quoi ? Je dis bravo. Parce que je sais à quel point ces spectacles sont le fruit d'un travail acharné, à quel point ils sont soignés et attentifs aux détails.

Sage s'est mise à marcher autour de nous.

— Et vous savez ce que d'autres spectateurs ont dit ? Qu'ils étaient profondément émus. C'est pour ça que je vous fais travailler si dur. Pour que vous donniez l'impression de danser sans effort et que cela provoque une réaction émotionnelle. Soyez le beau gosse aux cheveux en bataille. En êtes-vous capables ?

— Oui, ai-je répondu fermement, en même temps que Charlotte, Ella et Arden. Nous nous sommes regardées en riant tandis que Sabrina levait les yeux au ciel, les lèvres pincées.

Nous nous sommes mises à travailler un nouvel enchaînement. Je me concentrais encore davantage sur la précision de mes pas. Il y a eu des moments où ma cheville a crié, où la sueur m'a coulé le long du dos et des bras, mais je me suis forcée à rester attentive. J'ai repensé à la suggestion de Charlotte : utiliser dans ma danse cette colère qui m'avait habitée pendant des mois. C'était insensé, mais j'ai convoqué une vision floue du visage de Paolo à Central Park, les yeux plissés et la bouche fermée parce qu'il était horrifié de me voir. L'émotion – la puissance – a explosé dans mes membres, me forçant à exécuter chaque pas jusqu'à ce que le temps, la musique et le mouvement se rejoignent dans un espace de liberté pure.

Nous avons terminé l'enchaînement sur le sol. Cinq bouches haletaient, cinq paires de poumons inhalaient l'oxygène dont elles avaient tant besoin. Je me suis courbée, les yeux écarquillés, incrédule. Je n'avais jamais dansé comme ça. Pendant toutes mes années de danse classique, on m'avait entraînée à faire de minuscules ajustements, à être tout en élégance et en longueur. Lorsque j'ai attaqué le contemporain, c'était nouveau et peu familier, et même si j'aimais cela, je n'avais aucune expérience concrète dont je puisse m'inspirer. Quand mon professeur me disait de feindre la colère, je pensais à de mauvaises notes reçues aux examens ou à des disputes avec Tatum. C'était complètement différent d'utiliser ces mois de frustration et de déception et de les transformer en mouvement. S'il y avait une lueur d'espoir dans ma désastreuse année de terminale, c'était bien celle-là.

Sage a applaudi deux fois de suite.

— Bon… Très bien, la fine équipe. N'oublions pas le thème de la représentation, d'accord ? Combattre ce qui vous terrasse.

Sage m'a regardée avec insistance.

— Il y a une différence entre être en colère et bouder, et être en colère contre quelque chose et décider de changer cette chose. Pensez-y ce soir. C'est sur cela que je veux vous laisser mariner. Revenez demain pour qu'on puisse mettre les bouchées doubles, d'accord ? Et n'oubliez pas : ici, on s'amuse !

Il était l'heure de se changer. J'ai passé la serviette sur mes bras luisants et enfilé mes tongs. La poussée d'adrénaline provoquée par l'utilisation de ma colère vacillait et vibrait en moi. Je m'en voulais d'avoir été horrible avec Paolo, et c'était à moi d'arranger les choses.

J'ai balancé le reste de mes affaires dans mon sac. Ce faisant, ma main a rencontré la petite monnaie qui m'avait été rendue ce matin lors de l'achat de mon bagel. J'ai sorti un penny. Sans même réfléchir, je l'ai lancé en l'air en chuchotant :

— Appelle Paolo : face. Ne l'appelle pas : pile.

Je n'ai même pas essayé de rattraper la pièce.

Elle a tinté par terre. Charlotte, surprise, m'a dévisagée comme si j'avais déclenché une alarme.

— Désolée.

Je me suis accroupie pour découvrir le verdict. Face. La brûlure de mes joues s'est répandue dans mon cou et jusqu'à mes oreilles en quelques secondes. « Appelle Paolo. » Je me suis relevée en respirant profondément et j'ai redressé les épaules. Je pouvais le faire. Ce n'était qu'un garçon, et je lui devais des excuses. Nous n'aurions plus jamais à nous parler après cela, à moins qu'il ne le veuille, et j'aurais la conscience tranquille.

Sur le trajet du retour, un texto m'est arrivé. J'ai composé mon mot de passe et suis tombée sur une photo de mon *abuela* installée sur le canapé, mais à l'envers, l'écran de la télé derrière elle.

Quand je m'en irai d'ici, je vais enquêter sur l'adresse où les Housewives du New Jersey[2] se font coiffer !

J'ai ri tout haut et passé le téléphone à Charlotte pour lui montrer le message. Elle a ri à son tour et secoué la tête.

— Mon *abuela* vient d'être opérée. Elle fait sans doute une petite indigestion de télé, lui ai-je expliqué.

— Si elle découvrait le salon de coiffure, tu penses qu'elle irait ?

2. Abuela fait référence à la série télévisée américaine *The Real Housewives of New Jersey*, qui raconte le quotidien d'un groupe de femmes fortunées dans les quartiers huppés du New Jersey.

— Elle en serait capable, ai-je répliqué avec un sourire ironique. Puis j'ai répondu au texto.

C'est toi qui vérifies que je vais bien ?
Je croyais que c'était mon rôle.

Je vais bien. Et pour toi, ça se passe comment ?
Tout est toujours génial ?

Suivait un emoji faisant un clin d'œil.

Je répète, c'est tout.
Rien de scandaleux comme tes Housewives.

GÉNIAL.

J'ai pris une photo rapide de Charlotte et moi dans le métro, une carte colorée derrière nous, et je l'ai envoyée.

Les scandales ne m'intéressaient pas cet été-là. Je me contenterais d'une navigation calme et douce et laisserais les vagues, même celles qui n'apparaissaient qu'à la télévision, à Abuela.

7

Malgré l'audace à laquelle m'invitait la pièce de monnaie, il m'a fallu une journée entière pour avoir le courage d'envoyer un message à Paolo. Après la répétition, j'ai cherché le numéro enregistré sous Paolo Sansone. Cela faisait des mois que je ne l'avais pas utilisé. Je l'avais sauvegardé avec un gros plan de la photo que Charlotte avait regardée, celle du concert de The Frisson. Ses cheveux d'un brun doré, plutôt longs, lui ondulaient sur le front ; il esquissait le sourire en coin du beau gosse insolent. Les muscles de ses bras, bien dessinés, se contractaient pour tenir les baguettes. Il avait l'air de s'amuser comme un fou, et je détestais savoir qu'à la lecture de mon texto, il afficherait probablement l'expression contraire.

Salut Paolo. C'est Tilly. Je suis sûre d'être la dernière personne dont tu souhaites avoir des nouvelles, mais je voulais te présenter mes excuses pour t'avoir abandonné. J'aimerais t'expliquer, si tu veux bien. S'il te plaît.

Avant de pouvoir me raviser, j'ai appuyé sur « Envoyer ». J'espérais qu'il me répondrait, mais je ne lui en voudrais pas s'il ne le faisait pas. Il avait probablement effacé, voire bloqué mon numéro.

J'ai vite ajouté :

Si tu ne veux pas, je comprendrai.

Mais si tu as ne serait-ce que dix minutes...

Il n'a pas répondu pendant que je faisais mon sac, ni pendant le temps qu'il nous a fallu, à Charlotte et à moi, pour rentrer au Marian en métro, ni pendant que nous prenions une douche et choisissions le quartier que nous allions explorer ce soir-là. Nous étions en train de nous décider pour Chelsea et peut-être le Meatpacking District si nous n'étions pas trop fatiguées, quand mon téléphone a *enfin* vibré.

J'ai sursauté.

— C'est lui ? s'est enquise Charlotte en essayant de m'arracher le téléphone.

— Je ne sais pas. Je ne peux pas regarder.

Je lui ai tendu l'appareil.

— Oui ! a-t-elle hurlé en l'agitant.

— Qu'est-ce qu'il dit ?

Jamais je n'avais éprouvé une telle angoisse devant un message à lire. Bon, l'e-mail de Sage m'annonçant que j'avais une place dans son spectacle avait peut-être été plus éprouvant nerveusement, mais celui-ci était presque ex aequo.

Charlotte a lu à voix haute :

— « Je suis en cours jusqu'à sept heures puis j'ai un truc, mais si tu es disponible pour un rendez-vous à neuf heures, je viendrai. »

Elle m'a regardée, ses yeux bruns tout brillants.

— À toi de jouer, Tilly !

— Qu'est-ce que je réponds ?

— Tu lui demandes où, évidemment !

— C'est toi qui tapes. Je n'y arriverai pas.

Mes mains tremblaient. Je ne pouvais pas prendre le risque que le correcteur automatique envoie un message qui n'ait pas de sens, ou pire, qui m'enfonce encore plus dans le trou de la honte.

Charlotte a composé la réponse à ma place.

— Qu'est-ce que tu en dis ? « Neuf heures, ça me va. Où est-ce qu'on se retrouve ? »

— C'est parfait.

Pas d'erreur. Ouf. Mon téléphone a vibré de nouveau.

— Il a envoyé une adresse, a annoncé Charlotte. Elle a cliqué dessus et la carte affichée sur l'écran a montré un point bleu non loin de l'endroit que nous avions prévu d'explorer.

— C'est un signe ! Nous serons près de là-bas ce soir. L'univers vous pousse l'un vers l'autre, j'en suis sûre.

J'ai esquissé un sourire nerveux.

— Toi et tes théories sur l'univers…, ai-je grommelé en reprenant le téléphone à Charlotte.

À tout à l'heure, ai-je tapé.

Il n'a pas répondu.

Pendant notre trajet vers le centre-ville, mon téléphone a sonné dans ma poche, et j'ai glapi en découvrant le nom affiché à l'écran.

— Si peur que ça ? a dit Charlotte d'un ton malicieux.

C'était une réaction appropriée, puisqu'il s'agissait de ma mère.

— Bonjour, Maman.

— Bonjour, Matilda. (Sa voix était claire et professionnelle, comme d'habitude.) Je n'ai pas de nouvelles de toi depuis quelques jours et je voulais savoir comment se passaient tes répétitions.

Ce n'était pas une surprise. Elle n'avait pas besoin de savoir si j'appréciais la ville, si je m'entendais bien avec ma colocataire, ni même si la maison me manquait. L'essentiel pour ma mère était de savoir si je travaillais bien et dur. Je savais qu'il valait mieux ne pas le prendre personnellement ou interpréter ses propos outre mesure. Veiller à ce que les gens fassent leur devoir, tel était son langage de l'amour, tout comme les listes « pour et contre » constituaient le mien.

— C'est vraiment génial, Maman. Sage est très investie dans sa discipline. Je n'ai jamais travaillé aussi dur, mais j'aime vraiment ça.

— Travailler dur, c'est bon pour toi. Le résultat en vaut encore plus la peine.

J'avais tant entendu cette phrase dans mon enfance qu'elle aurait mérité d'être brodée sur un coussin dans ma chambre.

— Comment vont les autres à la maison ?

J'avais échangé des textos avec Tatum, bien sûr, mais elle ne me racontait rien de ce qui se passait en mon absence.

— Nous allons tous bien. (Elle s'est éclairci la gorge avant de reprendre d'une voix presque excitée – ou peut-être nerveuse.) Ta demi-sœur et moi, nous avons commencé à suivre un cours de photographie hier soir.

— C'est vrai ?

Je n'ai pas pu réprimer la surprise dans ma voix. Ma mère et Tatum ne s'étaient jamais entendues. Assez récemment, elles étaient parvenues à une sorte d'accord mutuel selon lequel Tatum ferait moins de vagues et ma mère ne se mettrait pas dans tous ses états si Tatum voulait faire quelque chose que Maman n'approuvait pas. C'était leur façon d'être plus ouvertes d'esprit l'une envers l'autre. Mais suivre un cours ensemble, pratiquer un loisir en commun me semblait un peu extrême.

— Oui, c'est vrai.

— C'est génial, Maman. Tu m'enverras des photos ?

— Elles ne seront pas très bonnes, mais je te les enverrai.

Ses mots étaient empreints de vulnérabilité. D'habitude, c'était moi qui étais sous les projecteurs, pas elle. Maman préférait nettement s'activer en coulisses pour veiller à la marche fluide des choses ; j'étais donc assez fière qu'elle ait fait un pas en dehors de sa zone de confort. Ça devait être effrayant pour elle.

— Et toi, tu m'enverras une vidéo de toi en train de danser ?

L'affirmation qui se cachait discrètement sous sa demande était que ma présence lui manquait.

La distance qui nous séparait m'a soudain peinée et mise mal à l'aise. Je manquais à Maman et je lui mentais. La Pire. Fille. Du Monde.

— Je demanderai à Sage si ça ne la dérange pas, ai-je marmonné.

— Merci.

Elle avait l'air contente.

— Je te laisse. Je suis sûre que tu es épuisée et que tu as besoin de te reposer. Veille à boire suffisamment d'eau et à manger des protéines, s'il te plaît.

— Promis, Maman. À bientôt par téléphone.

— Au revoir.

J'ai remis le téléphone dans ma poche et jeté mon sac sur mon épaule.

— Tout va bien ? m'a demandé Charlotte.

— Oui. Ma mère appelait pour prendre des nouvelles.

Charlotte a hoché la tête.

— La mienne m'envoie sans arrêt des textos. Elle craint que je me fasse agresser ou kidnapper. Les grandes villes lui font peur.

— Mais tu vis dans une grande ville !

Je n'étais jamais allée à Los Angeles, mais je ne pouvais pas imaginer que ce soit très différent de New York en matière de dangers potentiels.

— Nous n'habitons pas à Los Angeles même, a précisé Charlotte. Nous sommes plus près de la plage. Cela dit, ma mère m'écrit aussi quand je suis là-bas. Je ne devrais pas être surprise.

Charlotte m'a fait un sourire espiègle.

Nous avons pris le métro jusqu'à l'arrêt de la 14e Rue. Arpenter la ville était plus facile depuis un jour ou deux ; je commençais à me sentir un peu New-Yorkaise. J'ai souri en franchissant les tourniquets, comme tout le monde. J'ai souri dans l'escalier abrupt qui remontait à la surface. J'ai souri dans la rue. J'ai souri en marchant vers l'énorme immeuble en briques qui, selon mes guides touristiques, abritait l'une des plus impressionnantes collections de boutiques et de restaurants au monde. J'ai continué à sourire en flânant avec Charlotte pendant un temps fou à travers Chelsea Market.

Mais malgré mon sourire, j'avais le ventre qui frémissait. Peur. Impatience. Soulagement. Je faisais de mon mieux pour rester calme, mais j'étais sûre que Charlotte, et tous ceux qui jetaient un coup d'œil dans ma direction devinaient mon état lamentable.

À 20 h 45, après avoir mangé des salades à un comptoir de produits sans gluten et sans produits laitiers au marché, juste parce que nous le pouvions, Charlotte m'a regardée en hochant la tête.

— Bon, mon amie, ça y est. Tu penses pouvoir y aller toute seule ?

Le lieu de rendez-vous avec Paolo n'était qu'à quelques rues de là.

— Je suis sûre que je peux me débrouiller.

Je ne doutais pas de ma capacité à suivre les instructions de mon téléphone. En revanche, j'étais un peu moins sûre de ma capacité à m'excuser avec tact et sans m'enfuir.

Charlotte a posé les deux mains sur mes épaules, en un geste maternel.

— Écoute. Tu as compris. Si la seule chose que tu arrives à lui dire, c'est « je suis désolée », alors tu auras fait ce que tu devais faire et tu pourras dormir tranquille ce soir, d'accord ?

— D'accord. Tu as raison.

J'ai inspiré bruyamment et j'ai soufflé, ce qui a fait voler les cheveux échappés de ma natte.

— Merci.

— De rien. Et s'il ne voit pas à quel point tu es sincère, alors il n'en vaut pas la peine.

— C'est vrai.

Si Paolo m'envoyait promener, j'espérais éprouver un peu de la confiance de Charlotte et laisser tomber.

— On se retrouve à la résidence. Ça, au moins, c'est sûr.

Elle m'a serré les épaules avec un clin d'œil avant de s'éloigner.

8

Après avoir parcouru quelques rues vers le sud, j'obliquais à l'ouest en direction de la rivière, quand mon téléphone a sonné.

Mes nerfs ont failli avoir raison de moi, et j'ai manqué de le laisser tomber sur le trottoir avant de voir le message de Paolo.

Prends l'escalier. Je suis en haut.

Il était en avance. Et de quel escalier parlait-il ? Je me suis dirigée vers le point indiqué dans son premier texto. Une vision incongrue m'attendait, celle d'un escalier métallique géant. Formidable : encore un. Une affiche ornée d'une feuille d'érable et du mot « Highline » était apposée sur un pilier à la base de la volée de marches, à côté d'une carte. J'ai empoigné la rampe, que je n'ai pas lâchée jusqu'au sommet. Là-haut, j'ai débouché sur une large terrasse en bois, arpentée par des touristes qui profitaient d'une vue imprenable sur l'Hudson.

J'ai tout de suite repéré Paolo. Il me tournait le dos, mais ses cheveux, tellement reconnaissables, dépassaient d'un bonnet gris.

Ce couvre-chef était absolument superflu en été, mais il lui allait bien. Une chemise en flanelle à carreaux, tout aussi inutile, était nouée autour de sa taille. Paolo s'appuyait à une balustrade en bois et regardait les derniers rayons du soleil qui s'enfonçait dans le port. J'ai remarqué une ligne de texte noir qui dépassait de sous sa manche. Il n'avait pas de tatouage… avant. Je m'en serais souvenue.

Je l'ai observé un moment. Non pas d'un regard indiscret, embarrassant, mais de ce regard qui précède les mots et les décisions, à l'instant où tout est encore possible. Ce que je devais dire était encore parfait dans ma tête.

Ses réponses étaient le fruit de mon imagination.

De profil, Paolo était aussi saisissant que la première fois où je l'avais vu sur scène. Il jouait bien le rôle du batteur décontracté qui aime s'amuser, mais nos conversations m'avaient révélé qu'il était également réfléchi, intelligent et déterminé. C'étaient les qualités que je préférais également chez moi. Je le regardais sans rompre le charme, et toutes ces choses sont restées en suspens un moment de plus.

Finalement, j'ai cligné des yeux et j'ai aspiré une grande bouffée d'air. Je me suis approchée de lui avec toute l'assurance dont j'étais capable.

— Bonjour, ai-je dit.

Paolo n'a pas tourné la tête ; il a continué à fixer le dernier rayon de soleil rouge doré sur le point de disparaître.

— Hey, a-t-il répondu de sa voix abrupte et rocailleuse.

Ce n'était pas pour rien qu'il n'était pas le chanteur principal du groupe, mais j'aimais sa voix quand même.

— Comment vas-tu ? ai-je demandé machinalement.

— Fatigué.

Je voulais bien le croire. S'il s'entraînait des heures par jour, comme moi, et qu'il faisait « un truc » après – quoi que cela veuille dire – et qu'il sortait avec la fille aux cheveux bleus, alors bien sûr qu'il était épuisé.

— Je ne vais pas te retenir, ai-je dit prudemment. Merci d'avoir accepté mon invitation. Je suis sûre que je suis la dernière personne de la planète que tu as envie de voir et je te comprends. Je ne voudrais pas non plus me voir après… les derniers mois.

Le regard doré de Paolo s'est lentement tourné vers moi, me retournant l'estomac. J'ai pris appui sur un pied puis sur l'autre en respirant profondément, espérant ainsi me stabiliser. Je n'étais pas du genre à devenir nerveuse lors des auditions ou avant les spectacles, probablement à cause de la façon dont ma mère m'avait élevée en me faisant croire que si l'on travaillait dur, tout finirait par s'arranger. Même quand on s'effondre, on reste conscient des efforts accomplis et c'est ce qui compte.

Sauf que je savais au fond de moi que je n'avais pas fait le maximum d'efforts avec Paolo. Ou aucun effort du tout, en fait. Je l'avais quitté. Sans un mot. Et c'est pour ça que j'étais en morceaux.

— Je t'écoute, a-t-il dit en se retournant vers le port.

On voyait le New Jersey de l'autre côté de l'eau. Les lumières des hôtels et des immeubles de bureaux scintillaient au loin. Je me suis avancée pour m'accouder à la rambarde comme lui, et nous avons tous les deux regardé l'eau ondulante. Peut-être que ce serait plus facile si nous ne nous dévisagions pas.

J'ai mentalement compté jusqu'à trois et je me suis lancée.

— Après ma chute, j'étais dans le pire état dans lequel j'avais jamais été. Humiliée de ne pas avoir pu éviter ça. Horrifiée que mes jours de danse soient probablement terminés. Je ne voulais pas parler de ma blessure, pas même avec Tatum. J'ai été très touchée que tu viennes à l'hôpital, mais je ne pouvais pas te regarder en face. Pas à ce moment-là. Je me suis dit que je t'enverrais rapidement un texto pour te faire savoir que je n'avais pas disparu. Mais j'étais en colère et je n'avais littéralement aucun exutoire pour toute la rage que je ressentais. J'avais envie de m'arracher la peau. Alors je n'ai pas envoyé de texto parce que je ne voulais pas dire quelque chose que je regretterais.

J'ai fermé les yeux avant de dire le pire.

— Et quand j'ai fini par te répondre ? Je l'ai regretté immédiatement. En fait, je ne voulais pas que tu me laisses tranquille. C'est juste que je ne savais plus comment être moi-même avec toi.

Paolo avait légèrement tourné la tête vers moi. J'ai supposé que c'était un progrès.

— Je m'étais convaincue que je n'allais plus jamais danser, alors j'ai jeté toute cette énergie négative dans les demandes d'inscription à l'université. J'ai travaillé chaque mot, chaque phrase, jusqu'à ce qu'ils soient parfaits.

Paolo s'est raclé la gorge.

— Où veux-tu en venir ? Je veux dire, je suis désolé que tu aies été blessée, sincèrement. Et je ne cherche pas à être impoli, mais comme je te l'ai dit, je suis épuisé.

J'ai rougi, heureuse qu'il fasse nuit et qu'il ne puisse pas le voir.

— J'y arrive, promis. J'ai juste besoin de sortir ça. Je ne pensais pas avoir l'occasion de te le dire un jour, alors sois indulgent avec moi. S'il te plaît.

Il a acquiescé, les lignes dures de sa mâchoire s'adoucissant légèrement, peut-être grâce au « S'il te plaît ».

— J'étais persuadée que tout ce qui n'était pas faire des devoirs ou parfaire des dossiers d'inscription était une distraction. Toi y compris. Tatum a eu toutes sortes d'idées pour me faire sortir de la maison, et j'ai refusé à chaque fois.

— Tu devais venir à l'un de nos spectacles, m'a dit Paolo sèchement.

— Oui, ai-je répondu avec tristesse. Pour faire court, j'ai provoqué une avalanche, si on peut dire, et j'essaie de m'en sortir depuis. Je suis admise à Georgetown, mais je ne veux pas y aller. Je suis très reconnaissante de cette chance, mais ce n'est pas la bonne voie pour moi. Le fait d'avoir été à terre pendant si longtemps m'a fait prendre conscience que j'aimais suffisamment la danse pour vouloir en faire mon métier. Je suis donc ici pour l'été parce que c'est ma dernière chance de devenir danseuse professionnelle.

J'ai fait une pause, attendant la réponse de Paolo. Elle n'est pas venue, j'ai continué.

— Quand j'ai été blessée, je me suis vue comme une assiette de porcelaine détruite – des débris et des fissures partout. Toute ma vie a été brisée, je crois. J'essaie de recoller les morceaux. La danse est un morceau important, évidemment, et je fais de mon mieux pour le remettre en place.

Paolo a hoché la tête imperceptiblement, et j'ai su qu'au moins, il comprenait ça.

— Je crois que…

Je me suis interrompue. J'ai serré entre mes doigts le rebord de la balustrade en enfonçant mes ongles dans le bois tendre pour me forcer à poursuivre.

— Je crois que lorsque je t'ai vu dans le parc, même si tu étais manifestement en colère contre moi, et à juste titre, j'ai pris conscience que tu étais un morceau important qui avait besoin d'être réparé aussi. Je le savais avant, bien sûr – je le savais depuis des mois –, mais je n'étais pas en bonne position pour m'excuser.

Maintenant, je le suis, et je suis désolée. Je veux que tu saches que je n'avais pas l'intention de te blesser, mais je sais que je l'ai fait. Je souffrais et je n'étais pas moi-même. J'essaie de l'être maintenant.

Je n'ai pas pu le regarder lorsque j'ai terminé mon discours. Tout le fonctionnement de mon corps s'est arrêté tandis que je guettais sa réaction. Paolo ne disait toujours rien, comme s'il faisait exprès de me torturer pour me rendre folle. Mes poumons se sont remplis et mon cerveau s'est remis en marche, la panique lui faisant faire des sauts périlleux. Avais-je dit ce qu'il ne fallait pas ? En avais-je trop dit ? Pas assez ?

Au cas où je n'aurais pas été claire, je me suis dépêchée d'ajouter :

— J'espère que tu pourras me pardonner. Mais si ce n'est pas le cas, je comprends. Disparaître après deux superbes rendez-vous, c'est un peu impardonnable.

Et pour insister, j'ai ajouté :

— Des rendez-vous magnifiques.

Je me suis déplacée sur l'autre pied parce que j'avais des fourmis dans le mollet. Soudain, Paolo m'a dit :

— Tu savais que c'est ici que le *Titanic* était censé accoster ? (Il montrait l'obscurité du doigt.) S'il était arrivé à bon port.

— Je ne le savais pas.

C'était évidemment un changement total de sujet, et loin d'être une métaphore sur le pardon. Mais je n'allais pas l'empêcher de me parler.

— Et à quelques rues d'ici se trouve l'hôtel Jane, où les membres d'équipage survivants ont séjourné après leur sauvetage par le *Carpathia*. C'est encore un hôtel aujourd'hui, et le personnel raconte qu'il entend des gémissements la nuit.

Je ne savais pas trop pourquoi il me racontait cela.

— C'est… hum… intéressant.

Quittant l'appui de la rambarde, Paolo m'a invitée à le suivre d'un léger signe de tête. Je me suis exécutée. Il s'est dirigé vers le nord, sur l'étrange passerelle en bois. C'était à la fois un parc et une promenade au milieu de la ville. Quelle distance parcourait-elle ? Jusqu'où allions-nous marcher ? Je me suis dit que si Paolo parlait, je continuerais à le suivre.

Il s'est arrêté un peu plus loin, dans un espace dégagé.

— C'était une voie de chemin de fer, ici.

Paolo a tendu un doigt vers la droite, et j'ai distingué des rails métalliques entre les touffes d'herbe et les fleurs.

— La ville a surélevé les rails parce que les gens se faisaient tuer sur les voies. Des types à cheval avaient même été engagés pour avertir les passants de garder leurs distances, mais sans trop de succès. Quand on n'a plus eu besoin de trains pour transporter des marchandises dans la ville, les rails ont été transformés en voie verte.

D'abord le *Titanic*, puis les trains de la mort. Où voulait-il en venir ? J'ai risqué une réponse hésitante :

— C'est sympa. C'est une bonne manière de réutiliser quelque chose dont ils pensaient ne plus avoir besoin.

Nous avons continué à marcher et, de temps en temps, Paolo racontait un fait historique ou une histoire en rapport avec ce que nous voyions. Pour quelqu'un qui se disait fatigué, il ne montrait aucun signe de vouloir s'arrêter, ce qui me convenait parfaitement. Il a fini par s'arrêter à un viaduc. Nous avons observé la large artère éclairée que nous avions sous les yeux, sillonnée par les taxis et les piétons qui rentraient chez eux sur des trottoirs encore encombrés.

Impossible de le nier : j'aimais être là avec lui. Mais la frénésie de mon attirance pour lui et mon besoin de l'entendre dire « Oui, je te pardonne » atteignaient leur paroxysme. Je n'en pouvais plus d'attendre qu'il me parle. J'ai regardé ma montre et décidé de prendre un risque. Je me suis enveloppée dans mes propres bras, peut-être pour me protéger, et j'ai dit :

— Ce n'est pas que je n'apprécie pas la leçon d'histoire, bien au contraire, mais tu m'as dit que tu étais fatigué. Je ne veux pas que tu te forces à veiller à cause de moi. Tu sais, si tu as besoin de retourner chez…

Je me suis interrompue. Où logeait-il ? Dans une résidence comme moi ? Dans un appartement ?

— Je veux continuer à te parler, Tilly. J'aime te parler. J'ai toujours aimé ça.

C'était déjà ça.

— Et je veux qu'on discute de ce que tu as dit tout à l'heure. Un jour ou l'autre. Mais en effet, je suis fatigué, et c'est tout ce que j'ai à donner pour l'instant. C'est tout ce que je peux dire.

Mes joues se sont remises à brûler, cette fois jusqu'à mes oreilles et mon cou.

— Je comprends. Je comprends. Tout ce dont tu as besoin. C'est bon.

Si le fait de me raconter toute l'histoire de la ville de New York, sur des centaines d'années, pouvait lui permettre de me pardonner, je l'écouterais jusqu'au bout.

Paolo a acquiescé et s'est assis sur un muret en béton. Je me suis posée à côté de lui, les jambes dans le vide, pas trop près, mais suffisamment pour ne pas donner l'impression que j'évitais la proximité.

J'ai changé de sujet, tout en restant neutre, pour qu'il continue à parler.

— Alors, tu es ici pour l'été et tu suis des cours de batterie ?

— Oui. Tu connais le film *Whiplash* ?

— Oui.

Un soir, Tatum et moi l'avions regardé en streaming. Il raconte l'histoire d'un jeune batteur étudiant sous la direction d'un professeur abusif. Aucune de nous n'avait pu détacher ses yeux de l'écran. Cela avait été physiquement douloureux à regarder.

— S'il te plaît, dis-moi que ce n'est pas ce à quoi tu ressembles ici.

— Non, a-t-il répondu avec un petit rire. Mais c'est intense. D'où la fatigue.

J'ai gloussé à mon tour.

— Pareil. Je n'ai jamais travaillé aussi dur de toute ma vie.

— C'est comme quand on débarque en ville, les attentes augmentent automatiquement.

— Ainsi que les enjeux.

Paolo m'a jeté un coup d'œil avec ce que j'espérais être un sourire empathique.

— Je suis désolé que tu aies été blessée.

— Moi aussi, ai-je soupiré. Mais je suis guérie, maintenant.

— Alors c'est vraiment ta dernière chance de trouver du boulot ?

Son intérêt était un signe encourageant.

— Oui. J'ai raté l'occasion de passer les auditions en même temps que tout le monde, mais j'ai eu cette possibilité et me voilà !

Je lui ai décrit mes débuts et la vision de Sage pour notre spectacle. Paolo a hoché la tête, comme s'il approuvait.

— L'université sera toujours une option, a-t-il commenté en haussant les épaules.

J'ai espéré que ma mère serait d'accord.

— Et toi ? ai-je osé. Université ? Pas d'université ?

— L'université.

— Cool. Percussions ?

— Oui, double diplôme, en fait. Percussions et histoire. Conservatoire Oberlin.

J'ai ri.

— J'aurais probablement dû deviner aussi pour l'histoire. Ta mémoire est impressionnante.

Paolo a souri et s'est assis plus droit.

— Je suis un intello, on ne se refait pas.

Nous nous sommes souri, nos expressions empreintes de ce respect mutuel éprouvé lorsqu'on se met exactement à la place de l'autre. Les voies que nous avions choisies avaient beau être totalement différentes, nous nous comprenions.

— Je suis heureuse pour toi, ai-je dit en détournant le regard. Et je suis heureuse que tu aies accepté de me voir. J'avais envie de te dire ça depuis longtemps, mais je ne savais pas comment.

Paolo a serré les lèvres, puis repris la parole.

— Je te pardonne, Tilly. Merci pour les excuses et les explications.

J'ai levé les yeux vers lui et lui ai offert un sourire timide. Mais j'éclatais en mon for intérieur. Si j'avais été seule, j'aurais été capable de sauter du mur et faire la roue.

— Mais..., a-t-il poursuivi.

Oh, il y avait un « mais ». Ma roue intérieure s'est arrêtée net.

— Je pense que je dois aussi t'expliquer un peu le contexte. Je me suis retrouvé en pleine confusion quand tu m'as envoyé promener. J'ai essayé de penser à ce que j'avais pu faire de mal et je n'ai rien trouvé.

— Tu n'avais rien fait de mal, ai-je murmuré.

— Je le sais maintenant. Mais c'est un coup dur pour l'ego quand la fille que tu apprécies t'ordonne de sortir de sa vie et disparaît de la surface de la Terre.

— Je suis vraiment désolée, ai-je murmuré, les larmes aux yeux.

— Je sais que tu l'es. Je suis aussi désolé que ça se soit passé comme ça. En tout cas, il va me falloir un petit moment pour digérer ça, Tilly.

Malgré son ton, devenu un peu sec, j'avais envie de l'entendre prononcer mon nom, encore et encore.

— Comment je peux savoir si tu ne vas pas me laisser tomber ou t'enfuir à nouveau ?

— Je ne le ferai pas, ai-je répondu à la hâte. C'est promis.

— Ma tête le sait, mais ici..., a dit Paolo en se tapotant la poitrine au niveau du cœur. Je le souhaite. Mais ça va prendre un petit moment.

— Compris, ai-je répondu, faisant écho à son sentiment de tout à l'heure. Moi aussi, je le souhaite.

J'ai plissé les yeux pour le regarder dans la lumière fluorescente de la rue.

— Amis ?

J'ai pensé que ce n'était pas le bon moment pour dire que je voulais reprendre exactement là où je nous avais laissés il y a des mois, quand nous étions assurément plus que des amis. Pour l'instant, il avait clairement l'impression de ne pas pouvoir me faire confiance. De plus, il y avait ce petit détail de la fille batteuse.

— Amis, a-t-il dit, avec son sourire en coin caractéristique.

Mes entrailles se sont à nouveau liquéfiées. Paolo a étiré ses bras au-dessus de sa tête et a bâillé. L'écriture noire sur son bras est redevenue visible. Je lui poserais la question la prochaine fois, s'il y avait une prochaine fois.

Il est descendu du muret.

— Je dois vraiment y aller, mais je suis content que tu m'aies envoyé un texto.

— Moi aussi.

Paolo a hésité.

— Je vais attraper un taxi. Tu vas dans le centre, toi aussi ?

J'aurais bien aimé.

— Non, de l'autre côté. Je crois que je vais marcher un peu et prendre le métro quand je serai fatiguée.

Paolo a eu l'air sceptique.

— Tu es sûre ? Toute seule ?

C'était mignon qu'il s'inquiète pour moi.

— Ouais. Je suis presque une vraie New-Yorkaise maintenant.

Paolo a remis son bonnet gris et m'a salué d'un coup de menton.

— Bien, bonne nuit alors.

J'avais envie d'abolir la distance qui nous séparait, une soixantaine de centimètres, et de me jeter dans ses bras. Mais je n'étais pas sûre qu'il l'accepterait. Je me suis contentée de lever la main.

— Bonne nuit. Merci encore.

— Je t'en prie, m'a répondu Paolo avec son sourire en coin, avant de se fondre dans l'obscurité.

J'ai poursuivi seule ma promenade sur la Highline, en passant devant des sculptures et des peintures murales. Cet endroit semblait si irréel : un havre de verdure flottant au-dessus d'une ville encore très animée. Mais je découvrais qu'il y avait des oasis partout ici, si l'on cherchait bien. Au niveau de la 30e Rue, j'ai pris les escaliers pour descendre, tourné à gauche sur la VIIe Avenue et j'ai marché vers les néons, droit devant moi.

9

Le lendemain matin, Charlotte s'est littéralement jetée sur moi.

— Réveille-toi, réveille-toi. Comment ça s'est passé ? Je meurs d'envie de savoir si le beau batteur t'a pardonné. J'en mourais déjà hier soir, mais j'ai été sympa, je ne t'ai pas envoyé de texto, pour ne pas t'obliger à regarder ton téléphone pendant cette conversation super importante.

J'ai ouvert un œil. Charlotte était à genoux dans l'espace de quinze centimètres entre ma jambe et le bord du lit. Un bras de chaque côté de ma tête, elle paraissait planer au-dessus de moi.

— Bonjour ? ai-je bredouillé, groggy.

— Bonjour. C'est l'heure de se lever. C'est aussi l'heure de raconter à Charlotte comment ça s'est passé.

— Tu parles de toi-même à la troisième personne maintenant ?

— Tu vas arrêter de me faire poireauter ?

— Oui, M'dame. Dès que tu seras sortie de ma bulle personnelle.

Je lui ai donné une légère secousse pour la pousser hors de mon lit.

Charlotte a fait la moue, mais elle a battu en retraite vers son lit, où elle s'est assise en tailleur, dévoilant ses chaussettes à motifs de tacos.

— Alors ?

— Alors, c'était bien.

— Juste « bien » ?

— Je ne m'attendais pas à ce que ce soit parfait. Mais oui, il m'a pardonné.

— Il y a eu un baiser ?

Je lui ai fait une grimace.

— Non. Je reste persuadée qu'il a une copine.

Même s'il ne m'avait pas parlé de la fille aux cheveux bleus, je n'allais pas supposer qu'elle n'était qu'une amie, nourrir cette illusion humiliante.

— Mais nous sommes de nouveau amis. Ou presque. Quasi-amis.

Charlotte m'a tiré la langue.

— Bon, c'est rasant.

— Tu préférerais me voir pleurer toutes les larmes de mon corps parce qu'il n'aurait pas voulu m'écouter ?

— Bien sûr que non. J'espérais un grand geste. Comme au cinéma. Tous les bons films d'amour qui se passent à New York en ont. Dommage qu'il ne t'ait pas demandé de le rejoindre au sommet de l'Empire State Building.

— Un, on n'est pas dans un film. Et deux, j'espère que ce n'est pas la fin. Un nouveau commencement, peut-être ?

Charlotte m'a fait un grand sourire :

— OK. Oui. Un nouveau commencement. Et ne fous pas tout en l'air, ce coup-ci.

Comme si je n'avais pas eu ma dose d'émotions au cours des douze dernières heures, Sage a décidé d'accélérer les choses lors de la répétition. Nous étions assises en demi-cercle autour d'elle après l'échauffement lorsqu'elle nous a dit avec un sourire :

— Les filles, ça semble être le bon moment pour vous dire que je suis prête à commencer à attribuer les rôles pour le spectacle. Je pense que j'ai bien cerné vos points forts et j'ai commencé à visualiser où j'ai besoin de chacune d'entre vous sur scène.

Sabrina s'est redressée, le menton en avant, et a battu des cils. Elle avait l'air d'un perroquet en train de faire le beau.

— Avant que vous ne commenciez à disséquer le nombre de minutes que vous passerez sur scène et à comparer cette durée à celles des autres, sachez que j'ai fait en sorte que vous ayez toutes le même temps de scène.

Le ton de Sage était amusé, mais c'était aussi un avertissement.

J'ai observé Sabrina à la dérobée. Elle fronçait les sourcils tandis qu'Ella, sa voisine, avait au moins l'élégance de rougir parce qu'elle s'était surprise à penser à son temps de présence sous les projecteurs.

— Je sais que je radote, mais nous formons un ensemble, a poursuivi Sage. Personne ne sera la star. Cette équipe va épater tout le monde par sa capacité à travailler ensemble, et non séparément.

La passion dans la voix de Sage, associée au fait qu'elle nous martelait littéralement l'idée du travail d'équipe, m'a amenée à me demander quels autres détails de son passé l'influençaient. Son histoire ne se résumait-elle pas à une malheureuse blessure ? Moi, je ne pouvais m'en prendre qu'à moi-même concernant mon accident. Elle, son partenaire l'avait laissée tomber. Et si ce n'était pas un accident ? L'idée que quelqu'un puisse aller aussi loin pour avancer m'a fait frémir.

Alors que nous nous levions pour nous mettre au travail, j'ai vu Sabrina se pencher vers Ella et lui parler, tel un ouragan sur le point de frapper la terre. Ella a secoué la tête, le visage tout aussi orageux.

Sabrina a brusquement levé le doigt, et s'est mise à parler sans attendre d'y être invitée.

— Hum, Sage ? J'ai bien compris ce que tu dis sur le travail d'équipe, bien sûr, c'est génial et tout ça, mais comment allons-nous nous faire remarquer par les recruteurs ?

J'ai reconnu à contrecœur la pertinence de sa question. Les danseuses les plus visibles étaient l'objet d'une plus grande attention. Si aucune d'entre nous n'était la star, comment nous faire repérer ?

Sage, qui venait de boire une gorgée de son café, a eu l'air de lutter contre elle-même pour ne pas la recracher. Elle a gardé une voix calme et égale :

— Une bonne danseuse sera remarquée, quel que soit le temps qu'elle passe sur scène. Les recruteurs seront impressionnés par notre unité. À condition que nous y parvenions.

Un défi résonnait dans ces mots, pas seulement pour Sabrina, mais pour nous toutes. S'élever au-dessus de notre esprit de compétition et de notre mesquinerie pour atteindre quelque chose de plus grand que nous.

Je ne reculais jamais devant un défi.

La chanson d'ouverture du spectacle était à la fois moderne et vintage, insolente et sérieuse, et comme l'a dit Sage, elle donnait parfaitement le ton du spectacle. J'allais participer à cette séquence principalement en arrière-plan, mais j'avais droit à un petit enchaînement en solo vers la fin. Sage a défini la plus grande partie de la chorégraphie et a commencé à la découper en petits segments pour que nous nous entraînions. Comme prévu, elle nous a fait travailler jusqu'à la perfection. Et comme chaque jour, au lieu d'être prête à m'écrouler comme le voulait mon corps, mon esprit s'emballait à des millions de kilomètres à l'heure. Je dansais mieux que jamais, en partie grâce à la motivation insufflée par Sage, mais surtout parce que je m'étais débarrassée de ma culpabilité à l'égard de Paolo, que je traînais depuis des mois. Je me sentais plus forte et plus légère que jamais.

À la fin de la répétition, Sage a lentement frappé dans ses mains :

— Bon travail, mes amies.

Elle nous a complimentées à tour de rôle. Quand elle est arrivée à moi, elle m'a dit :

— Tu as assuré aujourd'hui, Tilly. J'ai été impressionnée. Quoi que tu aies canalisé, continue à le faire.

J'ai rougi violemment, la chaleur se répandant jusqu'à ma gorge et ma nuque.

— Merci, Sage.

J'avais pensé à Paolo et au fait que, même si notre amitié ne se renouait pas, j'avais dit ce que j'avais à dire et qu'il m'avait entendue. J'avais pensé au plaisir que j'éprouvais à travailler dur et à la délicieuse douleur musculaire qui me réveillait chaque matin, me rappelant ce que j'avais accompli la veille. Je m'étais rappelé mon retour au Marian la veille au soir, à travers Times Square scintillant comme une fête foraine, nimbée de splendeur. L'énergie frénétique déployée me procurait de l'excitation tout en me donnant la nausée. J'avais adoré. En dansant, j'ai réalisé que j'étais enfin prête à reprendre ma vie là où je l'avais laissée en décembre dernier.

— Oh, et, chère équipe, a ajouté Sage en souriant. Vous souvenez-vous de ce que j'ai dit le premier jour sur la recherche d'inspiration ? C'est le moment de vous lancer si vous n'avez pas encore commencé à y penser. Trouvez un personnage – réel ou fictif – qui a affronté une bataille. Il n'est pas obligé d'avoir gagné, mais il doit s'être battu.

Cela ressemblait à un devoir, et l'intello en moi s'en réjouissait.

— Je crois que nous allons faire une excursion aujourd'hui, ai-je chuchoté à Charlotte, qui a hoché la tête et s'est mise à chercher son sac dans un coin de la pièce.

Lorsque Sage est sortie de la salle, Sabrina, l'antenne toujours prête à capter des compliments qui ne lui étaient pas destinés, m'a lorgnée d'un air narquois.

— Continue comme ça, a-t-elle persiflé dans un murmure glacial.

Je l'ai dévisagée, mes yeux bruns rivés à ses yeux verts. J'aurais dû prêter plus d'attention au reste de sa personne, car deux secondes plus tard, son pied s'est brusquement trouvé sur ma trajectoire, et je suis tombée avec un bruit sourd.

— Tilly ! s'est écriée Charlotte.

Elle s'est précipitée vers moi, Arden et Ella sur les talons, et s'est penchée sur moi.

— Tu vas bien ?

J'ai hoché la tête en me frottant le coccyx.

— Oui, je crois que ça va.

— Qu'est-ce qui s'est passé ? s'est enquise Arden d'une voix inquiète. Tu as besoin d'une poche de glace ou de quelque chose d'autre ?

Ella a cligné de ses yeux de poupée, attendant ma réponse.

J'ai regardé Sabrina. Assise en tailleur, les traits imperturbables, elle rangeait ses chaussettes dans son sac. Personne ne l'avait vue me faire un croche-pied, mais je n'allais pas tomber dans le piège qu'elle pensait m'avoir tendu. Je pouvais m'élever au-dessus de sa mesquinerie et de ses ruses.

— Mes pieds ont tricoté. Ce n'est rien.

Charlotte s'est agenouillée à côté de moi.

— Tu as mal à la cheville ?

J'ai tendu la jambe et fait pivoter ma cheville pour en avoir le cœur net.

— Aucun dégât. Heureusement, ai-je dit tout haut, à l'intention de Sabrina.

— Je suis contente que ça aille, a dit Ella, et Arden a acquiescé d'un signe de tête.

Je leur ai souri, heureuse et un peu surprise de leur sollicitude. Jusqu'à présent, les deux cadettes du groupe étaient restées collées l'une à l'autre, et je n'avais pas eu l'occasion de bien les cerner. Toutes deux m'ont saluée avant de gagner la porte, ce qui m'a confirmé qu'elles n'étaient pas des clones de Sabrina. J'ai laissé échapper un soupir de soulagement.

Charlotte m'a tendu la main pour me hisser.

— Tu es sûre que ça va ?

J'ai répondu par l'affirmative. Elle a ramassé mon sac, nous nous sommes dépêchées de ranger nos affaires et nous sommes parties. Je ne voulais pas partager l'espace avec Sabrina plus longtemps que nécessaire.

Au lieu d'abîmer davantage nos jambes endolories – et mon coccyx – en sillonnant la ville, j'ai entraîné Charlotte dans l'une des librairies les plus célèbres de New York, The Strand, pour y trouver des lectures en rapport avec la consigne de Sage.

Les gens qui décrivaient The Strand comme un alignement de trente kilomètres de livres ne plaisantaient pas. Si notre tâche consistait à trouver l'inspiration, nous étions au bon endroit.

Pendant près d'une heure, j'ai parcouru les allées tapissées de rayonnages deux fois plus hauts que moi, avant de repartir avec une anthologie de contes de fées classiques et un volume de poèmes traduits de la poétesse chilienne Gabriela Mistral. J'avais reconnu son nom sur l'étagère d'Abuela ; celle-ci m'avait dit qu'Abuelo avait emporté plusieurs recueils de Mistral avec lui lorsqu'ils étaient venus en Amérique. Je me suis dit que si c'était si important pour eux, il devait y avoir quelque chose pour moi à l'intérieur. J'ai réglé mes trésors et j'ai retrouvé Charlotte à l'entrée.

— Qu'est-ce que tu as pris ?

Elle a sorti trois livres du sac en toile sur lequel était imprimé le logo de la librairie.

— Que des femmes badass !

Elle a brandi les livres pour que je puisse lire les titres.

— *Le Bâton de menthe de Sheila Rae*[3] ? Un livre d'images ? Vraiment ?

3. *Sheila Rae's Peppermint Stick*, de Kevin Henkes.

— Tu peux le lire et tu comprendras mon choix. C'était mon livre préféré quand j'étais enfant, parce que la petite sœur gagne, m'a expliqué Charlotte en souriant.

— J'ai hâte.

J'ai examiné les autres ouvrages : *Quand j'étais Portoricaine*[4] et *Les heures d'après : Lettres d'amour et d'absence au lendemain de la guerre*[5].

— L'un traite des difficultés rencontrées par les immigrés, l'autre est l'histoire d'un survivant de l'Holocauste. Je pense couvrir tous les types de combattants, non ?

— Bien sûr. Il faudra que tu me les prêtes quand tu auras fini.

— Sans problème.

Nous nous sommes arrêtées au marché fermier d'Union Square, tout proche, pour acheter un sac de bretzels et deux citronnades fraîchement pressées, et nous avons marché jusqu'à un banc libre à la lisière du parc. C'était l'endroit idéal pour observer les gens et feuilleter nos livres.

Charlotte et moi nous sommes installées, et j'ai commencé par les contes de fées. J'ai écarté *La Belle au bois dormant* – c'est le prince qui a tué le dragon, mais j'apprécie les fées qui veillent sur elle. J'ai réfléchi à *Cendrillon* : bien qu'elle n'ait pas vraiment combattu sa marâtre, elle a su saisir une chance offerte par la fée, sa marraine. J'ai feuilleté *Le Vilain Petit Canard*, *La Belle et la Bête* et *Raiponce*, relevant des lignes et des leçons à tirer plus tard. Je me suis attardée plus longtemps sur *Le Petit Chaperon rouge*.

Une mère qui demandait à sa fille de rester sur le chemin. Une fille qui ne l'écoutait pas et finissait par constituer le dîner d'un

4. *When I was Puerto Rican*, d'Esmeralda Santiago.
5. *The Hours After : Letters of Love and Longing in War's Aftermath*, de Gerda Weissmann Klein et Kurt Klein.

loup. Même si tout s'arrangeait à la dernière page, je me suis sentie coupable de cacher mes projets d'avenir à Maman.

— Je crois que je m'identifie un peu trop au Petit Chaperon rouge, ai-je dit à voix haute.

Charlotte a levé les yeux de son roman.

— Ta grand-mère a de très grands yeux ?

— Non, pas spécialement, ai-je répliqué en riant.

— C'est pour mieux te voir, mon enfant, a lancé Charlotte d'un ton aigu et strident, ses doigts imitant un mouvement de griffes.

— À propos de grands méchants loups, c'est Sabrina que je vois là, non ?

Elle désignait la rousseur familière d'une silhouette qui émergeait d'une porte vitrée, de l'autre côté de la rue.

Je me suis levée, une main en visière pour me protéger du soleil, et j'ai plissé les yeux.

— Peut-être.

La silhouette marchait dans notre direction, qui était aussi celle de la bouche de métro.

— Oui, je pense que oui. Elle a son sac de danse sur elle. Et elle a l'air épuisée. Qu'est-ce qu'elle faisait ?

Traversées par la même pensée, Charlotte et moi avons échangé un regard entendu.

— Allons voir, a proposé Charlotte avec un sourire malicieux.

Nous avons repris nos affaires et filé vers Sabrina, la manquant de peu alors qu'elle s'engouffrait dans le métro. Après avoir vérifié qu'elle avait disparu pour de bon, nous nous sommes approchées de l'immeuble qu'elle venait de quitter, et avons regardé à travers la porte.

— On dirait l'entrée de notre salle de danse, a dit Charlotte, formulant tout haut ma propre impression.

Il s'agissait bien d'une sorte de salle de spectacle.

— Qu'est-ce qu'elle fait ? Elle danse ? En dehors des répétitions ? Mais pourquoi ?

Tous mes professeurs de danse successifs nous avaient appris à reposer notre corps et à ne pas aller trop loin, de peur de nous blesser les tibias, les orteils ou pire encore. Les professeurs de Sabrina n'avaient-ils pas fait de même ?

Une main sur la hanche, Charlotte a haussé les épaules.

— Elle a peut-être engagé un professeur de danse privé pour se démarquer, puisque Sage n'a pas écouté ses « il faut que je sois devant ». Ce n'est pas grave. Et puis, tu le sais aussi bien que moi : si Sabrina fait des heures supplémentaires, elle va s'épuiser.

— Et c'est contre-productif, ai-je dit pour terminer son raisonnement

— Elle se tire une balle dans le pied.

L'année dernière, lorsque les danseuses de terminale de mon lycée se préparaient à passer une audition, nos professeurs avaient montré plusieurs exemples de contrats pour des postes d'apprentis, de stagiaires et de membres du corps de ballet. Tous ces contrats contenaient des clauses sur le nombre d'heures d'activité quotidienne des danseurs. Ces clauses prévoyaient des temps de repos obligatoires. Quand on se rend compte du prix à payer pour le corps, on comprend que la danse, c'est du sérieux.

— Ce n'est pas notre affaire, hein ? Sabrina est une grande fille. Elle peut prendre ses propres décisions.

— C'est vrai.

Charlotte a avalé le fond de sa citronnade dans son gobelet en plastique.

— Et maintenant que nous avons élucidé ce mystère, qu'est-ce qu'on fait ?

— Tu es assez inspirée pour aujourd'hui ?

— Oui, et j'ai faim.

— Tu viens d'engloutir un tas de bretzels.

— Et on a aussi brûlé un million de calories aujourd'hui.

— C'est pas faux.

Nous sommes parties vers le nord, passant devant l'étonnant immeuble triangulaire, le Flatiron, avant de tomber sur un food truck orange et tigré de noir qui vendait des tacos coréens. Nous avons mangé tout en retournant au Marian, mais Charlotte avait beau affirmer que nous avions résolu le mystère Sabrina, quelque chose me semblait anormal. Sabrina savait certainement qu'un entraînement supplémentaire pouvait causer des blessures ou des entorses qui affecteraient ses performances. Sage nous poussait déjà à la limite. En rajouter, c'était mettre le destin à l'épreuve.

Si Sabrina et moi avions pris un meilleur départ, j'aurais pu envisager de m'arrêter dans sa chambre, au bout du couloir, pour lui demander si elle avait besoin de parler. Mais Sabrina avait clairement fait de moi son ennemie numéro un ; je doutais qu'elle prenne pour confidente la fille dont elle se moquait en cours.

— Elle a peut-être une jumelle, ai-je murmuré une fois dans notre chambre.

— Qui a une jumelle ? a demandé Charlotte, déjà sur son lit, le nez dans l'un de ses nouveaux livres, surligneur à la main.

— Personne, ai-je soupiré.

Je me suis levée et j'ai décroché mon peignoir dans l'armoire.

— Je vais prendre une douche.

— Bien, tu pues, a rétorqué Charlotte sans lever les yeux.

J'ai gloussé, reconnaissante pour la millième fois depuis notre arrivée que les fées de la colocation m'aient fait tomber sur elle et sur personne d'autre. J'ai attrapé shampoing et savon. J'avais déjà hâte que l'eau chaude fasse fondre la tension dans mes épaules, quand mon téléphone a sonné. Charlotte a décroché pour moi :

— Pompes funèbres Castillo. Vous les tuez, on les enterre.

J'ai failli laisser tomber mon savon.

— Tu ne peux pas répondre comme ça ! Et si c'était ma mère ? ai-je protesté.

Charlotte m'a adressé un clin d'œil derrière ses lunettes orange.

— Mmmm-hmmm. Oui. Oui, elle travaille très dur. Bien sûr, je te la passe tout de suite. Mmmm-hmmm. Moi aussi, j'ai hâte de te rencontrer.

J'ai pratiquement jeté mes affaires à travers la pièce pour lui arracher le téléphone.

— Allô ?

— Ta colocataire est un phénomène. Je veux que tu l'invites à nous accompagner quand on te rendra visite, Seamus et moi.

J'ai poussé un soupir de soulagement. Si ç'avait été ma mère... Bon, au moins je n'avais pas à trouver une bonne raison pour expliquer pourquoi ma colocataire jouait les croque-morts.

— Tatum. Je suis contente que ce soit toi.

— Et pas ta mère ? On est deux. Comment ça se passe dans la Grosse Pomme ?

Entrant dans la salle de bain, j'ai refermé la porte et me suis assise sur les toilettes, couvercle baissé, bien sûr.

— Très bien. Sage est un génie.

— Top. J'ai hâte de voir le spectacle.

Elle a marqué une pause. Puis, d'une voix où je percevais l'ombre d'une hésitation :

— Et Paolo ? Tu l'as revu ?

Au moins, ce que j'avais à lui dire était plus réjouissant que la dernière fois.

— Oui, je l'ai retrouvé l'autre soir et je me suis excusée.

J'ai résumé à ma demi-sœur la rencontre avec Paolo, sans réussir à camoufler le sourire qu'elle entendait dans ma voix. Elle nous a traités d'amants tragiques. Je lui ai rétorqué que nos familles n'étaient pas en conflit et que je ne pensais pas que lui et moi allions avaler du poison.

— Mais il y a de l'espoir. Je crois. Pour une nouvelle amitié, au moins.

— Voire plus. Tu rêvais de l'embrasser, non ?

Même si personne ne pouvait me voir, j'ai rougi plus fort que mes lunettes de soleil.

— Je ne pense pas que ça arrivera. Mais oui.

Il y avait des sujets sur lesquels je ne me sentais pas douée pour mentir.

Cette évolution de la situation a paru mettre Tatum en joie.

— C'est peut-être une récompense qui t'arrive après avoir enduré une année aussi merdique.

J'ai ri.

— C'est à peu près ce qu'a dit Charlotte.

— Contente de savoir qu'une fille sensée veille sur toi. Je dois y aller, mais je t'appellerai dans la semaine pour planifier ma grande visite en ville, d'accord ?

— Parfait, à bientôt, ai-je répondu en riant.

J'ai raccroché et ouvert le robinet de la douche. La vapeur a envahi la petite salle de bain. Je l'ai inhalée profondément. Tatum et Charlotte avaient peut-être raison. Je vivais à l'endroit et au moment propices. J'avais peut-être prouvé ma capacité à surmonter une situation stressante – une problématique, comme on disait dans les dissertations universitaires – et j'étais maintenant récompensée. J'ai imaginé l'univers me murmurant : « Tu as bien agi, Tilly. »

Avec un soupir, j'ai écarté le rideau de douche pour entrer. Si c'était ma récompense, alors pourquoi Paolo avait-il le bras autour d'une autre fille ? Pourquoi Sabrina cherchait-elle la bagarre et se rendait-elle en cachette à des entraînements supplémentaires qui mettaient notre groupe en péril ? Et pourquoi n'avais-je pas encore eu le courage d'avouer la vérité à ma mère ?

10

Je ne pouvais rien faire au sujet de mes sentiments pour Paolo, et je n'étais certainement pas prête à aborder le sujet de l'université avec ma mère. Mais je me suis dit que je pouvais au moins me délester l'esprit au sujet de Sabrina. C'est pourquoi je me suis retrouvée sur le même banc, dans le même parc, en face de l'endroit où je l'avais vue la veille, à espérer qu'elle repasserait par là.

J'avais apporté mon recueil de poésie de Gabriela Mistral pour tuer le temps, et je me suis rapidement retrouvée envoûtée. Les mots de Mistral produisaient dans ma tête l'équivalent littéraire de la danse. Il y avait de la passion dans ses vers, qu'elle écrive sur les pins ou sur le chagrin. Elle avait même composé un poème sur les diverses façons de danser, avec les pieds, avec le cœur, avec le vent. J'ai souri et envoyé à Abuela un texto accompagné d'une photo du poème.

Elle m'a instantanément répondu :

L'un des préférés de ton Abuelo.
J'ai le cœur comblé.

J'ai réagi par une rangée de gros cœurs rouges.

Trente poèmes plus tard, mes vers préférés recopiés dans mon carnet, j'ai étiré mes bras au-dessus de ma tête, engourdie par la dureté du banc. Prenant conscience que j'avais perdu la notion du temps, j'ai levé les yeux et aperçu Sabrina de l'autre côté de la rue. Elle sortait par la même porte qu'hier, cheveux ébouriffés, visage encore plus blême que d'habitude. Les épaules voûtées, elle s'est précipitée vers le métro en titubant presque, son sac de danse glissant de son épaule au creux de son coude.

— Qu'est-ce que tu fabriquais ? ai-je murmuré.

J'ai glissé mon livre dans mon sac pour me rapprocher du local de répétition.

Là, j'ai hésité. Devais-je franchir ce seuil ? J'avais l'impression d'outrepasser une limite si je le faisais. Est-ce que je trahissais la confiance de Sabrina ? Il n'y avait rien à trahir. La confiance de Sage peut-être ? Est-ce que je me montrais loyale à l'esprit d'équipe en espionnant l'une de mes coéquipières ? Je clignais des yeux en regardant mon reflet dans la porte vitrée. Ce n'est guère loyal de se fatiguer quand on vous a explicitement dit de prendre soin de votre corps. À qui la plus grande faute ?

Avant que j'aie pu trancher la question, la porte s'est ouverte et une grande fille aux cheveux blonds bouclés s'échappant d'un chignon haut est sortie.

— Oh, pardon, je suis vraiment désolée. Je t'ai cognée ?

Elle souriait pour s'excuser.

— Non, ça va, je n'avais pas à bloquer le passage, de toute façon.

J'ai fait un pas de côté pour la laisser sortir et sauver ma dignité.

— Pas de problème, a-t-elle repris. Tu voulais entrer ? Tu es danseuse, non ?

Entrer ? Danseuse ?

— J'hésitais à le faire. Et oui.

Elle a hoché la tête :

— Je m'en doutais. On se repérerait entre nous à trois cents mètres, n'est-ce pas ?

— Oui, c'est vrai, ai-je répondu maladroitement.

— Je peux te garantir qu'*En Avant* est la meilleure école de la ville. Tu trouveras les horaires des cours derrière le bureau, à gauche, au bout du couloir. À bientôt, peut-être ?

La blonde a passé son sac en bandoulière sur sa poitrine.

— Peut-être. Merci.

Charlotte et moi avions raison. Sabrina s'entraînait dans deux lieux différents, ce qui enfreignait tant de règles non écrites !

— Je t'en prie.

La jeune fille m'a adressé un sourire éclatant avant de s'éloigner.

Nouveau coup d'œil à travers la porte. Je n'ai pas osé la franchir, retenue par la crainte que quelqu'un fasse le lien entre Sabrina et moi, et lui parle de ma filature. Mais j'ai mémorisé le nom *En Avant*, en levant les yeux au ciel. « En avant », devant tout le monde… Exactement ce que voulait Sabrina.

À mon retour, Charlotte était sortie s'offrir un massage, alors je me suis affalée sur mon lit, manquant de me cogner la tête contre la fenêtre, et j'ai attrapé mon ordinateur portable.

— En avant, ai-je murmuré en tapant les mots dans la barre de recherche.

Après plusieurs liens de traduction du français vers l'anglais, l'école de danse *En Avant* est apparue.

— Bingo !

J'ai fait défiler des photos de danseuses souriantes de tous âges, vêtues de costumes à froufrous et maquillées pour la scène. J'ai cliqué sur les horaires des cours, sans trop savoir ce que je cherchais. La photo de Sabrina aurait constitué une preuve... Mais de quoi ? J'ai soupiré, et continué mon enquête. Dans la section « Images », j'ai attrapé une crampe au doigt à force de faire défiler les photos. L'une d'entre elles m'a soudain sauté aux yeux. Là, surveillant sereinement une classe de danseuses de claquettes, se trouvait une femme qui ressemblait exactement à Sabrina, avec une trentaine d'années en plus. Ses cheveux roux grisonnaient aux tempes, et elle avait des rides de sourire autour des yeux et de la bouche. Mais son expression ne trompait pas. Sous cette apparence paisible, un acier familier luisait dans ses yeux verts. Elle voulait que ces filles, dans leurs claquettes en cuir verni brillant, soient les meilleures. Tout comme Sabrina.

J'ai frissonné comme si un fantôme m'était apparu.

— Le fantôme de l'avenir de Sabrina, ai-je murmuré.

J'ai lu à haute voix la légende de la photo :

— Donna Wolfrik, professeure expérimentée. Quel hasard !

J'ai attrapé mon téléphone. Tatum a décroché à la première sonnerie :

— Vite, ta mère et moi sommes sur le point de partir pour le cours de photographie.

— J'ai un problème.

— Je te donne soixante secondes.

J'ai inhalé une bouffée d'air.

— Il y a cette fille dans ma troupe de danse, et elle est un peu méchante, surtout avec moi, et je l'ai surprise deux fois sortant d'un autre studio avec l'air d'avoir fait des heures supplémentaires, et c'est très mal parce qu'elle s'épuise, et quand j'ai regardé le nom du studio, j'ai vu que sa mère y enseignait et tout cela semble un peu louche, et je ne sais pas quoi faire.

— Il s'agit d'un flux de pensée ? m'a demandé Tatum en riant.

— Tu m'as dit que j'avais une minute.

— Tu as raconté ce que tu as vu à cette fille méchante ?

J'ai marqué une pause.

— Non. Ce n'est pas vraiment la personne la plus facile à aborder.

— Eh bien. Si tu ne le fais pas, le problème ne sera peut-être pas résolu. Mais laisse-moi te rappeler, chère sœur, que parfois les gens ont des raisons de garder un secret.

Tatum a hésité.

— Peut-être que sa mère a quelque chose à voir là-dedans. Tu penses que c'est possible ?

Elle a appuyé le mot « mère » pour que je comprenne bien qu'elle parlait en fait d'elle-même. Et de moi. L'été dernier, Tatum avait réussi à cacher un gros secret à ma mère, et moi, je lui avais dissimulé ma passion pour la danse contemporaine. Nous avions toutes les deux fini par dire la vérité, mais à l'époque, nous pensions faire ce qu'il fallait.

— Pigé.

Cependant, je savais que j'allais devoir y réfléchir davantage. Une confrontation avec Sabrina revenait à approcher un cobra prêt à attaquer.

— Merci. Profite de ton cours.

— De rien. Profite de ta discussion.

Tatum a raccroché, et j'ai râlé à haute voix. Je n'avais pas envie de discuter avec Sabrina. Elle ne méritait pas que je prenne du temps pour elle. Si elle voulait torpiller sa propre carrière en épuisant son corps, en risquant des fractures de stress, voire pire, grand bien lui fasse. Mais – et le « mais » était de taille, hélas – j'avais besoin d'elle. Si elle s'éreintait, sa performance en souffrirait. Les propriétaires de compagnies et directeurs artistiques ne verraient que sa négligence et nous écarteraient toutes. Moi y compris. Cette considération était incroyablement égoïste de ma part, mais je voulais réellement avoir mes chances. Pouvais-je prendre le risque de rester dans l'incertitude sur les intentions de Sabrina ?

J'ai attrapé mon cahier magenta que j'ai ouvert à une page vierge, en cassant le dos. J'ai caressé de la main le papier lisse. Je me suis saisie du stylo assorti fixé sur un côté du cahier, et j'ai commencé une nouvelle liste.

Si je discute avec Sabrina :	*Si je ne discute pas avec Sabrina :*
* *Je comprendrai pourquoi elle fréquente En Avant.* * *Je réussirai peut-être à la convaincre d'arrêter d'y aller.* * *Ça lui rappellera ce qui est en jeu pour toutes les danseuses.* * *Trouver un emploi sera plus certain si elle coopère.* * *Trouver un emploi sera moins certain si elle refuse de coopérer.* * *Elle pourrait me prendre encore plus pour cible.*	* *Elle pourrait devenir encore plus méchante.* * *Ce ne sont pas mes affaires.* * *Je ne donnerai pas dans les ragots.* * *On pourrait finir par embarrasser Sage.* * *Je risque de perdre mon emploi.* * *Elle pourrait se blesser.*

J'ai passé ma liste en revue en frappant nerveusement le papier de la pointe de mon stylo. Même s'il y avait autant d'arguments du côté « je ne discute pas », la colonne « je discute » pesait bien plus lourd. De quel côté penchaient les risques ? Je n'en avais aucune idée.

Charlotte est entrée en sautillant dans la chambre, à point nommé pour me changer les idées, et s'est affalée sur son lit.

— Est-ce que j'ai l'air d'un élastique ? Parce que j'ai l'impression d'en être un. Ça a été incroyable. Genre, paradisiaque. J'aimerais avoir de quoi m'offrir un massage chaque jour, après la répétition.

— C'était bien à ce point-là ? ai-je demandé en riant.

Charlotte a levé les deux mains au-dessus de sa tête et s'est étirée.

— Ouaip. Quand je serai danseuse à l'international, célèbre partout, je pourrai peut-être me payer un massage tous les jours. Ou même une masseuse personnelle. C'est le truc à faire, vraiment. Et ce spectacle n'est que la porte d'entrée. Domination mondiale, puis relaxation, me voici !

Riant de sa propre blague, elle s'est levée et a attrapé sa serviette.

— Et maintenant, je vais me relaxer encore un peu plus en laissant l'eau chaude métamorphoser mes os, de l'élastique à la gélatine.

Elle s'est enfermée dans la salle de bain.

La fantaisie de Charlotte tombait à pic pour me rappeler que je n'étais pas la seule à avoir besoin d'un boulot à la fin de l'été. Je me suis repenchée sur ma liste. Quand j'ai ajouté une ligne sur l'embauche future de Charlotte, il est devenu clair que je ne pouvais plus garder le silence. Dès que j'ai entendu l'eau couler, j'ai ouvert la porte de notre chambre et jeté un œil dans le couloir.

La chambre simple de Sabrina se trouvait en face, à trois portes de la nôtre. À condition de me pencher en avant, j'étais sûre de pouvoir distinguer si elle était ouverte ou non. J'ai essayé, en vain. Je me suis mise sur un pied pour m'avancer plus loin, comme si j'étais sur pointes, le bras étendu pour m'équilibrer. Malgré cette extension, je ne voyais toujours rien.

— Un peu de nerf, me suis-je dit. C'est juste une autre danseuse. Comme toi. Tu es parfaitement capable d'avoir une conversation courtoise avec elle. Rien d'impossible.

J'ai secoué la tête et emprunté le couloir à grandes enjambées, comme je le faisais tous les jours. Deux pas avant la porte, j'ai inspiré lentement, puis je me suis avancée et j'ai frappé.

— Sabrina ?

— Entrez, a répondu une voix.

J'ai douté qu'elle ait compris que c'était moi.

La porte n'était pas fermée à clé. J'ai pénétré dans la chambre vide, agencée exactement comme la mienne, sauf que tout était inversé. Un couvre-lit blanc en dentelles recouvrait le lit identique au mien, et le doux parfum floral de ce qui devait être le shampoing de Sabrina émanait de la salle de bain. Sans doute venait-elle de prendre sa douche.

— Euh, salut. C'est Tilly. J'aimerais pouvoir discuter quelques minutes. Est-ce que tu es dispo ?

Sabrina a passé la tête dans l'entrebâillement de la porte de la salle de bain. Ses cheveux roux, assombris par l'eau, ruisselaient en longues mèches contre son peignoir vert pâle. Elle tenait à la main un peigne à larges dents, comme on brandit un couteau.

— Pourquoi tu as besoin de me parler ?

Ses yeux m'ont lancé un éclair, comme un avertissement. Genre, si je m'approchais trop, elle allait me peigner à mort.

— Parce que je t'ai vue, ai-je dit. Aujourd'hui. Et l'autre jour.

— Logique. On s'est vues chaque jour depuis qu'on a commencé avec Sage. Ce n'est pas une nouvelle, a-t-elle répondu en haussant un sourcil comme pour suggérer que j'étais ridicule.

— Non, ai-je répliqué en la regardant droit dans les yeux. Je t'ai vue.

Le visage pâle de Sabrina a viré au rose guimauve, et j'ai su qu'elle comprenait ce que je voulais dire.

— Je ne vois pas à quoi tu fais allusion.

Elle a attrapé une serviette, m'a tourné le dos et s'est mise à sécher l'extrémité de sa crinière pour se distraire.

— Très bien. Je vais être plus cash, ai-je rétorqué.

Je ne voulais pas être sarcastique, mais ça m'est venu comme ça. Je n'avais jamais été patiente au jeu.

— En fin de semaine dernière, alors que je bouquinais près de l'Union Square Green Market, je t'ai vue quitter l'école de danse *En Avant*. Tu semblais sortir d'une répétition puisque tu étais encore en tenue et que tu portais ton sac de danse. Et quand j'ai fait des recherches sur cette école, j'ai vu qu'une femme y travaillait, qui est sûrement ta mère. Alors j'espère me tromper, mais il me semble que tu suis des cours supplémentaires, ou que tu prépares deux spectacles. Dans les deux cas, ce n'est pas une bonne idée.

Sabrina s'est tournée vers moi, méprisante, un sourcil toujours en l'air.

— Et comment tu prétends savoir ce qui est une bonne idée pour moi ?

Je m'étais attendue à la voir sur la défensive ; j'ai donc béni ma liste écrite de « pour et contre », qui allait m'aider à évoquer tous les points importants.

— D'abord, je ne suis pas sûre que Sage approuverait.

— Sage n'est pas ma cheffe.

Elle avait cinq ans, ou quoi ? C'était digne de ce que Tatum me disait quand nous étions petites. J'ai fait de mon mieux pour garder mon calme.

— Je comprends. Mais après avoir répété pendant des heures chez Sage, jusqu'au point de l'épuisement musculaire, comme on le fait toutes, tu ne peux que t'user le corps à recommencer tout ce travail.

— Mon corps ne regarde que moi. Merci pour ta sollicitude, mais elle est inutile. Je peux prendre soin de moi-même.

Sabrina a déposé le peigne sur le lavabo avec une force surprenante, et s'est redressée, les mains sur les hanches, comme pour me surplomber alors que nous mesurions la même taille.

J'ai poursuivi :

— OK, alors deuxième point : si tu t'épuises, tout le monde y perdra. Tu feras mauvaise impression et l'équipe entière sera discréditée.

— Je ne suis pas ici pour me faire des amies, a craché Sabrina.

J'aurais dû la prévoir, celle-là.

— Je n'ai pas parlé d'amitié. Crois-moi, je ne veux pas être ton amie, pas plus que tu ne veux être la mienne. Pense à toi. Tu veux un boulot, non ? Je sais que c'est tentant – de t'entraîner encore et encore jusqu'à ce que tu ne sentes plus tes articulations –, mais tu risques une fracture de stress, une déshydratation ou même pire. Est-ce que tu te rends compte qu'aucune compagnie digne de ce nom ne voudra embaucher une danseuse qui ne prend pas soin d'elle-même ? Tu as déjà vu un contrat professionnel ? Une attitude pareille, ça peut te faire perdre ton travail. Ta mère devrait le savoir, si c'est elle qui te pousse à faire ça. Tu vas te blesser.

J'espérais la toucher en lui mettant sous le nez les conséquences pour elle-même. Mais en réalité, je n'avais pas trop d'espoir.

Sabrina a plissé les yeux, une main toujours sur la hanche, l'autre en l'air. Son index à l'ongle peint en rose était pointé vers mon visage. Elle s'est arrêtée à quinze centimètres de moi. Elle était si proche que je sentais son souffle sur mes joues et les effluves de son shampoing sont devenus plus puissants, me retournant l'estomac. Tout mon être rêvait de lui tourner le dos et de s'enfuir, mais je suis restée campée sur place.

Sabrina a esquissé un sourire écœurant, qui m'a causé un choc.

— En parlant de mères, tu crois que la tienne pourrait être intéressée d'apprendre que tu envisages de prendre un emploi à la fin de l'été, si on t'embauche ? Je devine que Maman chérie a déjà acheté son sweatshirt « Georgetown Mom » et un drapeau de l'université pour décorer votre perron. Elle serait sans doute déçue d'apprendre que son rêve pour sa petite fille parfaite ne représente qu'une blague pour toi.

Son sourire s'est élargi, victorieux, dévoilant des dents blanches et pointues.

J'en suis restée bouche bée.

— Comment le sais-tu ? ai-je murmuré.

— Tu n'as pas inventé les recherches sur Internet, a rétorqué Sabrina narquoise. Tes projets pour l'université faisaient la une du journal de ton lycée, sur son site web. C'est l'un des premiers liens qui apparaît quand on tape Matilda Castillo. Ils sont tellement fiers de leurs élèves de terminale.

Elle a haussé un sourcil :

— Et tu devrais te méfier des portes ouvertes quand tu tiens des conversations « privées », a-t-elle ajouté en traçant des guillemets dans l'air. Tu as dit à Charlotte que tu avais menti à ta mère et que tu ne peux plus aller à l'université si tu ne trouves pas de boulot, parce que ton inscription est reportée.

— Qu'est-ce que... Comment..., ai-je bégayé. Tu écoutais ça ?

J'avais eu la certitude qu'il n'y avait personne dans la pièce.

— Ta mère serait plutôt contrariée de le découvrir, hein ? a poursuivi Sabrina, qui jubilait presque. C'est un coup à exiger que tu rentres de New York.

Ces mots m'ont fait l'effet d'un coup de poing dans l'estomac. Sabrina avait probablement raison – si ma mère apprenait ce que je mijotais, je serais sans doute de retour à Arlington avant d'avoir dansé un seul pas de plus.

— Je n'aime pas être menacée, ai-je dit froidement, en essayant de masquer ma peur. Moi qui suis venue te voir parce que je me faisais du souci pour toi et ta santé.

Sabrina a levé les yeux au ciel.

— Mais bien sûr. Tu es venue parce que tu t'inquiètes pour toi-même. Tu penses que si je fiche le spectacle en l'air, tu ne trouveras pas de boulot.

Je me suis empourprée. Elle n'avait pas tort, mais je m'étais convaincue que mes raisons étaient altruistes avant tout.

— Ou peut-être..., a repris Sabrina en agitant le doigt assez près de mes yeux pour que je distingue une microbrèche dans son vernis. Peut-être que tu es intimidée. Par moi. Peut-être que tu sais que je danse mieux que toi, et tu veux saboter mes efforts.

— Je n'ai jamais dit que tu n'étais pas douée, ai-je répliqué à travers mes dents serrées.

Je ne comprenais pas bien comment j'avais perdu la main dans cette conversation, mais si la sueur qui perlait sur mes paumes et le long de mes cheveux était un signe, j'étais en mauvaise posture.

— Je sais que je le suis. Mais merci beaucoup de l'avoir remarqué.

Elle m'a fait un clin d'œil accompagné d'un sourire éclatant, comme si nous sortions d'un moment d'effusions amicales.

— Si tu veux que je garde ton petit secret, boucle-la. Allez, bonne nuit.

Sabrina s'est rapprochée de moi, et j'ai reculé. Elle ne s'est pas arrêtée avant que j'aie atteint la porte, qu'elle m'a claquée au nez. Le bruit du verrou qu'elle poussait a brisé le silence du couloir.

11

Charlotte feuilletait un magazine people quand je suis rentrée dans la chambre. Tatum était abonnée au même magazine depuis toujours, et la couleur jaune familière de sa couverture m'a serré le cœur. J'aurais aimé que Tatum soit là. J'aimais beaucoup Charlotte, mais nous étions encore en train de faire connaissance, et ma demi-sœur restait irremplaçable.

Comme si elle devinait que j'en avais besoin, Charlotte m'a accueillie avec un grand sourire.

— Où est-ce que tu avais disparu ? Je m'apprêtais à regarder une série. Je me dis qu'il faut en profiter à mort pendant qu'on est ici. Qu'est-ce que tu dirais de *Friends* ? Mes parents regardaient ça il y a un million d'années, et ça se passe à New York. Qu'est-ce que tu en penses ?

J'ai secoué la tête, comme pour m'efforcer de mélanger les pensées conflictuelles qui me tournoyaient dans le crâne depuis la conversation avec Sabrina.

— Pas là tout de suite. Mais plus tard peut-être, d'accord ?

Charlotte a acquiescé, et j'ai été contente qu'elle ne me pose pas de questions. Mais je me suis souvenue de lui rendre son sourire avant de me glisser dans mon lit.

L'étoffe douce de mon drap était fraîche sous ma peau tiède. J'ai tendu le bras pour attraper mon ordinateur sous mon lit. Si Sabrina pouvait trouver sur Internet de quoi me faire du chantage, j'en étais capable, moi aussi.

— Il me faut plus de preuves, me suis-je chuchoté à moi-même.

J'ai jeté un coup d'œil à Charlotte, qui avait mis ses écouteurs vert fluo et se couvrait la bouche d'une main pour étouffer un rire. Me surprenant à la regarder, elle a montré son écran du doigt et levé les deux pouces.

J'en ai levé un en réponse, puis je suis retourné à mon propre ordinateur, où j'ai ouvert un moteur de recherche. La dernière fois, l'information la plus intéressante sur Sabrina m'avait été livrée par le site web de *En Avant* ; c'est donc par là que j'ai commencé. La liste des cours et des professeurs ne m'a rien appris de neuf, mais j'ai soudain repéré un lien que je n'avais pas vu jusqu'alors. J'ai hésité, ma flèche pointée sur le mot « Blog », puis j'ai cliqué. Je suis tombée sur un fil de messages brefs au sujet de cours d'été et d'anniversaires de toutes petites danseuses. Cette lecture était peu instructive. Tous ces messages dataient d'après mes débuts dans la troupe de Sage, donc je savais que j'allais devoir remonter plus haut. Je suis allée voir à « Juin » et j'ai fait défiler les publications jusqu'à découvrir exactement ce que je cherchais.

— Jackpot, ai-je murmuré.

Là, au bas d'une série d'images de petites filles en chaussons roses émergeant d'un océan de tulle, se trouvait la photo des danseuses fraîchement diplômées de l'école. Le titre « Départ des élèves de dernière année » était écrit en gras au-dessus de deux rangées de danseuses souriantes qui posaient pour la postérité.

Un zoom m'a permis de repérer Sabrina tout de suite, à l'extrémité droite du second rang ; c'était la seule rousse. Les muscles de ses épaules étaient visibles malgré le petit format de l'image, et elle se tenait la tête haute. Mais contrairement aux autres, elle ne souriait pas.

En fait, elle ne regardait même pas l'objectif. Son regard était fixé sur un point qui se trouvait de côté, hors champ ; ses sourcils pâles étaient imperceptiblement froncés. Cette expression ressemblait à celle que je lui voyais la plupart du temps en répétition – mélange de colère et de déception.

J'ai examiné le commentaire de la photo :

En Avant *est fière de ses élèves ! Toutes ces années de rude travail, de concentration, de sang, de sueur et de larmes ont payé. Même si elles ne se destinent pas toutes à une carrière de danseuse, nous savons qu'elles vont mettre le feu au monde. Nous avons adoré travailler avec ces jeunes et avons hâte de les voir sur scène – que ce soit pour danser ou pour recevoir un diplôme. Félicitations à toutes !*

Suivaient les destinations des élèves ; mon école publiait le même genre d'articles. Sur la quinzaine de danseuses, il y en avait quatre qui intégraient des compagnies classiques new-yorkaises, plusieurs qui s'en allaient danser en Californie et à Chicago, une qui entrait dans une académie militaire. Quelques-unes avaient obtenu des bourses pour des cursus de danse dans diverses universités, et une élève était embauchée comme danseuse par une compagnie de croisières.

Cependant, le nom de Sabrina brillait par son absence. J'ai lu la liste trois fois de suite pour être sûre que je ne l'avais pas laissé passer.

Sabrina Wolfrik était la seule de sa classe à n'être reçue nulle part.

Voilà qui changeait la donne. Sabrina avait-elle passé des auditions pour être rejetée de partout ? Avait-elle envoyé des candidatures à l'université, restées sans aucune réponse positive ? Avait-elle mis tous ses œufs dans le même panier pour les trouver réduits en omelette, dégoulinant sur ses pieds ?

J'ai soupiré. C'était le comble de me sentir mal pour elle... d'éprouver de l'empathie à l'égard d'une fille qui était mon ennemie. C'est dur de détester quelqu'un dont on sait qu'il traverse un moment compliqué.

J'ai songé que la mère de Sabrina avait aussi un lien avec ce mystère. Elle savait que sa fille travaillait avec Sage, mais consentait à ce double entraînement. J'étais au courant de ce qu'était une mère poule – la mienne figurait dans le top 10 de l'État de Virginie, peut-être même des États-Unis. Mais je pouvais compter sur son amour et son soutien inconditionnel ; jamais elle ne me laisserait mettre en danger ma santé et mon bien-être. Je n'étais pas certaine de pouvoir dire la même chose de la mère de Sabrina.

J'ai tapé « Donna Wolfrik » dans la barre de recherche. Bien sûr, le site web d'*En Avant* a surgi le premier, suivi de divers articles. J'ai fait défiler les deux premières pages de liens et j'ai cliqué au hasard sur une interview que Mme Wolfrik avait accordée à un magazine de danse. L'article datait de quelques années, mais la mère de Sabrina n'avait pas pris une ride entre-temps. Sur la photo d'illustration, elle était coiffée au carré, les cheveux tirés derrière une oreille. La journaliste l'interrogeait sur ses débuts professionnels, sur les personnes qui l'avaient influencée, sur les moments clés de sa carrière. Au fil de ma lecture, un nom familier m'a littéralement bondi au visage.

L'un des événements les plus terribles de ma vie de danseuse a été la blessure de ma chère amie, Sage Oliver.

Nous dansions toutes les deux pour le Elizabeth Ballet, petite compagnie qui a coulé juste après cette tragédie parce qu'elle avait perdu son étoile la plus brillante. On n'oublie pas quelque chose de ce type, croyez-moi. Son partenaire apprenait le porté à une main, qui est très difficile et exige une grande force physique. Force qu'il n'avait pas, visiblement. À un instant, Sage était dans les airs comme une colombe qui décolle ; la seconde suivante, elle gisait brisée sur la scène.

J'ai fait la grimace et détourné les yeux de l'article. Je sentais la chute de Sage dans ma propre cheville.

J'ai crié. Nous avons tous crié. Puis nous avons pleuré. Pendant des jours et des jours. Quand Sage est partie, nous en avons tous été incroyablement tristes, mais nous avons compris. Qui serait resté après cela ? J'ai senti que c'était un tournant pour moi, personnellement ; il m'a fait prendre conscience que mon talent véritable était d'enseigner. Pour permettre aux jeunes danseurs d'acquérir une excellente technique, ainsi que la conscience des limites de leur corps, pour savoir quand quelque chose cloche. Pour se connaître.

J'ai froncé les sourcils et secoué la tête. Cette femme parlait bien, mais ne mettait pas en œuvre ce qu'elle prêchait – en tout cas, pas vis-à-vis de sa fille. Avait-elle convaincu Sage de prendre Sabrina en cours cet été ? Avait-elle sollicité cela comme une sorte de faveur ?

— Pauvre Sabrina, ai-je murmuré.

Je ne me serais jamais attendue à prononcer ces mots, ni même à les penser, mais c'était la vérité. Si Sabrina n'avait pas de boulot, pas de place à l'université, pas de plan B, et que sa mère était prête à mettre ses convictions personnelles de côté pour arranger cela, elle était digne de pitié. Victime de sa propre situation.

J'ai jeté un coup d'œil à Charlotte, toujours absorbée dans sa série, ignorante de tout ce que je venais de découvrir. J'ai fermé les paupières très fort et senti s'installer sur mes épaules la pression de trouver une solution.

Au moins, maintenant, je comprenais l'attitude de Sabrina à mon égard. Il m'était facile d'identifier chez elle une émotion que je connaissais très, très bien – le désespoir. Et si, comme moi, Sabrina voyait ce spectacle comme sa dernière chance ? Si elle subissait l'exigence de sa mère, et d'elle-même ? Si elle se sentait tenue d'être parfaite au point qu'une compagnie lui offrirait l'un des derniers postes disponibles ? J'ai essayé de déglutir, mais un nœud me restait dans la gorge, comme du papier de verre. Je savais exactement pourquoi elle me haïssait à ce point. J'étais sa concurrente directe. Sans nul doute, elle ferait tout ce qui était en son pouvoir pour s'assurer que je ne lui porterais pas ombrage. Et moi, je venais de me rendre dans sa chambre et de provoquer le fauve. Rétrospectivement, ça n'avait pas été mon idée la plus brillante, mais j'ignorais à ce moment-là ce que je savais maintenant.

J'ai soupiré de nouveau, si fort cette fois que Charlotte m'a dévisagée, la tête penchée, comme pour demander : « Tout va bien ? » Je lui ai adressé un faible sourire.

Jusqu'où le désespoir allait-il pousser Sabrina ? Au cours de mon année de première, une élève de terminale avait enfermé une camarade dans les toilettes avant un spectacle. On avait découvert après coup que la première avait passé des heures et des heures à apprendre le rôle de la deuxième, et avait l'intention de danser les deux, puisqu'elles ne se trouvaient jamais sur scène ensemble. Heureusement, quelqu'un s'était aperçu qu'il manquait une danseuse, avait inspecté les toilettes, et ce plan ridicule s'était effondré. Je me suis demandé si Sabrina en viendrait là. Tenterait-elle de m'enfermer dans les toilettes, me faisant rater ma dernière chance ? Ou pire… informerait-elle ma mère de la vérité ? Dans ce cas, je recevrais un billet de retour direct.

J'ai fermé l'ordinateur. J'avais les mains tremblantes ; je me suis assise dessus et j'ai regardé droit devant moi, soudain furieuse. Qui était Sabrina pour essayer de me priver de ma chance ? J'ignorais son objectif, mais à supposer qu'il se limite à un entraînement plus intense, elle se faisait du mal et cela nous nuisait à toutes. J'ai inspiré profondément par le nez et expiré lentement par la bouche. Il n'y avait pas de solution simple. Je risquais d'être blessée d'une manière ou d'une autre, quoi que je fasse ou ne fasse pas.

J'allais désormais devoir faire preuve d'intelligence et de prudence vis-à-vis de Sabrina. Il fallait donc que je réfléchisse : *quel devait être mon prochain coup ?*

12

Les jours suivants, je n'ai pas dormi plus de quatre ou cinq heures par nuit, me demandant si Sabrina allait révéler mon secret à ma mère et tuer mes rêves dans l'œuf. Chaque fois que je fermais les yeux, mon cœur s'emballait comme si je venais d'avaler un quadruple expresso, et des scènes de mon proche avenir potentiel tournaient en boucle dans mon esprit comme un film d'horreur. Outre la vision des toilettes fermées à clé, où je sentais presque les murs se refermer sur moi, j'imaginais des blessures, des rumeurs cruelles chuchotées dans mon dos et, pire que tout, ma mère venant à New York pour me ramener à la maison.

Il me semblait qu'un éléphant avait élu domicile sur ma gorge, que mes poumons se rétractaient sur eux-mêmes, que mes côtes criaient et menaçaient de se fêler. Ma peau était une combinaison en caoutchouc qui m'étouffait, empêchant l'oxygène de passer. J'avais l'impression de dépérir, de regarder le vide, de ne jamais dormir, jusqu'au matin.

Après le quatrième jour, j'ai préparé mon sac comme d'habitude. Chaussettes, bouteille d'eau, barres protéinées, élastiques supplémentaires pour mes cheveux, chevillère – par précaution – et tenue de rechange au cas où je serais en nage. Lorsque Charlotte et moi sommes arrivées au vestiaire, j'ai posé mon sac pour aller aux toilettes. En me lavant les mains, j'ai failli prendre peur en me voyant dans le miroir. Mes cernes étaient presque aussi sombres que juste après mon accident. Ma peau naturellement mate était blême et maladive. *Reprends-toi, Tilly. Elle n'en vaut pas la peine.* Je me suis passé de l'eau froide sur le visage, j'ai redressé les épaules et suis retournée dans la salle, décidée à ce que ce jour-là soit un meilleur jour.

Tout le monde s'échauffait. J'ai ouvert mon sac pour en extirper mes chaussettes, mais je ne les ai pas trouvées. Étaient-elles tombées ? J'ai balayé la pièce du regard pour voir si une paire traînait quelque part, mais en vain. Mon cœur s'est mis à battre la chamade. Les avais-je oubliées ? Je savais que j'étais fatiguée, mais avais-je eu une hallucination en me voyant les ranger une heure auparavant ? Théoriquement, je pouvais danser sans chaussettes. Il s'agissait simplement d'une préférence personnelle. Mais je savais aussi que l'obligation de danser pieds nus sans l'avoir voulu pouvait avoir une incidence sur ma performance, surtout dans l'état où je me trouvais.

J'ai demandé à la cantonade :

— Quelqu'un aurait une paire de chaussettes en plus ?

Arden a secoué la tête, l'air navré.

— Désolée, j'aurais bien voulu, a répondu Charlotte.

Ella n'a même pas levé les yeux.

Au moment où Sage franchissait la porte, Sabrina a dit à voix haute :

— Dommage que tu aies oublié tes chaussettes, Tilly.

À cet instant précis, j'ai su que je n'avais rien oublié. J'ai eu la conviction que si j'ouvrais son sac, j'y trouverais mes chaussettes « disparues ».

Comme si elle savait exactement ce que je pensais, Charlotte m'a lancé un regard compatissant tandis que Sage nous réunissait au centre de la pièce pour commencer. Le regard que notre professeur a posé sur moi m'a paru froid. Me jugeait-elle pour ce qu'elle croyait être de la distraction ? J'espérais que non. Le sol était presque collant sous mes pieds nus, mais je me suis efforcée de ne pas y penser. Il était plus difficile d'oublier les pensées furieuses qui envahissaient mon espace cérébral. Pourquoi étais-je la cible de Sabrina ? Qu'avais-je fait pour l'offenser, à part respirer ? Je ne comprenais pas. Et, plus déconcertant encore, pourquoi était-elle amère au point d'éprouver le besoin de saboter l'une de ses coéquipières ?

Au bout d'une heure de répétition, Sage m'a prise à part. Nous avions travaillé un enchaînement où nous évoluions toutes les cinq en cercle sur la scène. Il s'agissait de nous allier les unes aux autres pour combattre quelque chose d'invisible qui se trouvait entre nous, nous séparant les unes des autres. Elle nous avait demandé de nous accroupir, de sauter, puis de rouler. S'accroupir, sauter, rouler. Mes cuisses brûlaient de douleur, mais je m'obstinais, espérant, peut-être bêtement, que l'adrénaline me sauverait.

— Tilly, viens ici, s'il te plaît, m'a dit Sage en me faisant signe du doigt. Les autres, faites une pause. Buvez un coup.

Les autres filles m'ont dévisagée avec curiosité et se sont dispersées, mais je savais qu'elles s'efforceraient d'écouter ce que Sage avait à me dire.

J'ai traversé la pièce jusqu'à l'endroit où Sage m'attendait.

— Coucou, ai-je dit prudemment.

— Tu te sens bien aujourd'hui, Tilly ?

J'ai senti mes joues chauffer.

— Oui.

Sage a pincé les lèvres, la mine soucieuse, comme ma mère lorsque j'avais de la fièvre ou que je me couchais trop tard pour travailler.

— Tu as l'air fatiguée. Est-ce que tu dors assez ?

Au moins, elle n'évoquait pas les chaussettes.

J'ai hoché la tête en espérant qu'elle ne verrait pas que je mentais.

— Oui, tout va bien, ai-je dit avec un rire faible, en observant Sage à travers mes cils.

Je n'aurais su dire si elle était convaincue ou non.

Elle a passé ses doigts dans ses cheveux, et ils se sont relevés d'un centimètre de plus que d'habitude.

— Peut-être que ce n'est pas ton jour, tout simplement. Je sais que tu travailles dur. Ce matin, je ne vois pas cette souplesse naturelle qui te caractérise d'habitude.

Je me suis rendu compte que ce n'était pas mes pieds nus qui me rendaient maladroite, mais plutôt le fait de penser à eux. C'était sans doute ce que Sabrina espérait.

— Je vais faire mieux, ai-je promis, espérant pouvoir tenir parole.

Je refusais de décevoir Sage et mes camarades en dansant moins bien qu'une fille qui s'épuisait à s'entraîner plus qu'il ne fallait. Je voulais être au moins aussi bonne que Sabrina. Celle-ci me regardait avec un sourire narquois.

— Pauvre bébé, a-t-elle articulé en mimant une attitude de fausse sympathie.

J'ai réprimé l'envie de lui tirer la langue, et je me suis intimé un ordre : « Il faut que tu te la sortes de la tête. » Je savais comment m'y prendre.

Sur le chemin du retour, je me suis arrêtée au supermarché qui se trouvait à quelques rues du Marian. J'ai parcouru ses allées pour y dénicher les ingrédients de mon pain italien croustillant préféré. J'ai mis la farine, les œufs, la levure, la cassonade et une poignée d'autres articles dans le sac bleu que j'avais pris à l'entrée. J'ai acheté aussi un plateau métallique jetable, au cas où la cuisine de la résidence n'aurait pas de casserole.

Je suis rentrée avec ces trésors. La hâte de cuisiner remplaçait déjà mon anxiété, quoique très lentement. Faire du pain était à la fois un luxe et un réconfort – magique en quelque sorte. Quelle autre activité pouvait soulager mon stress, mettre à profit les compétences que j'avais acquises en cours de chimie, enchanter ma fibre perfectionniste et aboutir à un résultat délicieux ? En y réfléchissant, je me suis demandé pourquoi la cuisinothérapie n'existait pas.

Dans la cuisine du Marian, j'ai trouvé un bol et un torchon que j'utiliserais pour faire lever la pâte. Je me suis mise au travail. À la seconde où la farine fluide a glissé entre mes doigts, j'ai eu l'impression de respirer à nouveau. Je me suis réprimandée à voix haute :

— Pourquoi n'y ai-je pas pensé plus tôt ?

Une fois la pâte prête à lever, j'ai couvert le bol et l'ai laissé sur le comptoir, lumières éteintes, en espérant que personne n'y toucherait. Je me suis lavé les mains avant de regagner ma chambre. Charlotte avait laissé un mot à la porte, expliquant qu'elle allait faire des courses pour ses frères et sœurs ; j'avais les lieux pour moi.

En ouvrant, j'ai découvert, rage et stupeur, mes chaussettes perdues posées sur mon lit, comme si je les avais laissées là le matin même. *Les aurais-je oubliées ? Non, ce n'est pas possible.* Je me suis assise avec un soupir bruyant, balançant les chaussettes entre mes deux mains comme une jongleuse. Sabrina se moquait vraiment de moi.

Faire mon pain m'avait libéré l'esprit, et j'étais prête à agir à mon tour. Dialoguer avec Sabrina n'était pas une option – j'avais déjà échoué dans ce domaine : il me restait deux options, me taire ou parler à Sage.

Parler à Sage :	*Me taire :*
** Sabrina pourrait être écartée du spectacle.* ** Sans Sabrina, nous devons re-chorégraphier = plus de travail pour tout le monde.* ** Sabrina pourrait abîmer sa relation avec sa mère.* ** Je pourrais éviter davantage de sabotage.* ** Sage pense que je fais ma commère.*	** Tout continuera en mode normal.* ** Préserver l'unité du groupe.* ** Ne pas me faire d'ennemies.* ** Sabrina est blessée.* ** Sabrina me sabote.* ** Sabrina sabote le spectacle.*

J'étais dans le pétrin, quoi que je fasse. Rien que d'y penser, j'avais mal à la tête. Il n'y avait pas moyen que tout le monde s'en sorte indemne.

Mmm. Les listes « pour et contre » ne m'aidaient pas.

Je suis retournée dans la cuisine et j'ai constaté que ma pâte avait doublé de volume comme prévu. Je l'ai pétrie à nouveau et je l'ai laissée reposer.

« Pourquoi les choses ne peuvent-elles pas être comme une recette ? On suit les instructions à la lettre et on obtient quelque chose de bon », me suis-je dit en enfournant le pain. Savoir mon destin entre les mains de quelqu'un d'autre était peut-être la chose la plus effrayante qui soit pour moi. Le mantra de ma mère, « Travaille dur » m'avait réussi pendant longtemps. À présent, travailler dur semblait ne plus suffire.

J'ai allumé la lumière du four pour m'assurer que le pain était bien placé à l'intérieur, je l'ai éteinte et suis retournée dans ma chambre. Mon cahier était ouvert sur mon lit et j'ai relu ma liste. Je connaissais la bonne réponse. La part de moi-même qui respectait les règles devait parler à Sage. Mais l'autre partie, plus égoïste ? Elle me soufflait de me taire et de laisser Sabrina saborder son propre navire.

J'ai décroché mon téléphone pour dire à Tatum que je cuisinais à nouveau – signal d'alerte et, je l'espérais, amorce de conversation –, quand j'ai trouvé un texto qui m'attendait sur l'écran.

J'ai un concert demain soir. Tu veux venir ?

Paolo. J'ai saisi le téléphone, ne sachant que répondre. Est-ce que j'en avais envie ? Bien sûr que oui. Est-ce qu'il voulait que je sois là ? Je n'en étais pas certaine. C'était peut-être un test pour voir si j'étais sérieuse et si je n'allais pas me défiler cette fois-ci.

Mais à mon avis, Paolo n'était pas du genre à me tester.

J'adorerais. Tu m'envoies les infos ?

Il m'a répondu par texto que la représentation avait lieu sur le campus de l'université de New York. Suivaient l'heure, l'adresse et le moyen de m'y rendre.

Je lui ai répondu que j'avais hâte d'y être.

L'espace qui s'était dégagé dans ma gorge lorsque l'éléphant avait quitté les lieux, grâce à cet atelier pâtisserie qui avait malaxé le stress, a commencé à palpiter. S'agissait-il d'un rendez-vous ? Non. Pas possible. C'était juste un ami qui invitait une amie à écouter de la musique parce qu'ils passaient l'été dans la même ville.

J'ai écrit un message à Tatum :

Paolo vient de m'inviter à le voir
en concert demain.

Gagné ! Il reste très amoureux.
On avait raison, Seamus et moi.

Parce que vous parlez de nous ?

Bien sûr ! Ils jouent de la musique ensemble,
on est sœurs. Quelle question !

Tu es tellement bizarre.

Tu m'aimes.

Évidemment.

Comment tu vas t'habiller ?

Est-ce qu'il fallait me mettre sur mon trente-et-un pour le concert d'un ami ? Je ne voulais pas donner l'impression d'en faire trop. J'ai ouvert la minuscule penderie et passé en revue les tenues que j'avais apportées.

Sans doute une jupe et une chemise.

La jupe est bouffante ?

Bien sûr.

Alors j'approuve. XOXOXO

J'ai envoyé à Tatum un emoji « clin d'œil » puis, reposant mon téléphone, j'ai feuilleté le magazine people de Charlotte jusqu'à ce que la sonnerie de la minuterie de mon pain se déclenche.

Le couloir sentait le paradis, ou ce que j'imaginais être le parfum du paradis. J'ai sorti du four le pain parfaitement rond avec une paire de maniques jaunes et usées, et je l'ai laissé sur le comptoir, avec un couteau, une pile d'assiettes en carton et du beurre. Après en avoir prélevé une part, j'ai griffonné une note sur l'assiette du haut de la pile : « Servez-vous, c'est fait pour ! » Je savais qu'il était difficile de résister à un pain chaud fait maison – Maman me disait toujours que mes gâteaux étaient engloutis sitôt apportés au bureau – et je supposais que ce pain allait disparaître en une heure ou deux.

Satisfaite d'avoir banni l'anxiété, au moins provisoirement, et d'avoir réalisé de mes mains de quoi faire la joie d'autres personnes, j'ai quitté la cuisine et regagné ma chambre pour préparer le dîner. Pour la première fois de la journée, je sentais renaître un peu de l'espoir que j'avais éprouvé lorsque j'avais mis les pieds ici pour la première fois.

— Qu'est-ce que tu vas mettre pour ton rendez-vous ? m'a demandé Charlotte avec un grand sourire alors que nous reprenions le métro après notre entraînement.

Bien sûr, elle posait la même question que Tatum.

— Ma jupe qui tourne, et mon haut rouge. Le rouge est assorti à mes lunettes de soleil.

Charlotte a approuvé d'un signe de tête.

— Et tu pourras les porter sur le crâne en mode décontracté, même quand il fera nuit, parce que tu auras mieux à faire que de t'inquiéter d'avoir encore tes fabuleuses lunettes de soleil sur la tête. Ça me plaît. Ça correspond à l'image que tu veux donner.

J'avais juste pensé que le rouge et le rouge allaient ensemble, que les lunettes de soleil me donnaient confiance en moi et que j'avais besoin de chaque once de confiance en moi.

— Quelle image je veux donner exactement ?

— Amicale. Digne de confiance. Loyale. Non sans défauts, mais capable de s'excuser. Intéressante. Peut-être aussi quelqu'un qui embrasse bien, si tu arrives à faire passer tout le reste.

— Ça en fait beaucoup. Et beaucoup de pression, aussi. Merci bien !

J'ai donné une bourrade à Charlotte pour montrer que je plaisantais. Elle a levé la main comme pour me chasser, avec un petit rire.

Je me suis douchée et habillée, en rentrant le débardeur rouge dans la large ceinture de ma jupe noire. Je me suis séché les cheveux avec une serviette et les ai laissés tomber en vagues humides dans mon dos. Une fois sèches, ces vagues se resserreraient un peu. Je me suis regardée dans le miroir de la salle de bain et je n'ai pas pu m'empêcher de me sentir belle. J'ai essayé de ne pas me demander si Paolo le remarquerait, mais c'était une bataille perdue d'avance. Je voulais qu'il le remarque.

— Tu es parfaite, a déclaré Charlotte.

— Oh non.

Je savais que Charlotte disait cela comme un compliment, mais je commençais à voir mes défauts.

— Tu as raison.

Charlotte a fouillé dans son sac à main et en a sorti un tube de rouge à lèvres. Elle m'a badigeonné la bouche d'un rouge à la fois sombre et vif.

— Maintenant, tu l'es. Cette couleur te va fantastiquement bien. Tu as l'air détendue.

— Je suis tout sauf détendue.

— OK, très bien, tu es une cause perdue. C'est mieux ?

J'ai gloussé.

— Non. Je suis juste moi-même. C'est à prendre ou à laisser.

Charlotte m'a fait un clin d'œil.

— Espérons qu'il prendra.

Je l'espérais aussi.

13

J'étais suffisamment à l'aise avec le métro new-yorkais pour garder ma sérénité lorsque je suis montée dans une rame à destination d'un quartier que je n'avais pas encore visité. Le concert de Paolo allait avoir lieu au Steinhardt Department of Music and Performing Arts Professions, dans un théâtre qui accueillait de la musique de chambre, des récitals et autres petits spectacles. C'est du moins ce que disait Google.

Je suis sortie du métro à la station « 4e Rue Ouest » avec l'intention de longer Washington Square Park pour me rendre au théâtre. Le soleil se couchait derrière les immeubles gigantesques qui m'entouraient et l'immense arche de marbre qui surplombait le parc. Je marchais lentement, observant les gens assis sur des bancs et plongés dans leurs livres, les nounous qui promenaient des poussettes coûteuses, les cyclistes et les skateurs, les passants chargés de sacs de courses remplis. C'était une foule différente de celle que je fréquentais chaque jour pour me rendre à mes répétitions, mais elle était vivante et énergique, à l'image de la ville qui nous entourait.

Pendant un instant, j'ai essayé de me mettre dans la peau d'un étudiant de l'université de New York. Mon sac à main était une grande besace remplie de manuels et peut-être d'un ordinateur portable. Je me rendais en cours de chimie, pour un devoir scientifique peut-être, et j'allais retrouver un partenaire de laboratoire pour réaliser ensemble l'analyse de nos données.

Ensuite, rejoignant de l'autre côté du parc l'immense bibliothèque à la façade vitrée, j'étudierais à une longue table, une pile de livres à côté de moi, mon ordinateur ouvert. J'échangerais des messages avec Tatum pour me défouler sur les professeurs exigeants. Dans mon esprit, ma chambre de campus ressemblerait à celle que je partageais avec Charlotte, et j'y retournais après les cours, en foulant les feuilles d'automne craquantes, en humant l'air frais de la ville.

Mon imagination visualisait bien cette vie. Elle était même capable de se projeter dans un cadre différent : l'université de Georgetown. Le rêve de ma mère n'était pas mauvais. En fait, c'était un grand rêve. Seulement, ce n'était plus le mien.

Je suis arrivée à la salle avec dix minutes d'avance. J'ai pris place à l'extrémité du cinquième rang, au cas où j'aurais besoin de sortir rapidement. Au cas où Paolo me lancerait un regard noir depuis la scène en prenant conscience qu'il avait fait une énorme erreur en m'invitant. Au cas où, après le spectacle, je verrais la fille aux cheveux turquoise enlacer Paolo.

J'ai pris une photo de la scène vide et l'ai envoyée par SMS à Tatum, puis j'ai fait défiler les images prises la semaine précédente. Je n'avais pas oublié mon vœu d'ajouter des visages à ma collection, alors il y avait quelques portraits de Charlotte s'échauffant avant une répétition, une photo de Sage montrant à Arden comment placer correctement sa jambe gauche, et un selfie de Charlotte et moi dans notre chambre. À travers ces photos, je me prouvais à moi-même que je faisais vraiment partie de quelque chose. Au lycée, je m'en étais tenue à l'emploi du temps prévu et j'avais suivi toutes les règles. Mais j'avais oublié la règle selon laquelle la vie est plus belle quand on ne fait pas cavalier seul.

Quelques minutes plus tard, les lumières de la salle se sont éteintes, remplacées par celles de la scène. C'est l'un de mes moments préférés en tant que danseuse : l'instant où la scène est encore vide, où le public retient son souffle avant de nous voir nous élancer. Au début, il n'y a pas d'erreurs, seulement des possibilités. À mesure que nous avançons, nous faisons des faux pas, mais la plupart du temps, le public ne le sait jamais.

C'était probablement vrai aussi dans d'autres domaines de la vie.

Les musiciens sont entrés en scène. Paolo était le quatrième de la file. Il avançait comme s'il flânait dans la rue, l'air parfaitement insouciant. Son tee-shirt noir tombait bien, et son tatouage était visible sur son biceps. Ses baguettes étaient coincées dans la poche arrière de son jean foncé et, même sur scène, il portait son bonnet de tricot gris. Les pointes de ses cheveux en dépassaient comme de petites touffes d'herbe. Il s'est assis derrière sa batterie.

Les autres musiciens, dont l'âge variait entre le lycée et le début de la vingtaine, portaient leurs instruments et ont pris place derrière les pupitres. Ils étaient dix au total. Un homme grand et mince, avec une barbiche et des lunettes épaisses, a été le dernier à apparaître. Il s'est placé au centre de la scène et a sorti le micro de son étui.

— Mesdames et Messieurs, merci d'être ici ce soir pour soutenir le Symposium des musiciens d'été. Il s'agit d'un pré-récital pour nos élèves de la filière jazz et, comme vous le savez certainement, les musiciens aiment jouer pour un public. Alors même si leur cacophonie vous casse les oreilles, applaudissez fort, d'accord ?

Il a haussé les épaules d'un air bonhomme tandis que les musiciens le huaient gentiment.

— C'est parti, a ajouté le chef d'orchestre, en s'adressant plus aux personnes présentes sur scène qu'à n'importe qui d'autre.

Paolo, baguettes dressées, a tapé trois coups et la musique a jailli des instruments, forte et claire. C'était une chanson joyeuse, sautillante, que je ne reconnaissais pas. Mes orteils ont commencé à taper sur le rythme de Paolo, mes jambes avaient envie de danser. Certaines personnes disent qu'elles sentent la musique ou qu'elles éprouvent une émotion, une réaction physique réelle, lorsqu'elles entendent de la musique. Moi, je chorégraphie dans ma tête. Je sens mes bras bouger et balayer mon corps, une jambe se soulever légèrement derrière puis par devant. Je perçois la danse dans la mélodie.

Du temps où nous étions beaucoup plus jeunes et où nous ne nous entendions pas du tout, Tatum avait suivi des cours de danse avec moi. Pas exactement avec moi, mais nos cours avaient lieu à la même heure, si bien que ma mère nous y conduisait ensemble. Un jour, à l'issue d'un cours très amusant pour moi, j'avais quitté le studio avec un grand sourire et un autocollant sur la main, tandis que Tatum avait l'air malheureuse. Je lui avais caché mon sourire et dans la voiture, sur le chemin du retour, elle m'avait demandé pourquoi j'aimais la danse. « Ça fait transpirer, ça démange et c'est bizarre », avait-elle déclaré. J'avais eu envie de lui dire que c'était beau et amusant et que j'étais douée pour ça.

Je n'avais jamais perdu ce sentiment. Le regard de Paolo laissait supposer qu'il aurait compris tout ce que je n'arrivais pas à dire à Tatum. Au fil de la chanson, je n'avais d'yeux que pour ses mouvements, pour la joie pure et sans réserve qui se lisait sur son visage. Il me semblait que nous étions plus proches que jamais, même séparés par un auditorium.

Après ce morceau joyeux, quelques musiciens ont quitté l'ensemble de jazz, dont Paolo, qui a cédé sa place à la fille aux cheveux bleu océan. Il a tapé ses baguettes contre celles de sa remplaçante lorsqu'ils se sont croisés sur scène, pour la saluer. J'ai senti mon cœur se tordre de manière impromptue. Si quelqu'un avait l'air insouciant ce soir, c'était lui.

Sous les lumières vives de la scène, assise dans le public et n'ayant littéralement nulle part où regarder d'autre, j'ai posé mes yeux sur la fille. C'était masochiste, mais je ne pouvais pas détourner le regard. La première chose que j'ai observée, ce sont ses mains qui serraient doucement les baguettes, sans jamais perdre le rythme. Elle était douée. Elle n'avait pas le magnétisme de Paolo, mais elle savait ce qu'elle faisait. Ses cheveux, brillants et très bleus, étaient tressés et pendaient sur une épaule. Elle était indéniablement jolie. J'ai soupiré.

J'ai secoué la tête et me suis concentrée sur le clarinettiste. Je ne devais pas me comparer à elle. Ce n'était pas une compétition. Si elle était sa copine, tant mieux pour elle, et je resterais au rang de simple amie.

J'ai fermé les yeux et laissé les sons m'emplir la tête, remplaçant les pensées mesquines et les doutes. Lorsque je les ai rouverts, j'ai été impressionnée par l'unité des musiciens sur scène, alors qu'ils se relayaient à chaque chanson. C'est ce que Sage voulait nous voir réaliser, nous, ses danseuses. Il allait falloir que je me souvienne du son de cette musique quand je danserais.

Pendant la représentation, j'ai pris quelques vidéos. Quelle que soit la suite de cette histoire, je voulais recueillir ces souvenirs pour retrouver mes sensations du moment si je le voulais.

À la fin du spectacle, les musiciens se sont inclinés, formant une longue ligne qui s'étendait d'un bout à l'autre de la scène. Paolo était voisin de la fille aux cheveux bleus, et ils se sont tenu la main en saluant le public. Pour être honnête, tous les musiciens faisaient de même. N'empêche, à cet instant-là, comme si je ne l'avais pas su auparavant, j'ai souhaité être avec lui. Je rêvais d'une seconde chance. Je me suis sentie folle de l'avoir repoussé l'hiver dernier. Je l'ai regretté. Si cette fille était sa petite amie, je ne pouvais m'en prendre qu'à moi-même.

Alors que le public commençait à se disperser, je suis restée debout, à me demander ce que je devais faire. Monter sur scène, serrer la main de Paolo, le féliciter pour le concert et lui dire bonne nuit ? L'enlacer ? Me présenter à la batteuse et lui souhaiter, ainsi qu'à Paolo, toute une vie de bonheur ?

J'ai regardé Paolo donner une poignée de main au chef d'orchestre, qui l'a serré dans ses bras. Il y avait un respect mutuel entre eux et j'ai souri. Paolo a salué et remercié les autres musiciens, puis, à ma grande surprise, il est descendu de scène pour venir jusqu'à moi.

— Merci d'être venue, a-t-il dit de cette voix rocailleuse que j'aimais tant, les mains dans les poches.

Pas d'accolade pour moi, mais un petit sourire.

— Merci de m'avoir invitée, ai-je dit en m'adressant à ses pieds, chaussés de Converse noires.

À mon grand agacement, j'avais le cœur qui battait la chamade. Pourquoi me mettais-je dans tous mes états à cause de lui ? Ce n'était qu'un gars. Un gars que j'aimais bien. Un batteur, un passionné d'histoire, que j'aimais bien.

— Qu'est-ce que tu en as pensé ? m'a demandé Paolo.

Il avait l'air nerveux. Comme si mon avis comptait pour lui.

— C'est ta copine ?

J'ai plaqué mes mains sur ma bouche, horrifiée par cette gaffe, alors que je voulais lui répondre que j'avais aimé le spectacle.

J'ai lentement levé les yeux à la rencontre des siens, redoutant de le voir en colère, gêné ou rayonnant d'amour pour la batteuse aux cheveux bleus. Je ne m'attendais pas à ce qu'il ait l'air amusé.

— Tu parles de Zelda ?

Paolo a montré du doigt la scène, où la fille discutait avec le chef d'orchestre.

— Elle s'appelle Zelda ?

— Non, en fait c'est Zoé, mais elle pense que Zelda est un nom de scène plus mémorable.

— Oh, eh bien, c'est intéress…

— Non, m'a-t-il interrompue.

— Non ?

— Non, Zelda n'est pas ma copine. Nous sommes juste amis. Elle a quelqu'un chez elle, à San Francisco. Mais même si ce n'était pas le cas, nous ne sommes que des amis.

Paolo a esquissé un sourire timide.

Je lui ai rendu son sourire et, avant même d'avoir pu réfléchir à ce que je faisais, je l'ai entouré de mes bras. J'ai serré très fort. Collée à son épaule, j'ai respiré son odeur de coton propre. Et puis j'ai retenu mon souffle. Et s'il détestait ça ? Et si c'était mal ? J'ai soupiré de soulagement quand, heureusement, il m'a rendu mon étreinte.

Nous sommes restés là, au milieu de l'auditorium, dans les bras l'un de l'autre, pendant un temps qui devenait gênant, même si c'était fabuleux. Fallait-il m'éloigner la première ? Attendre qu'il le fasse ? Pour ce genre de question, il n'existait pas de liste de « pour et contre ».

Doucement, Paolo a desserré les bras et nous nous sommes éloignés l'un de l'autre en même temps.

— Je suis désolée. Je voulais juste vérifier, dis-je en tirant sur une mèche de cheveux.

— Ne sois pas désolée, m'a-t-il répondu, ses yeux ambrés rivés aux miens. C'est moi qui devrais te présenter mes excuses.

J'ai froncé les sourcils.

— Pourquoi ? Tu n'as rien fait de mal.

— Je regrette la manière dont je me suis comporté à Central Park. Et de m'être montré aussi distant la dernière fois. Sur la Highline. Je n'ai pas su réagir, c'est tout.

J'ai secoué la tête.

— S'il te plaît, ne t'excuse pas d'avoir été sincère. Tu avais le droit d'être en colère. J'étais en colère contre moi-même. Tellement en colère !

— Tu t'en veux toujours ?

Paolo m'a fait signe de le suivre dans l'allée. Nous avons longé des dizaines de sièges rouges vides. Il m'a fait sortir de l'auditorium et traverser les coulisses.

— Non, plus maintenant.

Je lui ai offert un petit sourire.

— Il m'a fallu du temps, mais je crois que je me suis pardonné.

Paolo a hoché la tête d'un air approbateur.

Nous sommes sortis dans la nuit noire et douce. J'ai levé les yeux vers le ciel couleur d'encre.

— Tu sais, ce que je n'aime pas à New York, c'est qu'on ne peut pas voir les étoiles. Si je pouvais voir les étoiles, ce serait parfait.

— Tu prends le métro ? m'a demandé Paolo. (J'ai hoché la tête.) Je t'accompagne.

— Merci.

Maintenant, je savais que Paolo et Zelda n'étaient que des amis, ce qui me soulageait beaucoup. Même si je n'osais rien espérer, cela ressemblait de plus en plus à un rendez-vous.

Nous avons avancé sur le trottoir.

— Il y a en fait quelques endroits où l'on peut voir les étoiles dans la ville.

— Ah oui ?

— L'un d'eux est la Highline. Ironiquement.

— Ironiquement, ai-je répété.

— La prochaine fois, a-t-il ajouté avec un grand sourire qui me coupa le souffle.

« La prochaine fois. » C'était comme une promesse, non ? À ce stade d'une non-relation fragile, cela signifiait qu'il voulait plus. Cela signifiait qu'il voulait me revoir. Moi, l'imparfaite, la bornée, la colérique à ses heures.

J'ai inspiré lentement et profondément.

— Merci.

— De quoi ?

— De m'avoir donné une seconde chance de te montrer que je ne suis pas un monstre.

— Tu ne l'es pas. Tu as agi par instinct.

— Mauvais instinct.

— Instinct d'autoconservation.

— D'accord. Mais merci de ne pas m'avoir rayée de la carte.

— De rien.

Et comme s'il voulait sceller un pacte entre nous, Paolo m'a pris la main.

Il y a longtemps, en cours de sciences, nous avions construit des circuits électriques. Je me rappelle le moment où, la dernière pièce mise en place, les petites ampoules à l'autre bout se sont mises à scintiller. À la seconde où la peau de Paolo s'est connectée à la mienne, toute une série de lumières étincelantes – comme celles qui se trouvaient sur la scène le soir de notre rencontre – s'était allumée en moi.

— Je veux conclure un pacte, a-t-il dit.

— Oui ?

— On ne parle plus de ce qui ne s'est pas passé entre nous l'année dernière, d'accord ?

— D'accord, ai-je acquiescé.

C'était un pacte qui me convenait parfaitement.

— Au fait, désolée de ne pas te l'avoir dit plus tôt, mais j'ai vraiment adoré le spectacle. Je n'écoute pas beaucoup de jazz. C'était génial. Et vous étiez parfaitement synchro.

— Merci. John, notre professeur, dit qu'il faut être sur la même longueur d'onde. Nous devons nous rapprocher psychiquement les uns des autres et nous assurer que nous ressentons tous la même chose au même moment pour jouer à l'unisson. La musique est une question d'émotion, non ? On pleure devant les films tristes à cause de l'émotion qu'ils dégagent, on rit aux blagues des comédiens. Là, c'est un peu la même chose, si on y réfléchit bien.

J'ai adoré son sérieux. Il avait vraiment foi en son groupe.

— Oh, je comprends très bien. Et on voit que ça fonctionne, à la façon dont vous jouez. Ma chorégraphe, Sage Oliver, dit la même chose. Depuis le début, elle nous parle d'équipe, d'unité et de travail pour le bien commun.

— Et comment ça se passe ?

J'ai haussé les épaules.

— Hum, ça va. J'essaie. Ma colocataire, Charlotte, qui est une danseuse fantastique et très drôle, essaie aussi. Mais tout le monde n'est pas en phase.

— Comment ça ?

J'ai aspiré une bouffée d'air. Nous y étions.

— Il y a une fille, Sabrina, qui est un peu coriace.

J'ai raconté toute l'histoire. Les commentaires désobligeants, le croche-pied, la découverte d'*En Avant*, ma conversation totalement improductive avec Sabrina dans sa chambre.

— Sabrina a menacé de dire à ma mère que je mentais sur mon inscription à l'université, ce qui serait évidemment mauvais pour moi à ce stade. Mais en fin de compte, j'ai peur qu'elle m'enlève toute chance de trouver un emploi.

Paolo serrait ma main de plus en plus fort à mesure que je parlais.

— C'est fou. Qu'est-ce que tu comptes faire ?

— J'hésite encore. J'ai fait une liste de « pour » et de « contre » pour décider si je dois tout raconter à notre chorégraphe, mais je ne trouve aucune solution qui ne soit pas lourde de conséquences.

Paolo m'a regardée avec un sourire en coin.

— Tu as fait une liste de « pour » et de « contre » ?

Je lui ai donné une bourrade.

— Elles m'aident à prendre des décisions. À mettre de l'ordre dans mes pensées.

— Tu as fait une liste de « pour » et de « contre » à mon sujet ?

— Non, mais je devrais m'y mettre.

— Aïe, a-t-il dit en souriant, avant que sa voix redevienne sérieuse. Je suis désolé que tu aies à gérer ça. Sérieusement. C'est dur. Mais tu es une bonne personne, Tilly. Tu vas t'en sortir.

— Merci, ai-je répondu en lui serrant la main.

Nous avons fait une pause devant la bouche de métro. C'était comme ce moment, dans les films et les séries, où le couple doit faire un choix. S'embrasser ou ne pas s'embrasser. Je voulais embrasser Paolo. Cela faisait des mois et des mois que j'en rêvais. Mais je ne voulais pas que notre premier baiser, si j'avais la chance d'en avoir un, soit gâché par la pensée de mes déboires en danse. Alors, j'ai pris l'initiative. J'ai souri à Paolo et je l'ai serré dans mes bras. Ses bras nus étaient chauds, et la chair de poule chatouillait ma peau. Nous sommes restés là un moment, au milieu de la ville animée, des passants qui riaient et discutaient, au son lointain du saxophone d'un artiste de rue. Nous ne bougions pas.

J'ai eu l'impression de connaître mon premier moment de paix réelle depuis mon arrivée à New York. J'aimais le rythme et l'énergie de la ville, j'aimais l'agitation et le mouvement de la danse, j'aimais mettre mon corps au service de l'art, et d'une certaine façon, j'aimais le défi intellectuel consistant à résoudre le problème de Sabrina. Mais parfois, c'était agréable de rester tranquille et en silence. Et c'était encore plus agréable en compagnie de quelqu'un d'autre.

— Je suis contente d'être venue ce soir, ai-je dit dans son épaule.

— Je suis content que tu sois venue, moi aussi, a-t-il répondu dans la mienne.

J'ai desserré les bras et reculé d'un pas.

— Tu as parlé à Seamus dernièrement ?

Paolo a penché la tête sur le côté.

— On s'envoie des textos tous les deux jours. Pourquoi ?

— Tatum et lui viennent ce week-end. Il te l'a dit ? Nous sommes censés faire du tourisme. Tu veux te joindre à nous ?

— Ce week-end, déjà ? C'est vrai. C'est facile d'oublier quel jour on est, ici !

— Oui, c'est vrai.

Cela signifiait-il qu'il était occupé ?

— Shay[6] m'a parlé d'une visite il y a quelque temps, mais j'avais oublié la date. Merci pour ce rappel, parce qu'il doit dormir chez moi.

Paolo a ajouté avec un sourire penaud :

— Mais oui, je suis partant. Je n'ai pas pu beaucoup me balader. La plupart du temps, quand je ne suis pas en répétition, j'aide mon oncle et ma tante qui tiennent un magasin.

Je me suis mordu la lèvre pour garder mon calme.

— Je t'enverrai les détails par texto quand nous aurons établi un programme. Quel genre de magasin possède ta famille ?

— Une boutique de fleurs dans Little Italy. Mes arrière-grands-parents l'ont ouverte à leur arrivée aux États-Unis.

La vision de Paolo entouré de fleurs était presque trop.

— Vraiment cool. Je suis sûre que c'est agréable d'avoir de la famille à proximité quand on est loin de chez soi.

— C'est sûr. Si on fait du tourisme, on pourra passer leur dire bonjour.

— C'est parfait, ai-je dit, sourire aux lèvres. (C'était de bon augure qu'il souhaite me faire rencontrer sa famille.) Il faut que je rentre. Une journée chargée m'attend demain. Pareil pour toi, je suppose.

— Retour au rouleau compresseur, a-t-il dit en me rendant mon sourire.

Il m'a de nouveau serrée dans ses bras, brièvement.

— À bientôt.

— À bientôt.

J'ai emprunté les marches, puis j'ai fait demi-tour, me rappelant quelque chose. Ce faisant, j'ai perçu l'intensité magnétique de son regard, je l'ai ressentie jusque dans mes genoux.

6. Diminutif de Seamus.

— Encore une question.

Paolo a haussé un sourcil, amusé.

— Que dit ton tatouage ?

Il a souri et secoué la tête, comme si c'était la question la plus prévisible au monde.

— *Tamburo*. « Tambour » en italien.

Il a tendu son bras pour que je puisse le voir de près.

J'ai ri :

— Bien sûr.

Il m'a fait un clin d'œil. Les genoux encore flageolants, j'ai fait un signe de la main et j'ai pris l'escalier du métro sans me retourner. À le faire, je risquais de remonter en courant et de le serrer à nouveau dans mes bras.

À mon arrivée au Marian, j'ai tapé un texto en souriant.

Bien rentrée. Merci encore.
Contente que cette soirée ait eu lieu.

Il a répondu deux secondes plus tard :

Content moi aussi.

14

Malheureusement, Paolo lui-même n'a pas pu m'empêcher de rêver de Sabrina cette nuit-là. Après m'être réveillée d'un cauchemar où elle s'attaquait à mon genou, à la Tonya Harding, je suis retournée dans la cuisine avec les ingrédients pour faire un banana bread, et j'ai tenté de conjurer mon anxiété. Fouetter les ingrédients à l'aide d'une cuillère en bois avait quelque chose de satisfaisant ; ce geste me comblait presque autant que de pétrir de la pâte.

Le pain italien que j'avais laissé sur le comptoir n'y était pas resté longtemps. Je savais qu'il n'y avait pas que des danseurs à notre étage – certains stagiaires portaient des polos de leur entreprise lorsque nous les croisions dans les escaliers le matin, et quelques gars devaient être musiciens ou acteurs, vu leurs horaires. Je ne savais pas qui avait dévoré mon cadeau, mais la rapidité de sa disparition prouvait qu'il avait été apprécié.

J'ai aussi laissé le banana bread en libre-service, avec un message à la *Alice au pays des merveilles* : « Mangez-moi. » Alors que je finissais de me faire un chignon haut en vue de la répétition,

Charlotte, qui devait être sortie chercher un café, est rentrée dans la chambre en sautillant, la bouche pleine comme un écureuil.

— Le petit déjeuner est bon ? lui ai-je demandé, alors qu'elle déglutissait.

— Oui, la fée des glucides nous a laissé un délice. Du banana bread. Il est apparu dans la cuisine comme par magie. C'est la deuxième fois ! Il en reste un peu, mais tu devrais filer te servir si tu en veux. Arden est entrée après moi, et je l'ai vue prendre un couteau.

J'ai ri :

— Alors, tu crois que je devrais me procurer une paire d'ailes pour cuisiner ? Peut-être une couronne de fleurs fraîches ?

Charlotte en est restée bouche bée, les yeux écarquillés. J'étais contente qu'elle ait fini d'avaler.

— C'est toi, la fée des glucides ?

— Si tu veux parler de la fille qui cuisine quand elle stresse, oui. Pour la prochaine fois, j'hésite entre un pain au levain et un pain d'avoine au miel. Tu as une préférence ?

Charlotte s'est tapé le front.

— Tu nous as appris que tu faisais du pain et de la pâtisserie, à la première répétition. J'aurais dû faire le rapprochement. Et attends, tu as bien dit que tu cuisinais à cause du stress ? Est-ce que ça va ? Comment peux-tu être stressée après une si bonne soirée ?

En rentrant la veille au soir, j'avais expliqué à Charlotte, sans doute avec des étoiles dans les yeux, à quel point les choses s'étaient bien passées avec Paolo. Me rappelant la libération que j'avais ressentie en parlant de Sabrina à ce dernier, j'ai décidé d'aller jusqu'au bout, et de le dire aussi à Charlotte.

— Eh, tu sais comment Sabrina peut être un peu méchante ?

— Un peu ? Je te trouve bien trop polie.

— J'essaie d'être diplomate.

— OK. Continue.

Je lui ai tout raconté, en commençant par le jour où je m'étais rendue seule à Union Square et où j'avais revu Sabrina, et en poursuivant mon récit jusqu'à mes découvertes sur Internet. Puis j'ai mentionné le chantage de Sabrina, le croche-pied responsable de ma chute, mes soupçons quant aux chaussettes.

— N'en dis pas plus ! C'est pas pour ça que je suis venue ici cet été. Pour qui elle se prend ? a sifflé Charlotte, les poings sur les hanches et le visage empourpré de colère.

Les effets du banana bread magique étaient manifestement annihilés.

— Bon, écoute… Elle ne fera peut-être rien de plus…

Je tenais à souligner l'absence de preuves et, quelque part au fond de moi, je voulais croire que Sabrina ne nous ferait pas vraiment de mal.

— Même si je ne peux pas dire que je le pense vraiment.

— Laisse-moi vérifier que j'ai bien compris, a dit Charlotte en levant un doigt. Sabrina a été vue dans un studio de danse à deux reprises après une répétition.

Elle a levé un autre doigt.

— Sabrina est la seule, parmi son groupe de danseuses de dernière année, à ne pas avoir trouvé de travail. La mère de Sabrina est sa prof, et la mère de Sabrina et Sage faisaient partie de la même compagnie.

Quatre doigts étaient en l'air. Elle en a levé un cinquième.

— Et Sabrina a été une vraie garce avec toi en particulier, ce qui me permet de tirer ma propre conclusion et de dire qu'elle est jalouse de l'attention de Sage.

— Ça, je n'en suis pas sûre, ai-je dit, en me sentant rougir.

— Moi, si. C'est tellement évident. Il suffit de l'avoir à l'œil aujourd'hui. Tu verras.

J'ai fait un sourire en coin.

— J'essaie d'éviter de regarder Sabrina, mais je ferai plus attention.

Sage nous avait appris environ les trois quarts du spectacle, et nous l'avions répété plusieurs fois pour qu'elle vérifie que tout se déroulait comme elle l'avait imaginé.

Alors que les chansons de rock, de danse et de hip-hop préférées de Sage remplissaient la salle, j'ai suivi le conseil de Charlotte et j'ai commencé à observer de plus près. Pas seulement Sabrina, mais aussi les autres filles.

Les cheveux d'Ella, d'un blond éclatant, luisaient comme un phare au centre de la pièce. Elle était petite et rapide, avec des mouvements vifs et précis. Sage la complimentait toujours sur ses pointes de pieds. Arden était grande et mince, mais étonnamment musclée. Elle était particulièrement douée pour les jetés et les sauts ; elle respirait la puissance et la force. Sans surprise, Charlotte avait une incroyable présence sur scène. Elle était la représentation visuelle de l'audace dans tout ce qu'elle faisait. J'étais un peu jalouse de la façon dont elle occupait la scène – il était impossible qu'un directeur artistique ne la remarque pas pendant notre spectacle.

Et si je plissais les yeux, je pouvais prétendre que la fille gracieuse qui dansait à ma gauche n'était pas Sabrina. Elle était douée. Je n'étais pas assez mesquine pour me convaincre du contraire. Ce qui lui manquait, je m'en rendais compte, c'était la confiance en soi. Elle paraissait mettre en question le moindre de ses mouvements, comme si elle ne faisait pas confiance à son corps pour faire ce qu'elle voulait. J'en éprouvais de la tristesse pour elle. Je me demandais dans quelle mesure c'était naturel et dans quelle mesure cela résultait du fait qu'elle n'avait pas trouvé de travail au printemps dernier.

Quelle était la part venant de la pression exercée par sa mère ? Et la part de pression venant d'elle-même ? Je savais qu'il était bon d'avoir un objectif. Mais mon expérience personnelle me soufflait aussi que le fait d'être obsédé par votre objectif peut vous faire rater de très belles expériences.

J'ai également remarqué que Sabrina avait l'air fatiguée, ce qui n'était pas surprenant. On aurait dit qu'elle pouvait à peine lever les bras au-dessus de la tête. Elle réussissait à donner l'impression d'angoisse et de nostalgie que Sage voulait, mais tout le reste semblait confus.

Alors que nous répétions un passage qui nous concernait toutes les cinq, Sabrina n'a pas été la seule à faiblir. J'avais les muscles en feu et je savais que j'approchais de mes limites, mais j'ai continué.

— Stop, tout le monde, a crié Sage, brisant ma concentration.

Nous nous sommes figées.

— Tilly, avance, s'il te plaît.

J'ai obéi, un nœud dans la gorge. Je n'ai pas osé jeter un coup d'œil aux autres filles ; j'avais les yeux fixés sur notre chorégraphe qui se passait les doigts dans les cheveux. Ses traits fins affichaient une expression d'inquiétude et peut-être un peu d'agacement. Je me suis placée devant elle ; j'avais machinalement adopté la première position.

— Regardez toutes, s'il vous plaît.

Sage a étendu le bras juste sous mon nez, et décrit un mouvement ample qui a fendu les airs :

— Saute, s'il te plaît, Tilly. Comme nous l'avons fait.

J'ai sauté.

— Encore.

J'ai sauté de nouveau, cette fois dans la direction opposée. Sans les regarder, je sentais quatre paires d'yeux passer de moi à Sage et vice-versa, se demandant où elle voulait en venir. Au fil des ans, j'avais été corrigée de nombreuses fois en classe. Cela faisait partie de la vie d'une danseuse. Pour autant, je ne m'étais jamais habituée à être montrée en exemple pour expliquer ce qu'il ne fallait pas faire.

— Tilly, peux-tu me dire ton erreur ?

Le ton de Sage était ferme, sans être méchant.

J'ai analysé la position de mon corps, la ligne de mon cou et de mes bras, la hauteur que j'avais atteinte, essayant de repérer le défaut que Sage avait remarqué et qui devait être corrigé.

— Ma cheville à l'atterrissage ?

C'était un pari sûr.

Sage a légèrement penché la tête et m'a observée avant de se tourner vers le reste des filles.

— À votre avis ? Elle a raison ?

La main de Sabrina s'est propulsée en l'air telle une navette spatiale se mettant en orbite. Elle n'a pas attendu d'être interrogée.

— Elle regarde le sol.

À côté d'elle, Ella a acquiescé.

— C'est exact. Regarder vers le bas en sautant est une erreur courante, généralement liée à une peur irraisonnée de tomber, a dit Sage d'un ton détaché.

Mes joues se sont enflammées. C'était peut-être irraisonné pour tout le monde, mais pas pour moi. Il était logique que je sois nerveuse à la réception d'un saut. Mais je ne m'étais pas rendu compte que ma manière de danser trahissait ma peur.

Sage s'est placée devant moi et a posé les mains sur les côtés de mon visage.

— Jetons un coup d'œil au sol, tu veux bien ?

Ses mains ont guidé mon visage vers le bas.

C'était le tapis de danse gris que j'avais vu à chaque répétition depuis que nous avions commencé. Il était identique à tous les sols de salles de danse que j'avais foulés depuis mes débuts. Au bout d'un moment, Sage m'a fait relever le visage.

— Il n'a rien de très intéressant, n'est-ce pas ?

J'ai réprimé un gloussement nerveux.

— Non, pas vraiment.

Sage m'a regardée dans les yeux avec une lueur d'amusement.

— Regardons vers le haut à partir de maintenant, d'accord ? Le public a besoin de voir ton visage. Et tu dois te faire confiance. Tu ne vas pas te briser, Tilly.

J'ai acquiescé. Je savais qu'elle avait raison. Elle a dit à tout le groupe :

— Ça vaut pour tout le monde. Je sais que vous travaillez dur, mais ces petits ajustements feront la différence. Pour vous et pour les gens qui vous regardent.

Le message tacite était que nous devions tout faire parfaitement si nous voulions être remarquées par les recruteurs.

Nous avons répété l'enchaînement une fois de plus, et j'ai gardé les yeux levés. À la fin, Sage nous a demandé de nous asseoir en cercle.

— Très bien, nous sommes à deux doigts de nous montrer au grand jour. Vous y êtes prêtes, n'est-ce pas ?

Nous avons acquiescé.

— Encore un passage à apprendre, puis il n'y aura plus qu'à tout perfectionner. Vous faites du très bon travail jusqu'à présent, mais il faut le peaufiner. Si vous avez besoin de vous recentrer, puisez dans vos sources d'inspiration des premiers jours.

Arden a levé le doigt :

— Est-ce qu'on pourra répéter au Whitney avant le jour du spectacle ?

— Bonne question. Oui, nous le ferons. La veille, donc bientôt, en fait.

La représentation avait lieu deux semaines plus tard.

— Autre chose ?

Le silence seul a répondu à Sage.

— Très bien, n'oubliez pas de boire beaucoup d'eau, et sortez profiter de cette merveilleuse ville. À demain pour la suite.

Sage a posé les deux mains sur le sol et s'est levée d'un bond. En dépit de ses membres robotisés, elle restait d'une souplesse stupéfiante. Nous nous sommes levées à notre tour. Sage m'a tapoté l'épaule :

— Bonne correction. Et tu as retrouvé ton élasticité. Tu as veillé à te coucher plus tôt ?

Je lui ai répondu par un sourire timide, que je n'ai pu réprimer. Je ne voulais pas que Sage pense que j'étais une de ces filles qui estiment leur vie comblée par la présence d'un garçon. Mais je voulais qu'elle sache que j'étais le genre de fille qui essayait d'aplanir les difficultés.

— J'ai réglé un problème avec quelqu'un.

Sage a acquiescé :

— Le pardon peut être transformateur. Invite cette personne au spectacle. Tu sauteras peut-être encore plus haut.

— Peut-être.

J'ai ri et me suis dirigée vers mon sac.

Arden, déjà prête, avait filé vers la sortie. Charlotte a fermé son sac en me disant qu'elle m'attendrait dehors ; elle voulait répondre à un appel manqué de sa sœur. J'ai enlevé mes chaussettes mouillées et enfilé mes sandales, puis jeté un coup d'œil à Sabrina et Ella, qui se tenaient bien trop près l'une de l'autre pour ne pas être en train de tenir un conciliabule. Sabrina me fixait avec une telle intensité que j'ai failli reculer d'un pas. Tatum m'avait dit un jour que les yeux de ma mère étaient capables de lancer des rayons laser lorsqu'elle était contrariée. Je n'en avais jamais fait l'expérience moi-même, mais à présent, je voyais l'effet que cela faisait.

Je me suis éclairci la gorge, espérant l'inciter à formuler ce qu'elle insinuait par ce regard assassin.

— Ça doit être terrifiant de danser après une blessure aussi tragique. C'est triste que ça se ressente dans ta danse, Tilly.

Sabrina a affiché la moue la plus faussement compatissante possible.

— Je suppose que tu n'es pas aussi parfaite que nous le pensions.

— Je n'ai jamais prétendu être parfaite, ai-je déclaré, le regard fixé sur ses yeux verts brillants. Aucune d'entre nous n'est parfaite.

Sabrina a haussé un sourcil comme pour dire « Tu es sûre de ça ? » et s'est levée.

— J'espère que tes défauts ne compromettront pas la réussite du spectacle. Je sais à quel point tu as besoin d'un emploi. Ta mère serait très triste si tu n'atteignais pas tes objectifs, n'est-ce pas ?

Avec un sourire satisfait, elle a pris son sac et quitté la pièce. Ella m'a jeté un regard nerveux avant de se précipiter à sa suite.

J'ai cligné des yeux, incrédule ; puis je me suis secouée et j'ai rejoint Charlotte. Adossée à la façade de l'immeuble, elle scrollait sur son téléphone.

— Enfin ! Qu'est-ce qui t'a pris tout ce temps ?

— Sabrina.

Charlotte a levé les yeux au ciel.

— Qu'est-ce qu'elle a fait cette fois-ci ?

— Elle m'a insultée. Rien de nouveau. Elle a suggéré que je ne suis pas aussi parfaite que je prétends l'être parce que j'ai peur d'une nouvelle blessure. Oh, et elle a de nouveau évoqué le fait que j'ai menti à ma mère.

Non que les paroles de Sabrina aient été si blessantes que ça, mais j'aurais préféré qu'elle se mêle de ses affaires et se préoccupe de sa propre danse.

— Cette fille est un vrai cauchemar, a décrété Charlotte. Elle ne comprend pas que c'est une bonne chose d'être montrée en exemple pour une correction à faire ?

Nous sommes parties vers le métro. Charlotte avait raison, bien sûr. Sur le moment, il n'est jamais agréable d'être corrigé, surtout devant ses camarades, mais on m'a toujours enseigné que cela devait nous rendre plus forts. Et selon l'un de mes anciens professeurs préférés, quand un danseur se fait corriger, cela signifie généralement que d'autres dans le groupe font la même erreur. J'allais devoir m'en souvenir si Sage me demandait de m'avancer à nouveau.

— Exactement, ai-je répondu avec un petit rire, en hochant la tête.

Il fallait que je change de sujet. Cela ne valait pas la peine de dépenser plus d'énergie que je ne l'avais déjà fait.

— J'ai oublié de te le dire, mais ma demi-sœur et son copain viennent ce week-end. Tu veux nous tenir compagnie ? On fera probablement du tourisme. C'est l'occasion de cocher plusieurs visites de notre liste.

— Bien sûr que je veux en être ! Ça va être génial.

Nous avons atteint la bouche de métro et sommes descendues dans les souterrains.

— Et, euh, Paolo sera là aussi, ai-je ajouté, comme s'il s'agissait d'un fait peu important, et non de la chose à laquelle je pensais sans cesse.

J'étais vraiment excitée à l'idée de le revoir. Et effrayée. Il y avait toujours la possibilité que ce qui s'était passé entre nous l'autre soir – les étreintes, les sourires timides, le courant électrique entre nous – n'ait été remarqué que par moi.

— Ton petit batteur, hein ? a rétorqué Charlotte avec un clin d'œil en pénétrant dans la rame du métro.

— S'il te plaît, ne l'appelle pas comme ça. Je vais mourir d'embarras.

— D'accord, évitons ta mort avant votre premier baiser.

— Merci bien, ai-je dit en levant les yeux au ciel.

Pendant le trajet, une nouvelle photo d'Abuela s'est affichée sur mon téléphone. Elle tenait un billet de train à la main.

Ginger et moi faisons un tour en ville ce week-end.
Ça te dérange si une vieille femme passe vous voir,
toi et ta demi-sœur ?

Nous serons ravies de te voir.
Contente que tu sois remise !

MOI AUSSI !

J'ai ri et montré l'échange à Charlotte. J'avais tellement hâte que le week-end arrive.

15

Nous avons décidé de retourner dans la chambre et de buller, c'est-à-dire que Charlotte m'a collée devant *Friends*. Je dois admettre que c'était drôle, même si les acteurs avaient tous besoin d'une nouvelle coupe de cheveux. Entre deux épisodes, ma mère a téléphoné.

— Bonjour, Maman. Comment ça va ?

— Bonjour, Matilda. Je vais bien. Comment se passent les choses à New York ?

Il était hors de question d'évoquer la fille qui risquait de gâcher mes chances de décrocher un emploi auquel je n'étais pas censée penser. Hors de question aussi de dire à ma mère que je passais mon temps libre à rêver à un garçon. Je suis restée sur un terrain plus sûr :

— Tout roule, Maman. On termine de travailler le spectacle, et Sage est sûre que nous serons dans les temps pour la représentation.

— Je suis heureuse de l'entendre. Je sais que tu auras à cœur de lui faire de la publicité par la qualité de ta danse. J'ai lu dans un article que Sage montait sa propre compagnie.

— Oui, c'est vrai.

Si ma mère était au courant, la nouvelle avait probablement été publiée dans un magazine ou sur l'un des blogs de parents de danseurs auxquels elle était abonnée.

— Alors elle compte sur ce spectacle pour attirer des mécènes ?

— Je crois que oui.

J'ai senti cette pression supplémentaire – danser pour moi-même, danser pour Sage – s'abattre inexorablement sur moi comme un ballot de farine.

— S'il te plaît, fais en sorte de travailler aussi dur que possible. Je sais que tu le fais toujours. Mais c'est juste un rappel.

— Promis, Maman, ai-je dit, avant de changer de sujet. Comment se passent les cours de photographie ?

— Eh bien, je doute que le *National Geographic* m'embauche de sitôt, mais c'est intéressant. Cela m'a permis de prendre conscience du travail réalisé par les artistes, en tout cas.

C'était un commentaire généreux de la part de ma mère. Elle nourrissait généralement l'opinion stéréotypée selon laquelle l'art n'est qu'un passe-temps. Du moins, c'était le cas jusqu'à ce qu'elle se rende compte qu'elle vivait avec une artiste talentueuse : Tatum.

— C'est toujours une bonne chose. Et Tatum, ça va ?

— Elle fait du très beau travail. J'ai proposé à ton beau-père d'agrandir certaines de ses photos et de les encadrer. Nous pourrions en mettre une série dans le salon.

Elle m'a raconté que Tatum et elle s'étaient rendues à Great Falls la semaine précédente, au coucher du soleil. Tatum avait capté la lumière qui se reflétait sur les chutes d'eau à l'instant où le soleil plongeait derrière les arbres.

— Ça doit être magique, Maman. J'ai hâte de les voir, ces photos.

J'ai senti ma voix se nouer au fond de ma gorge. La maison me manquait. Un tout petit peu.

— Oui, bon, Tatum pourra sûrement te les montrer sur son téléphone pendant sa visite. Tu as trouvé un matelas gonflable ?

Maman m'avait envoyé un message plus tôt dans la semaine pour s'assurer que j'avais un endroit où faire dormir Tatum.

— Oui, la résidence en a un qu'on peut emprunter.

— Ta colocataire sera là aussi ?

— Charlotte se joindra à nous, oui. Abuela sera également en ville ; elle a dit qu'elle passerait dire bonjour à l'arrivée de Tatum, puis nous partagerons le petit déjeuner dimanche. Et tu te rappelles Paolo Sansone ?

Maman l'avait rencontré cinq secondes quand il était venu à l'hôpital, mais elle et moi n'avions jamais parlé de lui. J'avais l'impression que ça faisait un million d'années, sur une autre planète.

— Seamus va dormir avec lui dans l'appartement de l'oncle et de la tante de Paolo. Nous ferons nos visites tous les cinq ensemble. Ça devrait être sympa.

— C'est le garçon de l'automne dernier ? Le batteur de The Frisson ?

— Exactement. Je suis impressionnée que tu te rappelles le nom du groupe, Maman.

Elle a marqué une pause avant de répondre.

— Quand Tatum est au volant, c'est le seul groupe dont la musique résonne dans la voiture. Il me serait difficile de l'oublier.

J'ai étouffé un rire.

— C'est une copine loyale. En plus, tu dois admettre qu'ils sont très bons.

— J'aime la façon dont ils superposent une chanson à une autre. C'est très créatif.

J'ai failli lâcher le téléphone. Qui était cette femme, et qu'avait-elle à voir avec ma mère ? J'ai veillé à répondre avec légèreté :

— Ça s'appelle un *mash-up*, Maman. Je crois que c'est Seamus et le chanteur principal, Hunter, qui les créent.

— Eh bien, quel que soit le nom que tu leur donnes, ça ne me dérange pas quand Tatum me force à les écouter.

— Je suis sûre qu'elle ne te force pas.

— Tu as raison.

Ma mère a ri doucement. J'étais heureuse d'entendre qu'elle était de bonne humeur et qu'elle s'entendait bien avec Tatum. Un an auparavant, ce n'était pas du tout le cas. C'était agréable d'y repenser et de voir à quel point nous nous étions rapprochées.

De l'autre côté de la chambre, Charlotte m'a fait de grands gestes pour attirer mon attention, en me montrant ostensiblement l'ordinateur. Elle a articulé « nouvel épisode ». J'ai levé un doigt pour lui demander d'attendre.

— Maman, il faut que j'y aille, je…

— Oui, tu dois avoir besoin de te reposer. À bientôt, Matilda.

— Tu m'envoies une de tes photos ?

— Tout de suite. Bonne nuit.

— Bonne nuit, Maman.

Je me suis renversée sur le lit, ma tête atterrissant sur l'oreiller avec un bruit sourd.

— Tout va bien chez toi ? a interrogé Charlotte.

Elle a bu une gorgée d'eau et m'a regardée par-dessus ses lunettes.

— Oui. Elles s'amusent sans moi. Ma mère et Tatum. Ça fait drôle.

Pour être totalement honnête avec moi-même, j'étais un peu jalouse, mais contente pour elles. Sensation étrange.

— Mais on s'amuse bien ici aussi ! s'est exclamée Charlotte, radieuse, en levant le pouce.

J'ai répondu en souriant :

— Beaucoup. Et le week-end s'annonce incroyable.

Elle avait raison. Pas de quoi me sentir mélancolique quand je vivais ma propre aventure !

— Tu veux finir d'établir la liste des lieux à visiter avec Tatum ?

Charlotte a répondu en s'installant sur le lit à côté de moi.

— Oui, et quand on aura fini, on regardera un autre épisode.

— D'accord.

J'ai ouvert mon cahier magenta et nous nous sommes mises au travail.

— Je ne prendrai plus jamais le bus !

Tatum a fait tomber sa valise avec un choc sourd sur le linoléum du hall d'entrée du Marian. Le bruit a surpris la réceptionniste, qui nous a dévisagées d'un air renfrogné par-dessus son ordinateur.

— J'ai vécu l'expérience la plus dégoûtante de ma vie. En plus des toilettes qui étaient sales, un mec qui avait oublié de se doucher cette semaine était assis juste derrière nous et chaque fois qu'il bougeait, on recevait une vague de puanteur.

— Beurk, ai-je dit. Sinon, bonjour, bienvenue à New York !

J'ai fait un signe de la main, et Tatum a écarquillé les yeux comme si elle venait de comprendre où elle se trouvait. Elle m'a sauté dessus, manquant de nous faire tomber toutes les deux, et m'a enveloppée d'une étreinte féroce. Elle sentait la menthe, le sucre et la maison.

— Bonjour, sœurette. Quand est-ce qu'on peut aller manger une pizza ? Je suis morte de faim.

— Elle répète cette question depuis que nous avons quitté la gare ce matin, a glissé Seamus.

Il était resté derrière Tatum pendant qu'elle se plaignait.

— Bonjour, Seamus. Bienvenue à toi aussi.

Je l'ai serré dans mes bras.

— Merci, Till. Quelle joie de te voir ! La ville te va bien.

Seamus a esquissé le sourire charmeur qui, je le sais, avait conquis Tatum dès leur première rencontre.

— Merci, je suis d'accord.

La porte de l'immeuble s'est rouverte, livrant passage à Abuela, qui s'est exclamée :

— Ce chauffeur de taxi était l'homme le plus gentil qui soit. Il vient de me parler de ce délicieux glacier dans Greenwich Village que je mets en tête de ma liste de choses à faire ce week-end. Comment pourrais-je passer à côté de sa recommandation ?

Elle se tenait là, devant nous, dans toute sa gloire, avec son bras en écharpe. Petite et frêle, elle paraissait plus grande qu'elle ne l'était en raison de sa forte personnalité.

J'avais hérité de la taille de mon *abuelo*, qui mesurait plus d'un mètre quatre-vingt, mais j'avais la peau bronzée et les yeux bruns et chauds de mon *abuela*.

— *¡ Hola !* chérie, a-t-elle dit en me tendant son bras libre.

J'ai fait un pas vers elle, et elle m'a enlacée comme si je ne mesurais pas quinze centimètres de plus qu'elle.

— *¡ Hola !* Abuela. Je suis contente de te voir.

C'était agréable de la voir loin du canapé floral de Ginger.

— Je suis contente d'être ici, même s'il fait une chaleur infernale.

— Tu ferais bien d'aller chercher ta glace, alors, est intervenue Tatum.

— Excellente suggestion, Tatum. Je crois que le parfum appelé « Bea Arthur[7] » que m'a vanté le chauffeur m'appelle.

Abuela a fait un clin d'œil à Tatum qui a éclaté de rire. Ma grand-mère a ajouté :

— Bien sûr, Rue McClanahan[8] aurait été un meilleur choix, mais personne n'est parfait.

— Je t'adore, Blanche, a répondu Tatum en s'étouffant de rire.

Abuela a donné une petite tape dans le dos de Tatum. J'ai regardé Seamus pour voir s'il comprenait le motif de leurs rires ; pour toute réponse, il a haussé les épaules.

— Bon, je ne vais pas bousculer vos projets. Je voulais juste dire bonjour à mes petites-filles préférées. Ginger et moi avons rendez-vous pour le déjeuner tout près d'ici avec des amies, puis je vais prendre ma glace et filer chez la fille de Ginger à Brooklyn. On m'a dit que c'était huppé là-bas maintenant, et je meurs d'envie de voir son nouvel appartement.

Abuela m'a fait un clin d'œil.

— On prend toujours le petit déjeuner ensemble demain matin ?

— Bien sûr, Abuela. J'ai hâte.

Je l'ai embrassée sur la joue.

— Tatum, sois sage.

Tatum a mis sa main sur sa hanche en un faux geste de protestation.

7. Bea Arthur est une actrice américaine du XXe siècle, notamment connue pour sa personnalité explosive.
8. Rue McClanahan est une actrice américaine du XXe siècle, co-star de Bea Arthur dans plusieurs séries télévisées.

— Qu'est-ce que tu sous-entends ?

Abuela a fait un V avec deux doigts et les a pointés sur ses yeux, puis sur Tatum.

— Tu sais que je sais toujours tout.

Tatum s'est tue. Elle croyait vraiment que ma grand-mère était médium. Je n'y croyais pas, mais elle avait un sens de l'anticipation extraordinaire. Abuela s'est tournée vers Seamus et lui a posé les mains sur les épaules.

— Ne laisse pas ces filles te malmener, jeune homme.

— Non, Madame. Je suis résistant.

— Je n'en doute pas. Bonne journée.

Abuela nous a envoyé des baisers et a disparu par la porte.

— Où est-ce que je peux ranger ça ? m'a demandé Tatum en montrant son sac.

— Oh, on peut le monter à l'étage. Shay, tu veux monter visiter ?

— Non, je vais attendre Paolo en bas. Il vient de m'envoyer un texto pour me dire qu'il arrive.

Mon estomac s'est subitement retrouvé dans ma gorge.

— Génial, me suis-je exclamée. Allez, Tatum, les escaliers sont par là. Troisième étage.

— Des escaliers ? Tu te moques de moi ?

Je lui ai lancé le regard « Fais ce que je te dis » breveté par ma mère.

J'ai cru déceler un frisson chez Tatum.

— Très bien, très bien, épargne-moi ce regard de belle-monstre, s'il te plaît. J'en reçois assez à la maison, merci beaucoup.

— Je crois comprendre que vous vous entendez à merveille, ai-je répliqué en attaquant l'ascension.

— Ah oui ?

Nous avons atteint le palier du premier étage.

— Maman pense que tu es une photographe géniale.

— Visiblement, oui. Elle m'a demandé les fichiers de quelques photos que le prof nous avait envoyés faire. Nous devions photographier la nature.

— J'ai appris ça. Elle veut les imprimer et les exposer à la maison. Une série, comme elle l'a dit. Allez, plus qu'un étage.

J'ai souri à la bouche ouverte de ma demi-sœur alors que nous dépassions le deuxième étage.

— Elle n'est pas vraiment connue pour s'épancher sur ses sentiments, n'est-ce pas ?

— Non, en effet.

Au troisième étage, j'ai poussé ma porte et laissé Tatum entrer en premier.

— Salut, a lancé Charlotte depuis la salle de bain.

Elle en est sortie en attachant un collier de perles jaunes autour de son cou. Il était assorti à sa robe d'été bleu marine à pois jaunes.

— Tu es Tatum ?

— La seule et unique. Tu es Charlotte ?

Ma demi-sœur et ma colocataire se sont mutuellement jaugées pendant un moment.

— La seule et unique, a répondu Charlotte en écho.

Puis, comme si elles étaient amies depuis des années, elles ont ri et se sont enlacées. J'ai eu l'impression de voir mes deux mondes entrer en collision. C'était un peu déconcertant, mais je me suis sentie sourire. Charlotte s'est tournée vers moi.

— Le batteur canon est là aussi ?

— Il n'est pas encore arrivé, mais le pianiste et violoncelliste canon est dans le hall, a répondu Tatum.

— Son copain, ai-je précisé à Charlotte, qui a hoché la tête.

Puis, posant la main sur l'épaule de Tatum, elle lui a pris son sac de voyage, qu'elle a déposé sur son propre lit.

— Je suis contente que tu sois là. S'il te plaît, dis à ta sœur d'attraper le batteur canon quand il arrivera, et de l'embrasser.

Le regard de Tatum a fait deux allers-retours entre Charlotte et moi.

— Elle me plaît déjà, a-t-elle déclaré.

Elles se sont prises par le bras, liées comme deux pois dans une cosse. Tatum m'a tendu son bras libre, et je me suis jointe à elles.

Sans aller jusqu'à dire que j'avais passé la plus grande partie de mon enfance à repousser les amitiés, je n'avais jamais eu le temps de nouer de vrais liens durables. Il est difficile de s'intéresser à des gens qui paraissent faux ou qui donnent l'impression de se servir de vous pour avancer. Telle était l'atmosphère de notre programme compétitif. Si peu de temps pour voir au-delà de la poudre aux yeux envoyée par les autres filles. Mais là, c'était un sentiment réconfortant, confortable. Insolite et étranger aussi, mais auquel je me sentais capable de m'habituer avec plaisir.

J'ai sorti mon téléphone de ma poche.

— On peut prendre une photo avant de partir ? Sans les gars ?

— C'est moi qui ai les bras les plus longs, laisse-moi faire, a dit Charlotte en m'arrachant le téléphone. Dites « *cheese* » !

Serrées les unes contre les autres, nous avons pris la pause avec un sourire.

— Parfait. Trois filles superbes prêtes pour une journée en ville.

— Allons-y ! a crié Tatum.

J'allais franchir la porte derrière les autres quand j'ai pris conscience d'avoir oublié quelque chose. Revenant sur mes pas, j'ai mis mes lunettes de soleil rouges sur ma tête et refermé la porte de la chambre derrière moi.

16

Paolo se tenait dans le hall d'entrée, vêtu de son habituel tee-shirt gris et de sa chemise en flanelle. Son bonnet était glissé dans sa poche.

Je l'avais déjà vu dans cette tenue, et pourtant j'ai senti mon ventre papillonner. Ce garçon avait le don de me faire perdre l'équilibre, alors que c'était littéralement mon boulot d'avoir un équilibre parfait cet été. Je me suis sentie rougir avant même qu'il ne m'ait adressé la parole.

— Salut, Tilly, a-t-il dit avec un sourire qui m'a fait chaud au creux de l'estomac. Salut, Tatum, a-t-il ajouté avec un hochement de tête. Bienvenue en ville.

J'ouvrais la bouche pour lui répondre quand Tatum, qui avait le chic pour être indifférente à ce qui se passait autour d'elle, m'a devancée :

— Mec, contente d'être ici. Laisse-moi te raconter le trajet en bus.

Paolo et moi avons échangé un regard amusé tandis que Seamus nous tenait la porte ouverte. Tatum l'a franchie avec sa fougue habituelle ; nous lui avons emboîté le pas. Charlotte s'est prestement glissée entre Paolo et moi.

— Tu dois être le fameux Paolo. Je suis Charlotte, la non moins fameuse colocataire. Je suis sûre que tu sais déjà tout sur moi.

Elle lui a agité la main devant le visage, ce qui était d'autant plus gênant que nous marchions.

Entrant dans le jeu, Paolo a serré la main de Charlotte avec force.

— Enchanté. Je rencontre rarement d'autres célébrités de notre envergure. La célébrité vous épuise-t-elle ?

— Elle est terrible. Je passe mon temps à casser les talons de mes chaussures pour fuir les paparazzis qui me courent après.

Charlotte a secoué la tête d'un air triste.

— Oh, vous aussi ? Je pensais être le seul à avoir une facture de réparation de Louboutin longue comme le bras.

Paolo a tourné la tête vers moi pour m'adresser un clin d'œil.

— Il connaît les chaussures Louboutin, m'a chuchoté Charlotte très fort, façon souffleur de théâtre.

— J'ai des sœurs, a répondu Paolo sur le même ton.

Charlotte lui a souri en me disant :

— Garde-le. Sinon je te le pique.

Tatum et Seamus ont éclaté de rire. J'ai failli leur rentrer dedans parce qu'ils s'étaient arrêtés net. Mon visage brûlait comme le four que je préchauffais pour faire du pain. Je savais que Charlotte plaisantait, mais je n'étais pas tout à fait prête à parler de « garder » Paolo. Je n'étais même pas sûre de ce que nous étions.

— Alors, où est-ce qu'on va ? a demandé Seamus.

— Tilly va nous guider. Elle a une liste, a dit Charlotte en me désignant d'un pouce triomphal.

— Elle a toujours une liste. Elle se trouve dans le cahier rose ? a demandé Tatum.

J'ai résisté à l'envie de lever les yeux au ciel.

— Bien sûr qu'elle est dans le carnet, ai-je dit. C'est toi qui me l'as donné. Tu encourages mes habitudes.

— C'est vrai, hein ?

Elle a fait un grand sourire et s'est tapée dans le dos, littéralement. Paolo a pris la parole :

— Je m'adapte à n'importe quel programme, mais ma tante et mon oncle m'ont dit qu'ils pouvaient nous conseiller des restaurants pour le dîner si nous voulons passer par leur boutique de fleurs. C'est dans Little Italy.

— Oui, s'il te plaît, ont répondu Charlotte et Tatum en même temps.

Elles se sont regardées et ont pouffé de rire.

— Ce n'est pas étonnant que Charlotte et moi nous entendions si bien. C'est la copie conforme de Tatum, ai-je glissé à Paolo.

— C'est une bonne ou une mauvaise chose ? m'a-t-il demandé.

— On verra, ai-je répondu avec un grand sourire.

Comme mon appli météo prévoyait de la pluie toute la journée, nous avons opté pour des activités en intérieur plutôt que de finir trempés dans les rues de New York. J'ai proposé de commencer par un musée et tendu mon carnet à Tatum, qui se tenait à côté de moi devant la bouche de métro.

— Tu veux voir lequel ?

Elle a pris le carnet et a parcouru la liste de l'index.

— Eh bien, tu es minutieuse. Je ne suis pas surprise ! Mais voir tous les musées possibles de New York dans une longue liste, ça donne le tournis.

Je l'ai poussée d'un air amusé, et elle a fait semblant de trébucher et de tomber.

— Choisis. Un seul. Juste un.

Charlotte s'est approchée pour lire par-dessus l'épaule de Tatum.

— Je voterais pour le musée d'Art moderne, non pas parce que j'aime l'art moderne, mais parce que je veux juste dire qu'on est allés au MoMa, a-t-elle dit en étirant le O. Ou le Metropolitan Museum of Art parce que j'ai entendu dire qu'il y avait une vraie pyramide dedans.

— Tu crois qu'il y a aussi une momie ? J'aime bien les momies, a dit Seamus en remuant les sourcils.

— Il y a aussi une salle d'armures, dont une qui a appartenu à Henri VIII, a glissé Paolo.

— Ça ne m'étonne pas que tu le saches, espèce de fou d'histoire, ai-je dit en souriant.

Je trouvais Paolo séduisant pour de nombreuses raisons – parmi lesquelles : sa batterie, sa chemise en flanelle et son bonnet – mais j'étais particulièrement sensible à son intelligence. J'aimais sa capacité à raconter des faits et des anecdotes, même s'il s'en servait parfois comme d'un mécanisme de défense.

— Titulaire d'une carte d'adhérent, et fier de l'être. Le Met est un lieu où je me sens heureux. Ma tante et mon oncle m'y emmenaient avec mes sœurs et mes cousins quand ma famille nous rendait visite. On peut y passer des semaines et toujours trouver quelque chose de nouveau à regarder.

Si j'avais été enfermée dans un bloc de glace, le regard qu'il m'a lancé l'aurait fait fondre en une flaque à mes pieds.

— Alors j'ai hâte d'y aller, ai-je dit.

Comme nous n'étions qu'à quelques rues du Met, nous avons fait le trajet à pied. Tatum et Charlotte marchaient devant, discutant de leurs émissions et lectures préférées. Seamus restait cinq pas derrière elles – assez près pour leur répondre si elles décidaient de l'inclure, mais assez loin pour échapper aux détails de la conversation. Paolo et moi avancions loin derrière, perdus dans notre propre monde.

Nous parlions de choses et d'autres, un peu gênés. De temps en temps, sa main frôlait la mienne, et je m'excusais instinctivement. Au bout de trois ou quatre fois, Paolo s'est mis à rire :

— C'est idiot, a-t-il déclaré en me prenant la main. C'est mieux comme ça.

— Beaucoup mieux, ai-je acquiescé en enveloppant ses doigts des miens.

Je me suis aussitôt détendue et j'ai inspiré une grande bouffée d'air. Ils avaient beau marcher devant nous, sur le point de gravir l'escalier d'entrée du musée, nos amis se sont effacés. Le fait d'être main dans la main amplifiait la présence de Paolo, ce qui était à la fois excitant et terrifiant.

Nous avons traversé le musée, complètement connectés. Paolo ne m'a jamais lâché la main, même lorsqu'il a pris un verre à la fontaine. Si les autres l'avaient remarqué – et je suis sûre que c'était le cas, à en juger par leurs sourires –, ils n'ont pas dit un mot.

Seamus a insisté pour visiter la pyramide en premier. Il s'est avéré que ce n'était pas exactement une pyramide, mais le tombeau de Perneb, espace funéraire datant d'il y a plusieurs milliers d'années. Seamus et Tatum ont demandé à une famille qui passait par là de prendre une photo de notre groupe devant, pour commémorer « notre première tombe égyptienne ». Nous nous sommes promenés dans le reste du musée, nous arrêtant parfois pour lire les explications (Paolo et moi), commenter tout à voix haute (Charlotte), s'extasier devant la collection d'instruments de musique du monde entier (Seamus) et rester bouche bée d'admiration face aux chefs-d'œuvre (Tatum). Paolo avait raison de dire qu'on pouvait passer des semaines dans ce musée. Il est sans fin. Chaque couloir réserve son lot d'histoire et de culture.

J'ai serré plus fort la main de Paolo tandis que nous inspections des morceaux d'os autrefois employés comme monnaie.

— Je suis contente qu'on se soit retrouvés cet été.

— Moi aussi, m'a-t-il répondu avec son sourire en coin.

Nous avons rejoint notre groupe dans la salle d'armes et d'armures. L'armure de campagne d'Henri VIII, celle qu'il portait dans ses dernières années, s'y trouvait dans toute sa gloire. J'ai lu les informations affichées à côté de l'énorme assemblage de métal.

— Elle date de quelques années avant sa mort. Il semble qu'Henri VIII soit mort d'une forme d'infection à la jambe. On pense que cela a contribué à sa stature ; il a pris beaucoup de poids parce qu'il était blessé et qu'il mangeait beaucoup.

J'ai reculé pour observer l'armure. Elle semblait deux fois plus grande que les autres cuirasses qui se dressaient au garde-à-vous à proximité.

— C'est horrible d'être prisonnier d'une cage de métal. Et avec une blessure.

J'ai ressenti un élancement de douleur à la cheville.

— Tu as vraiment de la peine pour un homme qui a tué plusieurs femmes ?

Charlotte, une main sur la hanche, me regardait d'un air désapprobateur, ainsi que l'armure.

— C'est l'exemple parfait du misogyne. Beurk, très peu pour moi.

— J'ai simplement dit que je n'aimerais pas mesurer sa taille et être coincée dans ce costume. Je ne cautionne pas les mauvais comportements. Tu le sais bien.

Ma colocataire a acquiescé.

— Tu penses à la fille méchante ? est intervenue Tatum. Comment ça se passe avec elle, d'ailleurs ?

Paolo s'est tourné vers moi.

— Comment elle s'appelle, déjà ?

— Sabrina.

Charlotte et moi avons donné à Seamus la version « trente secondes » de l'histoire. Nous avons ajouté le nouvel épisode des chaussettes volées. J'ai dit que j'avais peur qu'elle complote contre moi.

— Impossible à savoir, en fait. Si ça se trouve, c'est juste une fille très amère qui déteste tout le monde ; mais elle peut aussi être totalement manipulatrice et planifier quelque chose qui pourrait m'exploser à la figure.

— C'est un phénomène, a ajouté Charlotte alors que nous quittions l'armure pour nous diriger vers les sculptures grecques. Elle déteste Tilly. Je veux dire, elle semble n'aimer personne, mais elle déteste vraiment Tilly.

— Parce que Tilly est la meilleure, a répondu Tatum sans détour. Elle l'a toujours été. Tilly intimide les autres danseuses.

— Mais non, ai-je marmonné en regardant mes pieds.

J'étais flattée par son compliment, mais je ne voulais pas donner l'impression d'être arrogante.

— Tu es une danseuse brillante. Et Sabrina a assez de jugeote pour reconnaître le talent quand elle le voit. Et maintenant, elle a peur. Fin de l'histoire. C'est juste dommage qu'elle se comporte comme une enfant gâtée.

Tatum m'a passé le bras autour de l'épaule.

— Je dis la vérité.

— Tu devrais en parler à ta chorégraphe, non ? a demandé Seamus. Ça fait partie de son travail, n'est-ce pas ? Tu as essayé de résoudre ce problème toi-même et maintenant tu as besoin que quelqu'un d'autre intervienne.

J'ai secoué la tête.

— Je n'en sais rien. Sage et la mère de Sabrina sont amies. Imagine que j'en parle et qu'elles me voient comme une mauvaise coéquipière et que je sois bannie du monde de la danse pour toujours ? Personne ne veut travailler avec quelqu'un de difficile.

— Te défendre et défendre le reste de ton équipe, ça ne fait pas de toi quelqu'un de difficile, a fait remarquer Paolo.

J'ai haussé les épaules comme pour dire que j'y réfléchirais. Ce qui était la vérité. Je savais que j'y penserais probablement trop souvent.

Nous avons atteint la sortie du musée et franchi les portes, retrouvant l'air frais. Les nuages se dissipaient ; nous avons donc décidé de prendre le métro jusqu'au sud de Manhattan puis de traverser le pont de Brooklyn tant que le temps le permettait. Le train nous secouait dans les courbes, et nous avons ri en essayant de nous agripper aux barres argentées et aux accroches au-dessus de nos têtes. À un moment donné, Tatum, qui faisait des gestes de la main en nous parlant de ce type qui, en cours de photographie, jugeait que tout était « la meilleure photo du monde », a perdu l'équilibre, et Seamus a dû la rattraper avant qu'elle ne tombe à la renverse, entraînant probablement dix personnes dans sa chute. Comme s'il avait senti que j'étais mal à l'aise d'être sur un terrain instable, Paolo m'a passé un bras autour de la taille et m'a serrée contre lui, tout en saisissant la barre de l'autre main.

— Je ne voudrais pas que tu tombes, m'a-t-il glissé, la bouche si proche de mon oreille que j'ai légèrement perdu l'équilibre. Pas trop, a-t-il ajouté avec un sourire espiègle.

Nous nous sommes fixés des yeux un long moment ; je me suis empourprée, j'ai senti mes genoux trembler et j'ai dû regarder de l'autre côté de la rame.

Lorsque mes genoux ont retrouvé leur stabilité, j'ai constaté qu'un homme âgé, qui tenait un exemplaire usé du *Comte de Monte-Cristo*, nous dévisageait.

— Embrasse-le, petite.

Je me suis figée. Impossible de regarder Paolo : il devait être mort de honte, ou de rire. J'ai lancé un coup d'œil à Tatum, qui avait un air mi-compatissant, mi-amusé.

J'avais envie d'embrasser Paolo. Il était intelligent, beau et talentueux, mais je ne voulais surtout pas que notre premier baiser ait lieu dans le métro, en public. Tout comme lorsqu'il m'avait raccompagnée jusqu'au métro après son spectacle, je savais que ce n'était pas le bon moment.

On ne peut pas dire que j'avais de l'expérience dans le domaine. Quand j'étais au collège, j'avais eu un gros crush pour un danseur, qui le savait. Dans les coulisses de notre récital d'hiver, il s'était approché de moi – j'étais trop terrifiée pour le faire moi-même – et m'avait demandé si je voulais qu'il m'embrasse. Sans réussir à parler, j'avais hoché la tête. Il s'était approché de moi ; j'avais instinctivement fermé les yeux et senti ses lèvres sur les miennes. À peine. Sa lèvre supérieure avait effleuré la mienne. Lorsque j'avais rouvert les yeux une seconde plus tard, il était déjà loin, sur scène, avec la fille dont j'ai appris plus tard qu'elle était devenue sa petite amie. Il m'avait donné un non-baiser de pitié, et il n'y en avait pas eu d'autres après ça.

— Tu n'es pas obligée de le faire, a chuchoté Paolo au-dessus de ma tête.

Et pourtant, j'en avais envie, alors j'ai fait un compromis. Montant sur mes pointes de pied, appuyée contre Paolo pour éviter la chute dans ce métro mouvant, j'ai pris son visage entre mes mains et je l'ai embrassé doucement sur la joue. J'avais depuis toujours l'habitude de me produire devant des centaines de personnes, alors pour moi, le trac n'existait pas. Je ne faisais que jouer un rôle et, d'une certaine manière, cela rendait la scène plus facile.

À cet instant-là cependant, tandis que je pressais mes lèvres sur sa joue, je ne m'étais jamais sentie aussi vulnérable et exposée. Ou réelle.

Et comme lorsque je dansais sur scène, j'ai eu droit à une ovation générale du public.

17

Au moment où nous sortions de la station Brooklyn Bridge-City Hall, la pluie a commencé à tomber. Il fallait faire une croix sur le ciel bleu.

— Quelqu'un a apporté un parapluie ? ai-je demandé, déjà sûre de la réponse.

— Bien sûr que non. Est-ce qu'on a l'air prévoyants ? a dit Seamus en souriant.

— C'est vrai. Nous sommes des musiciens. On est censés être dans l'impro, a ajouté Paolo en donnant une bourrade à Seamus.

Tatum m'a regardée en haussant les sourcils.

— Je suis surprise que tu n'aies pas un parapluie dans ton sac. Ou peut-être un de ces ponchos en plastique des chutes du Niagara. C'est toi qui es douée pour les détails, Tilly. Je suis déçue.

— Ces jours-ci, je vis sur le fil du rasoir, ai-je rétorqué avec une moue exagérée.

— Pour ma part, un peu d'eau ne me dérange pas. Nous sommes lavables. Et nous sommes à New York, la plus belle ville de l'univers. Et même si j'y vais seule, je compte bien traverser le pont.

Charlotte a mis ses deux mains sur les hanches pour nous faire comprendre qu'elle ne plaisantait pas.

— Vous avez peur de la pluie ?

— Non.

Tatum a jeté son sac sur son épaule.

— Allons-y.

Seamus lui a donné le bras, et ils ont suivi Charlotte, déjà en marche vers la gigantesque structure qui se trouvait devant nous.

J'ai attrapé les lunettes de soleil rouges que j'avais sur la tête.

— Je crois que je n'en aurai pas besoin par ce temps, ai-je dit à Paolo.

Il a tendu la main pour les remonter.

— Non, laisse-les. Je les aime bien. Elles te vont bien.

— Merci, ai-je dit timidement. C'est mon Abuela qui me les a données. Elle m'a dit que toutes les filles ont besoin de quelque chose de rouge dans leur pile d'accessoires, et qu'elles me donneraient confiance en moi.

— Tu crois qu'elle a raison ?

— À propos du rouge ? Je les adore, alors je suppose que oui. Et pour la confiance, je pense qu'elle avait raison aussi.

J'avais fait beaucoup de chemin cet été, c'était certain.

— C'est bien. Ça te va bien. La confiance, je veux dire, a-t-il repris.

Sur ce, j'ai rejeté mes épaules en arrière, et nous avons ri tous les deux.

Nous avons rejoint les autres au pied du pont.

Il y avait des voies pour les piétons circulant dans les deux sens. Le bois du pont était déjà trempé. La prudence était de mise.

Tout en marchant, Paolo parlait de son programme de musique, de son directeur génial et de sa hâte d'aller travailler à l'université.

Les autres se tenaient à l'écart et intervenaient de temps en temps. Nous avons discuté des photographies de Tatum, des cours de piano et de violoncelle que Seamus donnait à des collégiens désireux d'entrer dans notre ancien lycée, et de la vie de Charlotte chez elle, sous le soleil de Californie. À aucun moment Paolo ne m'a lâché la main. J'avais l'impression qu'il s'agissait moins d'un point d'ancrage pour ma sécurité que d'un point d'ancrage dans la réalité.

Pendant si longtemps, j'avais été solitaire dans le monde de la danse et de l'école. À dix-huit ans, je faisais enfin partie de quelque chose de plus grand. J'avais l'impression de former une nouvelle équipe, de faire partie d'un groupe de personnes en qui je pouvais avoir confiance. Tout l'été, nous avions travaillé avec Sage sur le travail d'équipe et l'unité, et j'avais ici, sous le nez, l'exemple parfait de ce à quoi cela devait ressembler.

Nous avons atteint l'autre bout du pont, mouillés, mais heureux. Paolo a trouvé un Uber, et nous nous sommes entassés dans le van qui nous a permis de rejoindre Little Italy. Nous sommes descendus devant la boutique de son oncle et de sa tante. Ceux-ci nous ont accueillis avec des serviettes, des sèche-cheveux et des biscuits.

Une fois débarrassés de notre allure de rat noyé, nous avons été aiguillés par la tante de Paolo vers l'une des plus anciennes pizzerias de la ville, où, l'estomac gargouillant, nous avons joyeusement attendu qu'une table se libère. Je n'avais jamais goûté à un plat aussi délicieux, mais je savais que la présence de mes amis lui donnait un surcroît de saveur. Nous avons mangé et ri pendant près de trois heures, avec l'impression de former une famille.

À notre sortie du restaurant, la ville était sombre et enfin sèche, et la lune formait un mince croissant d'argent. J'aurais aimé rester plus longtemps, mais je savais que nous étions épuisés par notre journée de marche.

— Bon, c'est ici le terminus pour nous, non ? a demandé Seamus à Paolo en arrivant à la boutique et à l'appartement des Sansone.

— Ouaip, a dit Paolo.

Il a ouvert et tenu la porte pour nous faire entrer.

Seamus et Tatum sont montés à l'étage avec le sac de Seamus, sans doute pour se dire au revoir hors de notre vue.

— Je vais nous trouver un taxi, a dit Charlotte. Cela risque de prendre un certain temps.

Elle m'a adressé un clin d'œil.

— Ne te presse pas, a dit Paolo en riant.

— Hé hé, je ferai ce que je peux.

Elle est sortie en trombe, ses longs cheveux voletant derrière elle. La porte s'est refermée, Paolo et moi sommes restés seuls dans le magasin sombre, éclairé seulement par les vitrines réfrigérées remplies de roses et de glaïeuls.

— Heureusement que la boutique était là pour que nous servir d'abri sous la pluie, a-t-il dit avec son sourire en coin.

— Carrément ! Tu remercieras ton oncle et ta tante d'avoir pris soin de nous tout à l'heure. Et de nous avoir conseillé la pizzeria. C'était vraiment idéal.

— Ce sont des gens bien. Je pense que je vais les garder.

Il a aboli l'espace qui nous séparait et passé les bras autour de ma taille, m'enveloppant. J'ai instinctivement passé les miens autour de ses épaules. Il était impossible de ne pas remarquer à quel point il était fort et large, sans doute à cause des années passées à jouer des percussions. Il a approché son visage du mien. Nos joues se touchaient presque. Je retenais mon souffle, juste au cas où ce serait le fruit de mon imagination.

— J'ai passé un très bon moment aujourd'hui, m'a-t-il soufflé à l'oreille.

Ça m'a chatouillée, et j'ai laissé échapper un petit rire ridicule.

— Moi aussi.

J'avais toujours pensé que Paolo était chaleureux et drôle, mais le voir interagir avec mes amis – ses amis – m'avait apporté une immense sérénité. Je connaissais suffisamment le monde pour savoir qu'un gars comme lui, c'était un peu comme une licorne : un être rare et précieux. Je ne le laisserais pas s'en aller à nouveau.

Paolo m'a fait avancer jusqu'à une caisse remplie de roses. Il a pris une rose parfaite, sur le point d'éclore. Il me l'a tendue et m'a embrassée sur la joue.

— Les roses roses symbolisent la grâce et l'élégance.

Je l'ai acceptée, ses bras m'enlaçant à nouveau, et je l'ai portée à mon nez pour humer son parfum délicat.

— Je la mettrai sur ma table de nuit et je ferai de beaux rêves pendant longtemps.

Les bras de Paolo se sont resserrés, et un frisson m'a parcourue.

— Je vais rêver de toi pendant des jours, a-t-il murmuré.

Personne ne m'avait jamais dit une chose pareille. C'était une chose d'avoir des amis ; c'en était une autre d'être désirée par quelqu'un. Vraiment désirée, dans tous les aspects qui vous font vous sentir vivante.

J'ai légèrement reculé pour le regarder ; ses yeux d'ambre brillaient d'émotion. Et avant d'avoir pu m'en dissuader, je l'ai embrassé. Tout ce qui nous entourait s'est effondré lorsque je me suis approchée de lui et que j'ai senti la douceur de ses lèvres sur les miennes. L'électricité que j'avais ressentie en tenant sa main a explosé entre nous. Ma peau devait scintiller tellement la lumière me traversait. Paolo avait un goût sucré et salé. Il s'est légèrement éloigné puis a embrassé le coin droit de ma bouche ; ensuite, le coin gauche.

— J'ai attendu cela pendant des mois.

Mon estomac a virevolté.

— Ça en valait la peine ?

— C'est encore plus beau que je ne l'avais imaginé.

Moi aussi, ai-je pensé. *Au-delà de mes rêves les plus fous.*

— Que dirais-tu de sortir ensemble la semaine prochaine ? m'a demandé Paolo.

— Je dirais « oui, s'il te plaît ».

Il a déposé un baiser sur ma joue et m'a pris par la main pour me conduire jusqu'à la porte.

— Parfait.

Nous atteignions le seuil quand Tatum et Seamus ont descendu l'escalier en trombe. Les garçons nous ont dit au revoir, et nous avons sauté dans le taxi dans lequel Charlotte attendait, à l'extérieur.

— Qui a le plus de chance, ce soir ? Shay qui dort au-dessus d'une belle boutique parfumée, ou moi qui dors dans un dortoir plein de stagiaires coincés et de danseuses lunatiques ?

Tatum a fait une fausse grimace et éclaté de rire, tandis que le taxi nous ramenait dans les quartiers reculés de l'Upper East Side.

Le nez dans ma rose, j'ai souri tout du long.

Alors que nous gonflions le matelas pneumatique de Tatum et que nous nous mettions en pyjama, ma demi-sœur m'a dit :

— Je ne sais pas comment tu vas réussir à quitter cet endroit.

— Comment ça ? La résidence ?

— Non, New York. Je te vois vivre ici, Till, a répondu Tatum en disposant la couverture sur le matelas pneumatique et en y ajoutant l'oreiller. L'énergie, les gens, le chaos qui, mystérieusement, est cohérent. Tu as ta place ici.

Mes joues se sont réchauffées de plaisir.

— C'est peut-être le plus beau compliment que tu m'aies jamais fait.

Nous avons éteint la lumière, sans que je parvienne à fermer les yeux. Tatum et Charlotte se sont mises à ronfler doucement. J'aurais aimé rêver de Paolo et de notre baiser, mais mon esprit était arrêté sur une autre vision – ce rêve qui consistait à habiter New York. Je prenais conscience que ma nouvelle ville bien-aimée était loin d'être mon foyer permanent.

Je me suis glissée hors du lit en soupirant pour me rendre à la cuisine. Je n'avais aucune chance de dormir si je ne me débarrassais pas de ma nervosité. Il me restait assez d'ingrédients pour cuisiner quelque chose, et j'espérais ensuite pouvoir dormir au moins quelques heures.

Alors que je sortais la farine du placard, j'ai entendu frapper tout doucement. Les visages ensommeillés de Charlotte et Tatum étaient encadrés par l'embrasure de la porte.

Charlotte m'a montrée du doigt :

— Tu es stressée ? Te revoilà changée en fée des glucides.

J'ai hoché la tête, trahie par le gros paquet de farine multi-usages que je tenais à la main. Charlotte s'est tournée vers Tatum :

— Celle-là ! Elle fait du pain au milieu de la nuit. J'adore ! Elle doit rendre les autres filles folles avec toutes ces calories alléchantes.

Tatum a soupiré, comprenant que mon stress était un mauvais signe, et elle m'a pris la farine des mains. Rouvrant le placard, elle y a déniché un paquet de levure.

— Bon. C'est parti pour cuisiner !

Charlotte est entrée dans la cuisine et s'est penchée sur l'îlot.

— Qu'est-ce qu'on fait ?

Des larmes ont jailli au coin de mes yeux.

— Vous n'êtes pas obligées de rester. C'est à moi de régler ce problème.

— Euh, non. C'est mon problème aussi, a rétorqué Charlotte. Nous sommes dans la même équipe, tu te souviens ? Je suis aussi soucieuse que toi de trouver un travail. Et si tu t'inquiètes à cause de Sabrina, je comprends. Elle pourrait tout gâcher pour moi aussi avec son comportement ridicule. Même si elle ne s'en prend qu'à toi, nous serons toutes perdantes.

J'ai eu l'impression d'être une abrutie de classe mondiale. Je n'étais pas la seule à risquer gros.

— Tu as raison. Je suis désolée.

— Et, hum, c'est aussi mon problème, a ajouté Tatum. Tu sais que si je rentre à la maison en me faisant du souci pour toi, Belén le saura, et je me ferai griller.

Que Maman mette la pression sur Tatum maintenant, avant que je n'aie décroché un travail, était la dernière chose dont j'avais besoin.

— Ne t'en fais pas pour moi, Tatum. Je résoudrai tout ça. Un jour ou l'autre.

Il le fallait. Le temps me manquait.

Tatum a posé les deux mains sur le comptoir et bombé le torse. J'ai failli rire parce que je savais qu'elle essayait d'avoir l'air intimidante, même si elle était beaucoup plus petite que moi et complètement inoffensive.

— Et je tiens à toi. Ce n'est pas comme quand on était plus jeunes et qu'on s'ignorait. On est amies maintenant, tu te souviens ? Que tu le veuilles ou non, tu es ma sœur, et tu es coincée avec moi pour le reste de ta vie. Je t'aime. Je ne vais pas t'abandonner à ta misère. Je t'offre un radeau de sauvetage.

Charlotte a agité les mains comme si elle dirigeait la circulation.

— Eh, oui, moi aussi.

Elle a pointé les deux pouces vers sa poitrine.

— Tu peux compter sur une amie. Ici. Une amie géniale. Tu n'es pas seule, Till.

Je leur ai souri et j'ai désigné les ingrédients d'un signe de tête, invitation à travailler ensemble.

Avec mes deux assistantes, j'ai rapidement réalisé la recette simple de baguette française que j'avais mémorisée. Les autres m'ont laissée pétrir la pâte, devinant que cela pouvait avoir un effet bénéfique sur mon insomnie. Je leur ai montré comment enfoncer le pouce dans la pâte pour vérifier l'élasticité de cette dernière, signal qu'on peut l'enfourner. Pendant que nous la laissions lever, Charlotte ne parvenait pas à cacher ses bâillements derrière ses mains.

— Va te coucher, ai-je ordonné en la poussant vers la porte.

— Je veux rester.

Gros bâillement.

— Et moi, je veux que tu ailles te coucher.

— Tu me gardes du pain ? Je ne peux pas rater ça, alors que j'ai aidé la fée des glucides.

— On t'en gardera, ne t'inquiète pas.

Un nouveau bâillement a fait trembler tout son corps. Elle nous a saluées de la main et elle est allée dormir.

Tatum et moi avons travaillé en silence, divisant la pâte en deux ovales oblongs. Nous avons marqué leur surface de fentes avant de les placer dans le four préchauffé. Tatum s'est affalée sur le tabouret haut.

— Tu te sens mieux ? m'a-t-elle demandé.

— Oui.

Cela ne ratait jamais. La cuisine était mon meilleur moyen d'évacuer le stress. Au moins temporairement.

— Tu sais ce que tu vas faire, pour Sabrina ?

Cette réponse-ci était beaucoup plus difficile.

— Non. J'aimerais bien.

Tatum a soupiré. Puis, se prenant le menton dans une main :

— Tu sais ce que tu devrais faire ?

J'ai secoué la tête. Si je le savais, je serais en train de dormir à poings fermés, en rêvant sans doute de Paolo.

— Tu devrais parler à Blanche. Je suis sûr qu'elle a des perles de sagesse à t'offrir. Elle vient prendre le petit déjeuner, non ?

— Oui. Tu as raison. Abuela sait tout.

Si je l'avais appelée la première fois que j'avais vu Sabrina s'enfuir du studio de danse, j'aurais probablement résolu tous mes problèmes depuis longtemps.

Tatum s'est levée et m'a serrée dans ses bras.

— Ça va aller. Tu le sais ?

J'ai posé ma tête sur la sienne.

— Oui. Même si Sabrina gâche complètement le spectacle et nous entraîne toutes dans sa chute, j'ai l'université. J'ai un avenir. Je m'en sortirai. Et peut-être que j'aurais une autre chance en cours de route. Mais là, c'est la chance de ma vie, tu vois ? Charlotte n'arrête pas de parler de l'univers qui fait tout s'aligner pour que les choses adviennent. Si c'est vrai, eh bien, j'essaie de lui rendre justice, je suppose.

Tatum a reculé, ses yeux brun profond plongeant dans les miens. C'était la seule caractéristique que nous partagions.

— Alors je pense que tu sais déjà ce qu'il faut faire, a-t-elle conclu.

Ses mots se sont coincés au fond de ma gorge comme si j'avais avalé une pierre.

— Je vais en parler à Abuela, juste pour être sûre.

J'ai mis les baguettes de côté pour le petit déjeuner, et nous sommes allées nous coucher. L'épuisement m'a permis de céder au sommeil, mais je n'ai pas rêvé.

18

— Alors cette glace, Abuela ? Tu l'as trouvée bonne ?

Ma grand-mère était arrivée très tôt – selon elle – à neuf heures. Ses petits pieds portaient ses chaussures préférées à imprimé léopard, et sa main libre tenait un sac assorti.

— Spectaculaire. Vanille, *dulce de leche* et gaufrettes à la vanille écrasées. C'était simple, mais ça avait du punch. À l'image de Bea.

Abuela a souri, son rose à lèvres faisant ressortir encore plus que d'habitude la blancheur de ses dents.

— J'ai essayé de convaincre le jeune homme derrière le comptoir de me laisser suggérer une recette de glace « Rue McClanahan », mais il s'est contenté de rire. Il m'a dit que plusieurs l'avaient proposé, mais qu'ils s'en tenaient à Bea.

Je me suis esclaffée :

— Ce sont les actrices de ta série préférée, non ? *The Golden Girls* ?

— Elles-mêmes. Tu as passé une bonne journée hier ?

Abuela m'a lissé les cheveux et embrassée sur la joue.

— Nous avons passé une journée extraordinaire.

J'ai porté mes doigts à mes lèvres au souvenir du meilleur moment.

— J'adore New York, Abuela. J'ai l'impression que je pourrais rester ici à vie, et voir du nouveau chaque jour.

Les coins de ses lèvres roses se sont soulevés d'un air entendu.

— Maintenant, tu comprends pourquoi je ne reste pas trop longtemps au même endroit. Il y a tellement de choses neuves à découvrir. Même s'il est agréable de rendre visite à une famille aimée, j'aime vivre en nomade.

— Je ne suis pas sûre d'avoir envie de bouger aussi souvent, mais je pense que je suis prête pour quelque chose de nouveau.

Cela faisait du bien de le dire à voix haute.

— Je n'en doute pas.

Abuela a tapé dans ses mains.

— Bon, je suis ici pour le petit déjeuner, et mon petit doigt m'a dit qu'il y avait de la baguette fraîche dans cette résidence.

— Tatum t'a envoyé un texto ?

Abuela a hoché la tête.

Nous laissant seules, Tatum et Charlotte avaient rejoint les garçons pour le petit déjeuner dans un restaurant de Times Square, une adresse où le personnel de service chantait. Elles étaient parties quelques instants avant l'arrivée d'Abuela, devinant que j'avais besoin d'un petit tête-à-tête avec ma grand-mère.

— J'ai un panier rempli de beurre frais, de fruits et de fromage, alors mangeons. Je meurs de faim.

Abuela s'est frotté l'estomac avec éloquence.

— Tu as une idée de lieu de pique-nique ? Il fait beau.

— Oui, j'en ai une.

Abuela m'a tendu le panier en osier qu'elle avait emprunté à la fille de Ginger, rempli de produits achetés au marché. J'ai emballé les baguettes fraîches, dont l'odeur alléchante me faisait gargouiller l'estomac, et nous nous sommes mises en route. Abuela m'a raconté comment elle et Ginger avaient essayé d'aller voir la comédie musicale *Wicked* la veille au soir.

— Elle m'a dit que tous les jeunes attendaient des billets de dernière minute, des billets pas chers au premier rang, alors nous avons tenté le coup. J'ai mis mon nom dans le chapeau et elle aussi, mais nous n'avons pas gagné. Nous nous sommes donc promenées sur Times Square et avons acheté des souvenirs kitsch. Je t'ai trouvé une couronne en mousse de la statue de la Liberté, elle t'attend à l'appartement.

— Waouh ! J'aurai ce qu'il me faut pour Halloween cette année. Merci, Abuela.

Nous avons ri ensemble.

Entrées dans Central Park à la hauteur de la 72e Rue, nous avons trouvé un banc surplombant l'étang des bateaux, non loin de la statue de Hans Christian Andersen. J'ai déchiré des morceaux de baguette pendant qu'Abuela déballait les quartiers de pomme et le cheddar. J'ai tartiné le pain avec du beurre fait maison, et nous nous sommes régalées. Dans un silence serein, Abuela et moi regardions les parents qui naviguaient avec leurs jeunes enfants sur des voiliers mécaniques, les joggeurs qui faisaient le tour du plan d'eau, et les vieux messieurs qui se promenaient deux par deux avec leur café du matin.

— Alors, qu'est-ce qui te préoccupe, Mija ? m'a soudain demandé Abuela. Et ne me dis pas « rien ». Tu as l'air au bord du craquage, et je vois des poches violettes sous tes yeux. Tatum a peut-être aussi mentionné que tu n'avais pas beaucoup dormi la nuit dernière, mais je l'aurais deviné, de toute façon.

Abuela remarquait toujours tout.

— Eh bien, il y a cette fille…

Et je lui ai raconté toute l'histoire – en omettant la partie concernant mon intention d'accepter un emploi si on me le proposait – chaque petit détail, chaque doute que j'avais, en m'empiffrant de baguette entre les phrases.

— Abuela, je me sens tellement coincée.

Elle a pris une bouchée de pain et l'a mâchée lentement, comme pour la savourer. J'étais heureuse qu'elle apprécie ma baguette, mais j'avais envie qu'elle me réponde. Il me fallait les conseils magiques d'Abuela.

— Matilda, qu'est-ce qui te dérange le plus chez cette fille ?

— Comment ça ?

— Eh bien, tu viens de me décrire quelqu'un qui est exactement comme toi, non ?

J'ai grimacé. Je ne voulais pas être fourrée dans la même catégorie que Sabrina.

— Je ne dirais pas qu'elle est comme moi.

Abuela a levé les mains en l'air en guise de mea culpa.

— Attends, je reformule. Cette fille est aussi soucieuse que toi d'être embauchée à la fin de l'été, n'est-ce pas ?

Attrapée. Je n'aurais pas dû être surprise. Elle avait vu clair dans mon jeu.

— Oui, ai-je avoué.

Et je lui ai parlé du report de ma rentrée à Georgetown, des mensonges à Maman.

Elle a souri comme les adultes sourient aux bambins qui font d'adorables erreurs.

— Je ne suis pas sotte, Matilda. Tu sais, toi et ta demi-sœur n'accordez pas assez de crédit aux adultes. Vous pensez toutes les deux que nous ne faisons pas attention. Mais je m'éloigne du sujet. Ta mère se remettra de ton choix. Inutile d'avoir une boule de cristal pour savoir que tu étais malheureuse quand tu t'es blessée à la cheville. Je sais que tu aurais auditionné avec tes camarades du lycée et que tu aurais essayé de réaliser le plan sur lequel tu as travaillé si dur.

Le plan avait toujours été de danser pour le plaisir et d'aller à l'école en même temps. Mais maintenant, je suis sûre que j'aurais changé d'avis, même si je n'avais pas été blessée.

— C'est vrai.

Comme d'habitude, Abuela avait su les choses avant moi.

— Mais ta colocataire essaie aussi de trouver un travail, et tu ne lui en veux pas, pourtant ?

Excellent point ; je n'y avais pas songé.

— Non, elle a tout mon soutien.

— Alors quelle est la différence ?

J'ai réfléchi.

— Sabrina a été horrible avec moi. Et seulement avec moi. Je ne sais toujours pas ce que j'ai fait pour mériter d'être la cible de son sabotage.

J'espérais que je n'aurais rien d'autre à ajouter par la suite à la liste que j'ai énumérée :

— Vol. Commentaires grossiers. Blessures potentielles. Ce ne sont pas des broutilles.

Abuela a pris une gorgée de café dans la tasse de voyage à motif léopard qu'elle avait apportée.

— Je ne sais pas comment m'y prendre avec elle, ai-je admis. J'essaie toujours d'être gentille…

Abuela a agité la main avec un grognement dédaigneux.

— Je déteste ce mot. Gentil. Trop de gens, les filles en particulier, pensent qu'ils doivent être gentils tout le temps. Cette Sabrina fait des choix égoïstes qui pourraient gâcher des projets qui te sont essentiels, pas vrai ?

— C'est vrai.

J'étais un peu décontenancée par sa passion soudaine.

— Qui dit qu'il faut être gentille avec elle alors ? Tu dois rester courtoise, bien sûr, mais il ne faut pas confondre courtoisie et gentillesse. À mon avis, tu dois t'affirmer. Elle compte sur ton silence. Elle compte sur ta gentillesse. Le contraire de gentil n'est pas toujours méchant.

— Alors tu penses que je devrais le dire à Sage ?

Abuela a croqué dans un quartier de pomme, l'a mâché et avalé.

— Peut-être. Si c'est ce que tu penses devoir faire. Tu pourrais aussi reparler à Sabrina. Tu pourrais fédérer les autres filles. Tu as beaucoup de choix.

Je n'avais pas envisagé de parler aux filles du groupe.

— Tu penses que les autres me soutiendraient ?

— Est-ce que tu as fait preuve de bonté envers elles ? Est-ce que tu as appris à les connaître ?

Je me suis empourprée. Je ne leur avais pas vraiment parlé. Je les avais mises dans le même sac que Sabrina et je m'étais isolée avec Charlotte, dont je savais qu'elle ne me ferait jamais de mal.

— Pas vraiment.

— Comme le dit un vieux dicton, on attrape plus de mouches avec du miel qu'avec du vinaigre. Tu le sais, n'est-ce pas ?

— Oui, je l'ai déjà entendu.

— La bonté peut être plus puissante que l'agression. Je parierais que ces danseuses en ont soif, surtout si cette autre fille les utilise pour se sentir plus grande.

Abuela m'a tapoté le bras.

— Matilda, toute ta vie, tu as été stratège. Tu fais des plans et tu les suis. Or pour être bonne stratège, il faut savoir quand changer de cap et à quel moment tenir compte de nouvelles informations. Choisis la bonne tactique et tu réussiras.

— Merci, Abuela, lui ai-je répondu en souriant.

— Quoi qu'il en soit, si tu as besoin de moi, je serai là. Ginger et moi partons quelques jours à Atlantic City[9]. À mon retour, je serai peut-être riche.

Je l'ai espéré pour nous deux.

— Joue une pièce pour moi.

Nous avons rangé le reste du pain dans le panier, et je lui ai dit de le rapporter chez elle. Abuela m'a tenue à bout de bras et m'a dévisagée, comme elle le faisait toujours quand nous étions ensemble.

— *Te amo, Mija.* Tu es si belle. Prends du repos et ne t'inquiète pas. Tout ce qui doit arriver arrivera. Si tu dois trouver du travail, tu auras un travail. Si tu dois aller à l'université, tu iras à l'université. Et si cela signifie que le spectacle doit rater, eh bien…

Elle a marqué une pause et m'a serrée dans ses bras.

— Je ne pense pas que cela va arriver, mais si c'est le cas, tu n'auras rien perdu de ce que tu as en ce moment.

Je l'ai serrée dans mes bras et j'ai respiré son parfum floral.

— Comment se fait-il que tu aies toujours raison ?

— Parce que je suis magique, comme Tatum n'arrête pas de le suggérer. Ou alors, j'ai une certaine expérience de la vie. Les gens sont plus prévisibles qu'on ne le croit.

Elle a reculé et écarté mes cheveux de mon visage.

— Même toi.

J'ai failli lui demander si elle pensait que j'avais raison de vouloir être danseuse professionnelle, mais je me suis abstenue, parce que

9. Atlantic City est notamment connue pour ses casinos.

les magiciens ne révèlent jamais leurs secrets. Abuela m'a embrassée et nous nous sommes quittées.

Après le retour de Tatum et de Seamus, nous avons fait d'autres adieux. Je savais qu'ils seraient de retour dans un rien de temps, pour le spectacle, mais Tatum m'a manqué dès qu'elle a disparu de mon champ de vision. Elle m'avait chaleureusement serrée dans ses bras en me recommandant de botter le train de quelques danseuses. Sur ce, elle avait quitté le Marian en courant pour être sûre d'attraper le bus de retour.

Une fois dans notre chambre, Charlotte a ouvert son ordinateur portable et sursauté.

— Eh, tu as vu ça ? m'a-t-elle demandé en montrant l'écran du doigt.

— Quoi ?

Je me suis installée sur son lit et j'ai lu.

> Chère équipe,
>
> J'ai une urgence personnelle à régler demain matin. L'entraînement commencera à midi. D'ici là, reposez-vous et hydratez-vous.
>
> À demain, Sage

J'ai relu le message en plissant les yeux.

— Tu crois que tout va bien ? Sage n'a jamais écourté un entraînement.

— C'est vrai, mais elle écrit « urgence personnelle ». S'il lui était arrivé quelque chose à la hanche ? Elle a été si active avec nous ces derniers temps, ça ne peut pas être bon pour sa jambe.

Oh. J'ai imaginé les pièces de son robot en miettes, et Sage s'effondrant sur le sol.

— Au moins, nous allons pouvoir faire la grasse matinée, a dit Charlotte avec enthousiasme. Pour ma part, je suis sûre que cela contribuera à me reposer. Oui, c'est sûr.

J'ai relu l'e-mail sur mon téléphone. Une boule s'est formée au fond de ma gorge. J'espérais que Sage allait bien. Mais si ce n'était pas le cas ? Si cette urgence, quelle qu'elle soit, compromettait le spectacle ? J'étais familière des imprévus qui gâchent vos plans. Dans l'éventail de ceux qui pouvaient faire rater ce spectacle, cependant, je n'avais jamais imaginé l'absence de notre chorégraphe.

19

Le lundi matin, à onze heures cinquante, Charlotte et moi sommes arrivées au local de répétition. Nous sommes montées à l'étage comme tous les jours, mais lorsque nous avons ouvert la porte vitrée du studio, quatre paires d'yeux – dont ceux de Sage, d'un gris orageux – se sont tournées vers nous.

— C'est gentil, Mesdames, de vous joindre à nous, a dit Sage avec une froideur inhabituelle. Je sais que je vous ai demandé de bien dormir, mais midi, c'est un peu tard, vous ne trouvez pas ?

Je me suis figée. Avais-je mal lu l'e-mail de Sage ? Non, j'en étais certaine : la répétition devait commencer à midi. Mais alors, pourquoi les autres étaient-elles déjà là ? Mon cœur s'est emballé, mes mains se sont mises à ruisseler. Je n'avais jamais été en retard à une répétition sans autorisation préalable.

En regardant les visages stupéfaits d'Arden et d'Ella, j'ai constaté qu'elles ne comprenaient pas le motif de notre arrivée tardive.

Les lèvres d'Ella ont articulé en silence :

— Vous étiez où ?

Malgré son froncement de sourcils, elle ne semblait pas en colère. S'était-elle inquiétée pour nous ?

J'ai secoué légèrement la tête, perplexe. Y avait-il eu un second e-mail nous informant du nouveau changement de programme ? Non. En tout cas, je ne l'avais pas reçu. J'avais encore vérifié ma boîte pendant le trajet.

J'ai ouvert la bouche, mais Charlotte m'a devancée :

— Nous sommes vraiment désolées, Sage. Nos réveils ne se sont pas déclenchés, et nous devions être très fatiguées de la nuit dernière. Cela ne se reproduira plus.

Sage a relevé le menton et haussé un sourcil. Son expression m'a fait l'effet d'un couteau dans le cœur.

— Quand je vous demande d'être à l'heure, je le pense vraiment. Nous ne sommes pas le jour J, a-t-elle ajouté, mais il viendra. Et si un seul retard n'a pas trop de conséquences, des manquements répétés peuvent entraîner la rupture du contrat. Je sais que personne ne souhaite que cela arrive.

— Non, Sage, ai-je marmonné, Charlotte hochant vigoureusement la tête à côté de moi.

J'ai jeté un coup d'œil à Sabrina, qui souriait comme si c'était son anniversaire. Je n'en ai pas cru mes yeux. Quel genre de personne peut savourer l'humiliation de ses coéquipières ? Cette fois, c'était comme un coup de couteau dans le dos.

Sage a croisé les bras.

— Eh bien, profitons de votre temps de répétition réduit, voulez-vous ?

Charlotte m'a prise par le bras et m'a entraînée dans un coin de la pièce où nous avons vite troqué nos tongs contre nos chaussettes de danse.

Alors que nous nous mettions en position, Sabrina m'a murmuré :

— Je suppose que tu dois faire plus attention aux détails, hein ?

J'ai levé les yeux au ciel. Quel détail aurais-je dû vérifier dans l'e-mail de Sage, à part la modification de l'horaire ? Une erreur, manifestement. Mais une erreur envoyée exclusivement à Charlotte et moi ?

Cette pensée a ravivé un horrible souvenir. Au lycée, des élèves avaient été renvoyés pour avoir usurpé l'identité d'un responsable des admissions à l'université. Ils avaient essayé de convaincre la major de notre promotion que son inscription procédait d'une erreur – tentative malavisée de vaincre la concurrence – en créant un faux compte e-mail, identique à celui du responsable des admissions. Ils avaient envoyé un message à leur victime, prétendant qu'il y avait eu un problème technique sur le portail d'admission et que sa candidature était en réalité rejetée.

La même chose nous était-elle arrivée ? J'ai scruté Sabrina – qui d'autre aurait pu faire un tel coup ? Elle regardait droit devant elle, et le léger sourire qu'elle arborait a suffi à confirmer mes soupçons.

Je ne me mets pas facilement en colère et j'essaie généralement d'accorder aux gens le bénéfice du doute. L'envoi d'un faux e-mail usurpant l'identité de notre chorégraphe, dans le but de nous mettre en retard à l'entraînement et de nuire ainsi à notre réputation, a privé Sabrina de ce privilège. Les regards désobligeants, les insultes et les petits larcins étaient une chose ; une manœuvre visant à m'empêcher d'assister aux répétitions, c'était autre chose. Si j'avais hésité à parler à Sage jusqu'alors, il ne faisait plus aucun doute qu'une discussion s'imposait. Sans attendre.

Charlotte et moi avons réussi à suivre la dernière partie de la répétition sans autre accroc. Heureusement, j'ai canalisé dans ma danse la rage que je ressentais envers Sabrina. Mes postures étaient si tendues que j'aurais pu empaler quelqu'un. Mes lignes étaient plus droites que des flèches, et mes expressions faciales sans équivoque. Même si notre temps d'entraînement avait été réduit de moitié, je m'investissais à fond. La musique violente et intense m'a aussi aidée – il n'était pas difficile d'utiliser mes sensations comme carburant.

Lorsque nous avons terminé, haletantes et en sueur, Sage nous a fait signe de nous rassembler. Elle se tenait devant nous, épaules en arrière, tête haute, mains jointes, la mine sérieuse. S'apprêtait-elle à nous faire encore la leçon sur la ponctualité ?

— Les filles, je voulais juste vous dire la chose suivante : on m'a confirmé qu'une poignée de compagnies envisagent de recruter des danseuses. Comme je vous l'ai dit au début de l'été, elles ont très peu de postes disponibles. Elles pourraient offrir une place d'apprentie ou un contrat étudiant à de jeunes danseuses, mais celles d'entre vous qui recherchent un poste permanent doivent se préparer à l'éventualité de ne pas recevoir d'offre à l'issue du spectacle.

J'ai fait de mon mieux pour rester impassible. J'avais besoin d'un de ces postes.

— Cela ne veut pas dire que vous n'avez pas assez de talent ou que cela n'arrivera pas la prochaine fois, mais si on ne vous propose pas de poste, c'est très probablement parce qu'on estime que vous n'êtes pas encore tout à fait prêtes.

Baissant la voix, Sage a énuméré quelques noms de compagnies. L'un d'eux m'était très familier. Quand j'ai entendu « District Ballet de Washington D.C. », mon cœur a fait un bond. J'y avais suivi une formation l'été dernier. C'était là-bas que je m'étais prise de passion pour la danse contemporaine. Le directeur artistique, Jonathan

Calsan, allait-il se souvenir de moi ? Cela me donnerait-il un avantage ? J'ai jeté un coup d'œil aux autres filles. Sabrina, assise en tailleur, s'est redressée et a lissé ses cheveux. Elle m'évoquait un paon.

Mon estomac s'est retourné, et j'ai détourné le regard. La pire perspective que j'aurais pu imaginer jusqu'à présent était de ne pas trouver d'emploi. Mais si je n'en obtenais pas et qu'elle en décrochait un ?

Sage a poursuivi :

— J'ignore si ces compagnies ont chacune un ou plusieurs postes à proposer, ou si elles seront simplement là pour profiter du spectacle.

Elle a changé de pied d'appui, faisant tinter ses clés suspendues quelque part sur son bermuda noir.

— Et vous êtes les premières à apprendre que je ferai mes propres repérages. Le lancement de la compagnie Sage Oliver Dance aura lieu cet hiver, je l'espère, croisons les doigts.

Elle a levé l'index et le majeur croisés, et nous a dévisagées d'un regard sévère, Charlotte et moi. Elle ne plaisantait pas. J'ai eu un haut-le-cœur et Charlotte aussi, j'en suis sûre. Même si nous avions bien travaillé pendant les répétitions, nous avions enfreint une règle importante en ratant une demi-journée, si près de la représentation. Si nous ne dissipions pas ce malentendu, nous pouvions dire adieu à l'espoir qu'elle nous embauche.

Une fois que Sage nous a laissées partir, je me suis tournée vers Charlotte :

— Je vais parler à Sage. Tu sais que Sabrina est à l'origine de cet e-mail. C'est allé trop loin.

Charlotte a écarquillé les yeux en assemblant les pièces du puzzle.

— Tu as raison. Cette fille…

Les yeux plissés, elle a secoué la tête sans finir sa phrase.

— Tu veux mon aide ?

J'ai esquissé un sourire triste.

— Non. La vraie cible de Sabrina, c'est moi. Tu as été un dommage collatéral. Je peux m'en occuper. Mais merci. Je suis contente qu'on soit dans la même équipe.

— Je te couvre, m'a répondu Charlotte avec un clin d'œil. Bonne chance.

Je me suis attardée jusqu'à ce que la pièce soit vide. Sage était probablement dans le couloir en train de consulter ses e-mails ou de passer un appel, en attendant que nous soyons parties pour fermer à clé. J'ai entrebâillé la porte, juste un centimètre, ce qui m'a suffi pour entendre parler dans le couloir.

— Merci encore, Sage, d'avoir pris Sabrina en charge. Je sais que ma demande sortait de nulle part puisqu'on ne s'est pas vues depuis longtemps, mais j'apprécie vraiment cette faveur.

J'ai jeté un coup d'œil sans apercevoir la femme qui parlait. Cette voix me semblait vaguement familière.

— Donna, tu me connais assez bien pour savoir que je n'aurais pas accepté une danseuse qui ne vaille pas le temps que je lui consacre.

La voix de Sage était bourrue. Cassante, même.

Donna… Donna Wolfrik. Sage parlait avec la mère de Sabrina.

Je me suis penchée davantage, consciente que c'était mal d'écouter aux portes, mais incapable de m'en empêcher.

— Quoi qu'il en soit, nous sommes toutes les deux reconnaissantes.

Un silence.

— N'est-ce pas, Sabrina ?

Le son étouffé qui a suivi était inaudible. J'ai imaginé la femme des photos d'*En Avant* donnant une bourrade dans le dos d'une Sabrina réticente, jusqu'à l'obtention d'une réponse.

— Et sache que j'ai travaillé avec Sabrina sur la chorégraphie l'après-midi. Elle va tout maîtriser à temps pour le spectacle. Ne t'inquiète pas.

J'ai grimacé. Mme Wolfrik confirmait tous mes soupçons – et évoquait sans détour les entraînements supplémentaires de Sabrina. La grande révélation que je voulais faire à Sage sur les activités de Sabrina n'était pas un secret, après tout.

— Veille à ne pas te surmener, Sabrina.

Il y avait un avertissement dans la voix de Sage.

— Je sais que tu le sais, puisque je te l'ai martelé ces dernières semaines, mais tu ne me serviras à rien si tu es à ramasser à la petite cuillère.

— Oh, bien sûr, nous allons alléger les horaires la semaine prochaine, avant la représentation.

Je me suis demandé si Mme Wolfrik en avait vraiment l'intention, ou si elle voulait juste faire plaisir à Sage.

— Et les autres filles, Sage ? Je sais que Sabrina est ravie d'être à la résidence avec elles et de se faire de nouvelles amies. C'est beaucoup plus drôle que de vivre à la maison.

Si Mme Wolfrik se figurait que Sabrina s'amusait au Marian, il lui manquait un compte rendu de la réalité.

— Je suis heureuse de l'entendre, a répondu Sage.

— Dernière chose avant de partir. À l'époque où je dansais, j'apprenais toujours mieux par l'observation. Y a-t-il quelqu'un que Sabrina devrait essayer d'imiter ?

Il y a eu une longue pause, comme si Sage cherchait la bonne réponse. Ou peut-être réfléchissait-elle profondément. Elle a fini par dire :

— Si tu veux te concentrer sur quelques points, observe Tilly de près demain.

J'en ai eu le souffle coupé. Voilà qui devait retourner le couteau dans la plaie de Sabrina.

— Elle est à la fois explosive et émotive, a poursuivi Sage. Essaie de prendre exemple sur elle. Tes expressions faciales sont toujours excellentes, surtout quand tu dois montrer un esprit combatif, mais tout ton corps doit transmettre cette fureur. Tout, du bout des doigts jusqu'aux orteils, doit crier en même temps. Regarde aussi Charlotte. Elle a une magnifique confiance en elle-même. Jamais elle n'hésite.

Sabrina a répondu à voix basse quelque chose que je n'ai pas compris.

— Merci encore, Sage, a dit Mme Wolfrik. Et avant de partir, des nouvelles de ta compagnie ? Tu sais déjà combien de postes tu chercheras à pourvoir ?

Le ton était léger, mais j'avais l'impression que Mme Wolfrik allait à la pêche.

Waouh ! Même ma mère n'aurait pas été aussi directe. Le côté froid et calculateur de Sabrina n'avait rien d'étonnant : elle était à bonne école.

— Pas pour l'instant, Donna. Mais tu seras mise au courant quand j'aurai des informations à partager.

— Excellent. À bientôt, dans ce cas. Viens, mon cœur.

La voix de Mme Wolfrik s'est estompée. Elle devait se diriger vers l'escalier.

— À demain, Sabrina.

— Bonne soirée.

C'est la seule contribution de Sabrina à la conversation que j'ai pu vraiment distinguer.

J'ai refermé la porte vitrée au centimètre près et je suis restée là, figée sur place. Sage était au courant des entraînements supplémentaires, ce qui signifiait que je m'étais inquiété pour rien. En revanche, elle ignorait tout du chantage et des manœuvres honteuses de Sabrina, qui, à en juger par cette conversation, ne pouvaient que s'aggraver : désormais, Sabrina et sa mère m'avaient dans leur collimateur.

Et pourtant, je me suis surprise à éprouver un nouvel élan de pitié pour Sabrina. Son rêve était tout aussi fragile que le mien et, à l'évidence, elle travaillait tout aussi dur pour l'atteindre. De plus, à côté de sa mère, la mienne était douce comme le miel. Je ne pouvais pas m'imaginer vivre sous une telle pression.

Cela valait-il la peine de dire à Sage ce qui se passait entre Sabrina et moi ? Plus j'avançais dans l'histoire de Sabrina, plus je comprenais pourquoi elle était... eh bien, comme elle était. Et même si cela n'excusait pas les choses horribles qu'elle m'avait faites, ma colère s'émoussait.

J'ai décollé les pieds du sol et remonté mon sac sur l'épaule. Alors que je m'apprêtais à ouvrir, on a frappé très fort à la porte. J'ai sursauté. Sage me dévisageait de l'autre côté de la vitre, ses sourcils pâles froncés, stupéfaite.

Je lui ai ouvert.

— Tilly, qu'est-ce que tu fais là ? Je croyais que tout le monde était parti.

Elle a glissé la main dans l'embrasure pour éteindre les néons à l'intérieur du studio.

— Oh, je voulais te parler de quelque chose, ai-je répondu en priant mon cerveau de trouver rapidement quelque chose.

— De quoi as-tu besoin ?

Sage m'a fait signe de sortir de la pièce, et elle a verrouillé la porte avec le trousseau de clés argenté qui pendait au passant de la ceinture de son short.

— Tu vas vers le métro ? Je t'accompagne.

— Oui.

Nous avons commencé à descendre.

— D'abord, je voulais te présenter des excuses pour ce matin…

— Ça ne vous ressemble pas, à Charlotte et toi, d'être en retard, a fait remarquer Sage. Il s'est passé quelque chose dont vous ne vouliez pas parler devant les filles, autre chose qu'un problème de réveil ?

Tu veux dire, un faux e-mail de ta part, expédié par Sabrina ? ai-je pensé. Mais j'ai répondu :

— Non. La technologie n'était pas très fiable aujourd'hui, je suppose. Je ferai en sorte que cela ne se reproduise plus.

— Bien.

Sage n'avait toujours pas l'air contente de moi, mais au moins je m'étais excusée.

J'ai fait une pause, décidant de tenter ma chance.

— J'ai réfléchi à ce que tu nous disais à propos du travail d'équipe.

Sage et moi avons atteint le rez-de-chaussée et franchi la porte de l'immeuble, retrouvant le soleil de l'après-midi.

— Bien, je suis contente, m'a-t-elle dit, l'air amusé. Tu penses à quelque chose de précis ?

Eh bien, oui, à l'une de tes danseuses qui me pourrit la vie.

— Non, juste en général. C'est juste que, hum, j'aime ce principe. Je me demandais s'il était arrivé quelque chose, à toi ou à un de tes camarades danseurs, qui explique ton attachement si fort à l'esprit d'équipe.

C'était bien, ça. Si elle me racontait une histoire, je pourrais peut-être lui faire part de mes déboires avec Sabrina.

Au coin de la rue, nous sommes arrivées en vue du panneau du métro.

— En fait, oui.

Sage s'est arrêtée à l'entrée du métro. Elle s'est accoudée à la rambarde.

— Je pourrais en raconter pendant des jours, mais voici la première raison. Quand j'étais en première, je préparais le ballet *Coppélia* avec mon école. Mon amie, qui était en seconde à l'époque, une fille magnifique et talentueuse, jouait le rôle de Swanilda. Certaines danseuses plus âgées étaient jalouses d'elle, en particulier les plus expérimentées qui pensaient qu'elles auraient dû obtenir le rôle. Elles la traitaient de tous les noms et l'excluaient des conversations et des fêtes, ce qui était ridicule, car elles avaient été amicales jusqu'alors. Chaque fois qu'elles se trouvaient dans la même pièce, elles fondaient sur elle comme des vautours. Toujours en train de donner des coups de bec jusqu'à ce qu'il ne reste plus rien. Ça n'arrêtait pas. La semaine précédant la représentation, elle était tellement anxieuse et triste qu'elle a envisagé de lâcher le spectacle pour que tout cela s'arrête.

J'ai soupiré. C'était un sentiment que je pouvais comprendre. Je savais que je ne lâcherais pas – si je le faisais, Sabrina gagnerait – mais le désir de prendre le chemin de la moindre résistance était tout de même là.

— Elle a lâché ?

Sage a secoué la tête.

— Non, heureusement. Tout s'est passé sans problème. Mais elle a arrêté la danse en terminale, nous nous sommes éloignées l'une de l'autre, et la dernière fois que j'ai eu de ses nouvelles, elle travaillait comme hôtesse de l'air. Je ne saurai jamais si cette expérience l'a amenée à renoncer à une carrière dans la danse.

Elle a croisé les bras et m'a regardée.

— Elle avait un tel potentiel ! Et le pire, c'est que j'aurais pu faire quelque chose. J'aurais pu dire à ces filles de la laisser tranquille. Même si je n'en avais pas l'impression, j'avais du pouvoir dans cette situation ; j'avais juste trop peur qu'elles se mettent à me harceler à mon tour. Je suis restée spectatrice silencieuse. Je n'aurais peut-être pas réussi à empêcher ça complètement, mais une petite voix au fond de moi se demande toujours ce que j'aurais pu faire pour améliorer les choses.

Cette petite voix me poursuivait, moi aussi. Et elle devenait de plus en plus forte.

— C'est pour ça que tu nous dis de prendre soin les unes des autres.

— Bingo. Je ne veux pas qu'une fille qui danse sous ma responsabilité se sente seule. Vous avez une équipe avec un objectif commun, et nous travaillerons ensemble pour l'atteindre. Un point c'est tout.

Sage a balayé l'air des bras comme une arbitre de base-ball qui annonce une sortie.

— Fin de l'histoire. Si elle s'était sentie soutenue, par moi ou par quelqu'un d'autre, elle aurait peut-être fait un choix différent.

— Peut-être, ai-je dit à voix basse.

J'avais de la peine pour cette pauvre fille qui avait renoncé à force d'être persécutée. Avait-elle choisi de s'envoler dans les avions parce qu'elle pensait ne plus pouvoir s'envoler sur scène ?

— Merci d'avoir partagé cette histoire avec moi.

— Je suis toujours prête à discuter avec quelqu'un qui cherche à apprendre, m'a répondu Sage avec un clin d'œil. Tu prends le métro dans quel sens, nord ou sud ?

— Nord, je crois.

— Nord, tu crois. Eh bien, bonne fin de journée, Tilly. À demain.

— Merci de ta compréhension. À demain.

J'ai salué Sage qui descendait l'escalier, puis j'ai traversé la rue pour prendre le métro dans la direction opposée.

Sur le quai, j'ai réfléchi à ce que Sage m'avait dit. Pouvais-je être la personne la plus mature et faire savoir à Sabrina qu'elle avait un autre choix ? Qu'elle n'était pas seule ? L'idée m'a retourné l'estomac, avant même que je n'aie mis les pieds dans le métro.

Pendant le trajet, j'ai ouvert ma messagerie et vérifié le message que Charlotte et moi avions reçu, celui qui n'émanait pas de Sage. En regardant dans les détails, comme Sabrina m'y avait invitée avec son sourire stupide, j'ai réalisé que le « l » d'Oliver était en fait le chiffre « 1 ».

J'ai poussé un soupir bruyant. *Sois la plus mature. Sois stratège.*

J'ai passé tout le trajet du retour à composer un e-mail de mon cru, que j'ai envoyé au faux compte, pour que Sabrina sache que je l'avais percée à jour.

> Chère Sabrina,
>
> Je suis désolée que tu aies pensé que c'était une bonne idée de nuire encore plus à ma réputation en envoyant un faux e-mail de Sage pour que je sois en retard. Je suis en colère parce que tu as fait un choix vraiment égoïste. Je sais aussi que tu subis beaucoup de pression de la part de ta mère, et que tu t'en mets sans doute davantage toi-même, ce qui t'a

conduite à prendre une décision désespérée. Je comprends. Je n'ai pas toujours fait les bons choix ou été gentille quand j'étais stressée non plus. Compétition oblige. Je te pardonne, mais sache que je ne pourrai plus me taire si quelque chose d'inhabituel devait se produire à partir de maintenant. Sache aussi qu'il n'est pas trop tard pour mieux faire. Tu m'as dit que tu n'étais pas ici pour nouer des amitiés, mais je pense qu'il en est encore temps, si tu devais changer d'avis.

Ta coéquipière, Tilly

Avant que ma raison n'ait pu m'en empêcher, j'ai cliqué sur « Envoyer ». J'ignorais si Sabrina comprendrait mon message, et même si elle l'ouvrirait quand elle verrait le nom de l'expéditrice, mais peut-être, juste peut-être, qu'elle comprendrait. Et dans le meilleur des cas ? Sabrina pourrait prendre conscience de son erreur et renoncer à son chemin destructeur.

Du moins, je l'espérais.

20

Abuela m'avait conseillé d'arranger les choses vis-à-vis de Sabrina, mais aussi avec les autres filles. Je n'avais rien fait de mal à mes camarades danseuses, mais même moi, je reconnaissais avoir fait un peu bande à part avec Charlotte. À l'approche du spectacle, il était temps de mettre les bouchées doubles en essayant d'être non seulement des coéquipières, mais aussi des amies.

Le lendemain, au lieu de planifier une nouvelle aventure excitante quelque part dans la ville après la répétition, j'ai enrôlé Charlotte comme sous-chef dans la cuisine de la résidence. Nous avons fait halte au marché sur le chemin du retour afin d'acheter les ingrédients nécessaires pour réaliser des cookies aux pépites de chocolat.

Au lieu de nous mettre aux fourneaux à minuit, nous avons attaqué le travail dans la lumière dorée de la fin d'après-midi. Charlotte faisait une excellente assistante, mesurant pile ce qu'il fallait et vérifiant la recette au fur et à mesure. Une fois la plaque enfournée, elle s'est assise sur le tabouret de l'îlot. Je m'y étais accoudée, jambes tendues derrière moi.

— Tu crois que ça va marcher ?

Mon projet avait enthousiasmé Charlotte, mais elle semblait sceptique, à présent.

— Je veux dire, elles n'ont pas vraiment essayé de se lier d'amitié avec nous non plus. Elles ont peut-être pris le parti de Sabrina dans cette guerre.

— Je pense qu'elles ont juste peur d'elle. Et si j'avais peur, j'aurais sans doute besoin de manger sucré.

Le fait que nous cuisinions juste après la répétition ne devait rien au hasard – après des heures de travail acharné, j'étais prête à parier que même la danseuse la plus disciplinée serait incapable de refuser des biscuits faits maison.

Charlotte a souri.

— Bien vu.

Environ cinq minutes plus tard, l'odeur alléchante du sucre et du beurre s'est mêlée à la perfection des pépites de chocolat et a commencé à se répandre dans la cuisine et dans le couloir. Et deux minutes supplémentaires s'étaient écoulées quand Arden a pointé le bout du nez. Elle avait encore sa queue de cheval courte de l'entraînement.

— J'ai cru sentir une odeur de rêve. Qu'est-ce que vous préparez ? a-t-elle demandé, surprise de nous découvrir toutes les deux dans la cuisine.

Comme Charlotte, elle avait peut-être cru à la fée des glucides.

— Des cookies aux pépites de chocolat, dis-je en désignant le four.

Arden a haussé un sourcil :

— Le banana bread, c'était toi aussi ?

— Coupable.

Je lui ai souri, ravie. J'étais contente que quelqu'un d'autre apprécie mes œuvres antistress.

— C'était un bon banana bread, a déclaré Arden avec un hochement de tête approbateur. Ma mère fait le meilleur banana bread du monde, mais le tien se place juste derrière.

— Je suis contente que tu l'aies aimé.

Mon sourire était sincère, et elle me l'a rendu. Je me suis sentie idiote de lui avoir si peu parlé jusqu'à présent. Tout ce que je savais d'elle, c'est qu'elle venait d'Atlanta et qu'elle aimait les sushis – informations que j'avais apprises le premier jour. C'était plutôt honteux après avoir passé un mois ensemble.

Un instant plus tard, une tête blonde est apparue dans l'embrasure de la porte.

— Ça sent les cookies, a dit Ella d'une petite voix.

Elle me faisait penser à une élève de CP : grands yeux de poupée et attrait enfantin pour les friandises.

Charlotte a étendu la main sur le côté de sa hanche, de façon à ce que je sois la seule à la voir. De ma paume, j'ai tapoté la sienne, geste de victoire pour célébrer la réussite de notre plan.

— Tu vas pouvoir te servir. Ils seront prêts dans quelques minutes.

J'ai affiché mon sourire le plus amical, en espérant que se faire des amies était aussi facile que de soudoyer les gens avec des pâtisseries.

Nous sommes restées debout toutes les quatre, gênées, à fixer des yeux le sol ou le comptoir tandis que la minuterie de mon téléphone égrenait les secondes. OK, peut-être que se faire des amis n'était pas aussi facile qu'il n'y paraissait. Ces trois minutes m'ont paru être les plus longues de ma vie.

Quand l'alarme a sonné, Ella s'est mise à glousser avec tant de force qu'elle s'est mise à pleurer. Personne n'avait rien dit de drôle. Charlotte, Arden et moi avons échangé des regards, nous demandant ce que nous avions manqué.

— Ella, tu veux bien nous dire ce qui est drôle ? a demandé Charlotte.

Ella a acquiescé et essuyé une larme.

— Désolée, je suis désolée.

Elle a souri.

— Chaque fois que la minuterie de la cuisine se déclenche à la maison, mon chat accourt, saute sur la table et s'assied à ma place. Comme s'il allait être servi. Ça me fait rire à tous les coups.

Ella a reniflé et ses yeux se sont remis à miroiter, mais un sourire timide éclairait encore ses traits.

— Je suis désolée. Ça m'a rappelé que la maison me manque.

Mon cœur s'est serré et j'ai remarqué qu'Arden hochait la tête. Nous étions toutes ici depuis longtemps. Nous nous sentions loin de chez nous. Sans me demander comment elle prendrait mon geste, j'ai traversé la cuisine et passé un bras autour des épaules d'Ella. Elle s'est laissé faire. J'ai regardé Charlotte, pour lui faire comprendre d'un coup d'œil qu'elle devait détendre l'atmosphère.

Heureusement, elle a capté mon message.

— C'est génial. Tu as un chat magique, s'est-elle exclamée avec enthousiasme.

J'ai entendu dire un jour que les chats ont quelque chose de vraiment royal. Les Égyptiens les vénéraient pour cette raison. Ils sont peut-être plus intelligents qu'on ne le croit.

De ses ongles vernis en jaune, Arden a tambouriné sur l'îlot de la cuisine.

— Mon chat est névrosé, a-t-elle continué. Du moins, c'est l'impression qu'il donne. Peut-être qu'il est juste manipulateur et qu'il sait qu'il nous contrôle.

— Ma demi-sœur garde un chat comme ça. Il est gras et paresseux et il abuse totalement d'elle.

Armée de la spatule, j'ai commencé à retirer les cookies de la plaque. Je les ai transférés avec précaution sur une grille de refroidissement.

— Vive les chats ! dit Arden.

Elle a saisi un cookie et soufflé sur ses doigts. Puis elle a croqué une bouchée qu'elle a mâchée lentement, les yeux fermés.

Nous l'avons regardée avaler et se lécher les lèvres. Une bouffée de fierté m'a traversée.

— Tilly, il y a une boulangerie en banlieue d'Atlanta qui affirme faire les meilleurs cookies du monde. Mon frère fait des stocks à chaque fois que nous y passons. Il en remplit le congélateur.

— Je suis sûre que les miens ne sont pas aussi bons que les leurs, ai-je dit en rougissant.

— Si, ils ont vraiment meilleur goût.

Arden a tiré son téléphone de sa poche, porté le biscuit à sa bouche en faisant semblant de le mordre et a pris un selfie.

— Je vais l'envoyer à mon frère pour le rendre jaloux.

Cela n'aurait pas dû me surprendre de savoir qu'Arden avait un frère, ou qu'Ella avait un drôle de chat, mais étrangement, cela m'a surprise. Pendant tant de semaines, j'avais vu ces filles comme des concurrentes liées à Sabrina. En réalité, elles étaient plutôt cool. J'ai regretté de ne pas avoir fait des cookies le premier jour. Je n'aurais peut-être pas eu besoin de ce rétropédalage tardif. Mais au moins, les cookies, et apparemment les chats, étaient un terrain d'entente. Et lorsque l'on trouve un terrain d'entente, on peut bâtir du solide dessus.

Alors que nous poursuivions la discussion – Ella évoquait une nouvelle comédie musicale de Broadway qu'elle voulait voir avant la fin de l'été –, Sabrina est passée dans le couloir. Elle n'a même pas tourné la tête pour nous regarder, mais je suis certaine qu'elle était consciente de notre présence à toutes. Le mouvement de sa queue de cheval rousse était trop déterminé pour passer inaperçu.

— Je reviens tout de suite, ai-je chuchoté à Charlotte.

Si je devais les tuer par ma gentillesse, il fallait que Sabrina fasse partie des victimes.

J'ai longé le couloir et constaté que sa porte était ouverte.

— Sabrina ? Je viens de faire des cookies. Il en reste quelques-uns si tu en veux.

Assise sur son lit, elle pianotait sur son téléphone.

— Non merci, a-t-elle rétorqué d'un ton sec, sans lever les yeux.

Je me suis intimé l'ordre d'éviter toute réplique désagréable.

— On peut t'en laisser sur le comptoir au cas où tu changerais d'avis.

— Pas la peine.

Je l'ai regardée manipuler son téléphone tête baissée, en faisant semblant de m'ignorer. Comme disait mon beau-père, généralement en référence à son travail diplomatique au Département d'État, on peut mener un cheval à l'eau, mais on ne peut pas le forcer à boire. Je pouvais lui offrir des cookies, mais elle était la seule à pouvoir accepter mon offre de paix. Au moins, j'avais tenté.

Laissant Sabrina à son téléphone, je suis retournée à la cuisine.

— Vous avez déjà visité la statue de la Liberté ? ai-je demandé.

— Un million de fois quand j'étais petite, a répondu Ella. Mais je n'y suis pas retournée depuis une éternité.

— Moi, je n'y suis jamais allée, mais j'aimerais bien, a déclaré Arden.

Ses gestes étaient amples, et sa voix portait. Cette personnalité se reflétait dans sa danse.

— Demain ? Juste après la répétition ? a lancé Charlotte en croquant dans un autre cookie.

— Excellente idée, ai-je dit en souriant.

Deux jours plus tard, Paolo et moi avons trouvé le temps, après nos répétitions respectives, de sortir ensemble pour la première fois depuis l'automne dernier.

— Alors, qu'est-ce que tu as fait ? Tu as travaillé sur ta liste de choses à faire en ville ?

Paolo a glissé ses doigts entre les miens alors que nous marchions sur l'Avenue des Amériques.

J'ai hoché la tête.

— Nous avons visité la statue de la Liberté hier.

Au début de la répétition, j'étais allé voir Sabrina et lui avais demandé si elle voulait se joindre à nous.

— Tout le monde y va, Ella, Charlotte, Arden et moi. Tu serais la bienvenue.

Sabrina avait décliné d'un « Non merci » laconique. Cependant, lorsque nous étions parties toutes ensemble, je lui avais trouvé l'air triste. Mais elle faisait ses choix, et moi les miens.

— J'adorais cet endroit quand j'étais petit, a dit Paolo. Ma tante nous y emmenait chaque été. Mes cousins étaient tout petits à l'époque, et mes sœurs étaient encore au lycée. J'étais coincé au milieu. Alors pendant que Cara et Giana tenaient les garçons par la main en essayant de les convaincre de gravir les huit millions de marches, je faisais semblant d'escalader le mont Everest.

Perdu dans un bon souvenir, Paolo avait les yeux brillants.

— Je te vois bien faire ça.

Je lui ai souri. Nous sommes passés devant les néons rouges et bleus du Radio City Music Hall, et j'ai jeté un coup d'œil aux affiches annonçant les concerts des prochaines semaines.

— Ce que j'ai préféré, c'était le trajet en ferry, en fait.

— Je suis fan de bateaux, a ajouté Paolo avec un sourire, en me caressant le dos de la main avec son pouce.

— Mais pas du *Titanic*, si ?

— Bien sûr que non.

La veille, dans la lumière de la fin d'après-midi, mes cheveux me fouettant les joues sous la brise, j'avais regardé défiler la ville tandis que le ferry nous rapprochait du socle de la gigantesque femme verte. Même si j'aimais vivre immergée en plein New York, je savourais cet instant qui m'offrait de prendre du recul et d'observer à distance. J'ai repensé au chauffeur de taxi qui m'avait amenée de la gare au Marian le jour de mon arrivée. Il m'avait dit que les gens avaient la ville dans les veines, comme un courant électrique. Plus je regardais rapetisser les gratte-ciel, plus je la sentais crépiter sous ma peau.

Nous avions attendu dans l'immense file d'attente de la sécurité avant d'atteindre enfin la statue de la Liberté elle-même ; et de là, nous avions grimpé jusqu'à la couronne. La vue à trois cent soixante-cinq degrés sur Manhattan, Brooklyn et le New Jersey était à couper le souffle.

Au sommet, nous avions pris mille photos, et nous avions même recruté un groupe de touristes pour nous prendre toutes les quatre ensemble, serrées dans les bras les unes des autres, arborant des sourires à nous donner des crampes aux joues.

J'en ai pris conscience à ce moment-là : peu importait que nous n'ayons pas eu de contacts avant ce jour – le spectacle de Sage était un lien suffisant pour construire sur cette base. J'ai compris ce qu'elle nous répétait depuis si longtemps.

Faire partie d'une équipe, c'est beaucoup plus que danser ensemble. On peut gagner en force, en synchronisation, si on se connaît mutuellement. Si on sait vraiment qui sont les autres.

— Et les autres filles ? Ça va mieux avec elles ? m'a demandé Paolo.

J'étais heureux qu'il se souvienne que les choses avaient été tendues.

— Oui, vraiment. Bon, Sabrina n'est pas venue, mais les autres sont géniales. Nous rattrapons le temps perdu.

Avec Ella et Arden, il était facile d'être amies et pas concurrentes. J'avais acquis une certitude : Sabrina avait tort de ne pas vouloir se faire de relations ici. C'était là tout le problème.

Parce qu'en me faisant des amis, je devenais une meilleure danseuse, plus empathique, et cela allait se voir quand je monterais sur scène.

21

En passant un bras autour de ma taille et en me ramenant au présent – et à notre rendez-vous –, Paolo m'a fait traverser la rue en direction d'un vaste espace parsemé de kiosques que j'imaginais être des échoppes ou des vendeurs de nourriture. Il y avait là une marée humaine.

Elle était là, sa grande surprise : il s'agissait de la quintessence de l'expérience estivale new-yorkaise, un film classique à Bryant Park. Paolo avait soudoyé l'un de ses collègues musiciens pour qu'il arrive de bonne heure et installe une couverture et un pique-nique, avec un petit bouquet de primevères jaunes dans un bocal d'eau.

— On peut les manger, a précisé Paolo. Mais j'espère que tu ne le feras pas.

Je les ai respirées avec un sourire.

— Je crois que je vais les mettre sur ma table de nuit au Marian, à côté de ma rose, et que je vais garder mon appétit pour ces sandwichs.

— Tes désirs sont des ordres, a dit Paolo en hochant la tête, en m'en tendant un avant de se servir à son tour.

Le film, *Big*, se déroulait à New York. C'était l'un des classiques préférés de mon beau-père. Il a commencé au moment où le soleil plongeait derrière les hauts immeubles, colorant le ciel de teintes barbe à papa et œuf de Pâques. Je l'avais vu tant de fois que j'aurais pu réciter les répliques. Mais le fait de le regarder à New York, à la fin de ce que j'espérais être une expérience qui changerait ma vie, lui a conféré une nouvelle signification. Un jeune découvrait la vie d'adulte avant d'y être totalement préparé, et ce dans une ville pleine de possibilités et d'opportunités. Il était obligé de penser différemment, de s'appuyer sur ses amis et de choisir à qui il pouvait faire confiance parmi les personnes qu'il rencontrait. Toute cette histoire me semblait terriblement familière.

La soirée devenant plus fraîche, on pouvait voir la chair de poule sur mes bras nus. Paolo a sorti comme par magie une couverture en polaire et m'en a enveloppé les épaules.

— Merci.

Je me suis penchée et j'ai embrassé Paolo sur la joue. Dans la lueur de l'écran de cinéma, je l'ai vu rougir légèrement. J'ai souri, heureuse.

À la fin du film, alors que notre rendez-vous touchait à sa fin, une idée m'a frappée. Que se passerait-il la semaine suivante lorsque je rentrerais chez moi et que Paolo partirait à l'université ? Que nous arriverait-il ? N'existions-nous qu'ici, à New York ? Lui savait ce qu'il allait faire pendant les quatre ans à venir. Je n'avais aucune idée de l'endroit où j'allais atterrir. J'ai fermé les yeux. Je ne voulais pas penser à le perdre, alors que j'avais réussi à réparer les dégâts causés par ma propre attitude.

— Ça va ? m'a demandé Paolo tandis que le générique défilait.

— Oui, je suis juste heureuse, je crois.

— Tu crois ?

Sa voix était amusée.

J'ai soupiré.

— Je suis contente d'être ici avec toi. Je n'arrête pas de penser à tout le temps que j'ai perdu. Tu sais, l'année dernière.

Paolo s'est tourné vers moi pour me faire face. Même dans l'obscurité, il était beau. Peut-être encore plus sous la lumière ténue qui touchait les angles de son visage.

— Je suis content que nous n'ayons pas été ensemble l'année dernière.

Quoi ?

— Tu es content ?

— Écoute-moi bien.

Il a pris mes mains dans les siennes.

— Tu n'allais manifestement pas bien après ta blessure.

— C'est l'euphémisme de l'année.

Il a souri.

— Tu avais besoin de temps pour digérer ce qui s'était passé et savoir ce que tu voulais.

Il s'est arrêté et m'a regardée comme pour me dire : « Tu sais que j'ai raison ».

— Je pense que tu avais besoin de faire seule le chemin que tu as fait, pour pouvoir être au clair avec tes choix. Heureusement, tu as réussi ce discernement et, d'une manière ou d'une autre, quelqu'un là-haut a jugé bon de nous remettre au même endroit au même moment.

J'ai ri.

— Charlotte dit que l'univers conspire en notre faveur. Elle dit que nous étions censés nous retrouver ensemble dans le parc ce jour-là.

Paolo a esquissé un sourire malicieux.

— Je ne pense pas que toutes ces petites choses qui arrivent soient le fruit du hasard. Même si l'année a été dure pour toi, et pour moi aussi parce que personne ne veut être rejeté par une fille qu'il aime vraiment.

Je me suis couvert le visage d'une main, qu'il a doucement écartée.

— Nous sommes mieux partis pour essayer cela maintenant.

— Tu as raison.

Essayer… Mon cœur s'est emballé.

Je savais que j'étais partante, sans y réfléchir, sans avoir à dresser une liste des « pour » et des « contre ». Il n'était pas possible que nous atterrissions au même endroit l'année suivante. Il nous faudrait vivre à distance, nous voir pendant les vacances, éventuellement le week-end si je n'étais pas trop loin. J'étais résolue à essayer. Nous en valions la peine. Je n'étais pas sûre qu'il soit d'accord et je ne pensais pas avoir le courage de le lui demander. Si Paolo devait me dire que ce n'était qu'un truc d'été, je préférais laisser la magie durer un peu.

Après le film, il a fait tout le trajet du retour avec moi, me raccompagnant jusqu'à ma porte.

— Alors, tu viendras à mon spectacle ? ai-je demandé, la joue contre son épaule.

Paolo m'a prise par les épaules en me tenant à bout de bras :

— Tu te moques de moi ? Bien sûr que je viens. Je pensais que c'était clair. Je suis presque vexé que tu aies eu à le demander.

Puis il a ri et secoué la tête.

— Je ne voulais pas le prendre comme acquis, ai-je dit en levant les mains en signe de protestation. Mais je suis contente. Tu sais que toute ma famille sera là. Y compris ma mère.

— Je me rappelle ce que Tatum et toi disiez à propos de ta mère. J'ai une semaine pour me préparer.

— Ouais, elle, il se peut qu'elle ne soit pas fan de ton tatouage.

Je l'aimais, pour son aspect et pour ce qu'il représentait. Mais Maman ne le verrait certainement pas du même œil.

Paolo a haussé un sourcil :

— Je mettrai peut-être un débardeur pour qu'on puisse en discuter, elle et moi.

J'ai penché la tête de côté.

— Je serais curieuse d'entendre cette conversation.

— Je m'en ferai peut-être faire un sur l'autre bras cette semaine. Pour que les choses soient encore plus drôles.

— Je… j'aimerais bien…

Il a refermé l'espace entre nous et a approché les lèvres de mon oreille.

— Je savais que tu aimais ça. Admets-le. Tu es une fille à tatouages. C'est toi qui devrais t'en faire faire un cette semaine.

Un frisson m'a parcourue.

— Une suggestion ?

Je ne me voyais pas me faire tatouer, mais il ne faut jamais dire jamais. J'avais fait beaucoup de nouvelles expériences ces derniers temps.

— Pourquoi pas « *Bailarina* » ? a-t-il murmuré.

J'aurais pu deviner qu'il allait me souffler ce mot, qui signifie « danseuse » en espagnol.

— Il irait bien avec le tien.

L'idée de tatouages assortis me plaisait plus que je ne voulais l'admettre, même si je riais toujours quand Tatum me montrait, dans ses magazines people, des photos de couples qui en portaient.

— Tu es très observatrice.

Paolo s'est penché et m'a embrassée en souriant.

J'ai fermé les yeux et je me suis perdue en lui. Ses lèvres étaient douces sur les miennes, douces et presque taquines. Quelque chose a remué en moi, et je lui ai rendu son baiser. J'aimais être amie avec lui, plaisanter, parler danse et musique, mais je pouvais maintenant dire sans aucun doute que l'embrasser était ce que je préférais. J'ai passé les doigts dans ses cheveux. Il m'a embrassée doucement sur la joue, sur la tempe, puis sur le sommet de la tête.

— Je n'ai pas envie de te dire bonne nuit, mais si je ne pars pas maintenant, je ne partirai pas du tout, a-t-il fini par dire. Nous avons l'un et l'autre une journée chargée demain, malheureusement.

Je lui ai souri, et il m'a rendu mon sourire.

— Je sais.

Je l'ai serré dans mes bras, je l'ai embrassé encore une fois sur les lèvres et j'ai franchi le seuil en courant. Avant même d'atteindre les escaliers, je lui ai envoyé un message.

Merci pour ce soir.

J'ai inclus un emoji en forme de cœur. Il m'a répondu par une série de cœurs, et le mien a explosé.

Charlotte dormait quand je me suis glissée dans la chambre. J'étais dans la salle de bain, en train de me laver le visage et de penser à la douceur soyeuse des cheveux de Paolo entre mes doigts, quand mon téléphone a sonné.

— Bonsoir, Abuela. Qu'est-ce que tu fais debout ?

Non pas que mon *abuela* soit du genre à se coucher tôt, mais il était presque minuit et c'était bien ma grand-mère.

— Oh, je joue au solitaire pour me fatiguer. Je pense à toi. Comment vont les choses ?

Je savais qu'en disant « les choses », elle parlait de Sabrina.

— Eh bien, les autres filles et moi sommes devenues amies. Je leur ai offert des cookies, ai-je dit, fière de ma tactique. Pour Sabrina, c'est encore en chantier, mais je suis optimiste.

— Tu es formidable. Je savais que tu y arriverais.

J'entendais sa voix sourire.

— Maintenant, permets à une vieille femme de te poser une question. Comment va ton jeune musicien ?

J'ai rougi sous le néon de la salle de bain.

— Paolo est un garçon bien. Incroyable. Je rentre tout juste d'un rendez-vous, en fait. Il m'a apporté des fleurs et tout le reste.

Un silence.

— Quel type de fleurs ?

— Des primevères.

Un autre silence.

— Il doit vraiment t'aimer, Matilda.

— Je pense. J'espère. Qu'est-ce qui te fait dire ça ?

Abuela a ri doucement.

— On offre généralement des primevères à quelqu'un dont on ne peut pas se passer.

Mon souffle s'est bloqué dans ma gorge, et j'ai eu du mal à répondre.

— Vraiment ?

Il était impossible qu'un si fin connaisseur de l'histoire ignore le symbolisme d'un cadeau aussi significatif. Surtout quand cette personne dormait au-dessus d'une boutique de fleurs.

— Ton *abuelo* m'en a offert pour notre vingtième anniversaire. Je ne l'oublierai jamais. Non seulement à cause de la beauté des fleurs, mais aussi parce que c'est l'année où j'ai écumé toutes les librairies d'occasion à la recherche d'une édition originale des œuvres complètes de Gabriela Mistral datant de 1958. J'ai fini par la trouver, et il a pleuré comme un bébé en la déballant.

Je me rappelais ce livre qui trônait sur la bibliothèque d'Abuela quand j'étais enfant. Les mots de Mistral avaient certainement inspiré ma danse cet été, mais je me demandais ce que mon *abuelo* avait tant aimé en les lisant.

— Pourquoi Mistral, Abuela ?

Elle a fredonné pour elle-même, comme si elle essayait de trouver les mots justes.

— Eh bien, comme tu le sais, ses vers sont simples, mais tellement puissants. Ton *abuelo* était pareil. Mais je crois qu'il l'aimait parce que ces poèmes le ramenaient chez lui, au Chili. Ils le rendaient fier de ses origines et lui donnaient des repères, tout en lui permettant de vivre notre nouvelle vie. Il est important d'avoir des rappels du passé ; ce sont des ancres qui nous sont données, même quand on marche vers l'avenir.

— Oui, je comprends, ai-je murmuré.

J'étais nostalgique de mon chez-moi. Quel que soit le lieu où j'atterrirais après l'été, j'étais heureuse d'avoir une famille qui m'aimait et un havre sûr où retourner en cas de besoin. Une famille qui me pardonnerait si je faisais des erreurs.

— Il faut savoir qui l'on est pour savoir où l'on doit aller. Ton *abuelo* le disait souvent.

Abuela a reniflé, et j'ai su qu'elle se souvenait du temps vécu ensemble. Si elle avait été à côté de moi, je l'aurais serrée dans mes bras.

— Je t'aime, Abuela. Merci de m'avoir parlé d'Abuelo.

— *Te amo, Mija.* Je pense que je suis prête à aller me coucher maintenant. Toi aussi ?

— Moi aussi. Bonne nuit, dis-je, prise d'un bâillement à l'évocation du sommeil.

— Bonne nuit, ma chérie. À bientôt.

La semaine précédant le spectacle, Charlotte, Ella, Arden et moi avons beaucoup progressé. Non seulement nous nous sentions plus confiantes dans nos performances, mais nous avons aussi réussi à voir plusieurs sites touristiques que je voulais cocher sur ma liste avant de quitter la ville. Mission ambitieuse, mais il ne restait que quelques jours ! Nous avons réussi à combiner plusieurs visites d'un seul coup – la bibliothèque publique de New York, la cathédrale Saint-Patrick et une promenade sur la Ve Avenue. Charlotte et moi l'avions déjà arpentée plus tôt dans l'été, mais cette fois-ci, c'était plus amusant, parce qu'il y avait plus d'amies avec qui partager l'expérience. Nous sommes même entrées chez Tiffany's et avons fait semblant d'être des danseuses étoiles, imaginant toutes les choses que nous pourrions acheter si nous avions de l'argent.

En l'état, il ne me restait que quelques cases à cocher dans ma liste :

- [x] *Highline*
- [x] *Le Met*
- [x] *Empire State Building*
- [x] *Little Italy*
- [ ] *Chinatown*
- [x] *Pizza new-yorkaise*
- [ ] *Spectacle à Broadway*
- [x] *Pont de Brooklyn*
- [x] *Mémorial du 11 Septembre*
- [x] *Union Square*
- [x] *Central Park*
- [ ] *Macy's*
- [x] *Times Square*
- [ ] *Cheesecake*
- [x] *Bagel*
- [x] *Rockefeller Center*
- [ ] *Tour en bus*
- [x] *Guggenheim*
- [x] *Musée d'Histoire naturelle*
- [ ] *Whitney Museum*
- [x] *Ve Avenue*
- [x] *Bibliothèque publique de New York*
- [x] *Cathédrale Saint-Patrick*

La veille de la répétition générale, Ella nous a fait une surprise. Elle a tiré quelques ficelles auprès de son père, qui jouait un rôle important dans la collecte de fonds pour les conseillers municipaux, et nous a obtenu des billets pour aller voir *Oklahoma !* qui était en avant-première : il s'agissait d'une reprise avec une nouvelle mise en scène et une nouvelle chorégraphie. J'avais vu le film plusieurs années auparavant, sans rien éprouver de comparable à la bouffée d'énergie et d'émotion que j'ai ressentie en assistant de près à ce spectacle vivant.

Après le spectacle, nous sommes entrées dans un restaurant voisin appelé Junior's, qui servait, aux dires d'Ella, le meilleur cheesecake. Ella a également su demander une table située près des baies vitrées qui allaient du sol au plafond, au fond du restaurant ; cet observatoire donnait sur l'entrée des artistes située juste en face, et permettait de guetter les acteurs qui sortaient.

— Une fois, j'ai vu sortir un couple d'actrices de télévision qui jouaient dans une pièce. J'ai failli courir leur demander un autographe, mais je me suis dit que ce serait du harcèlement, nous a raconté Ella en riant.

Nous avons attaqué notre cheesecake – nous en partagions une énorme part – en discutant de la grande qualité du spectacle, et de notre nervosité à la perspective de jouer le nôtre. La sortie avait beau être amusante ; et la conversation, légère, il régnait à notre table une tension palpable, sorte de cinquième convive assise au milieu de nous. Les enjeux étaient importants pour toutes les personnes impliquées dans ce spectacle – on espérait un emploi, un poste en apprentissage, de la visibilité auprès des metteurs en scène et, pour Sage, de l'argent.

Plus l'échéance approchait, plus il nous apparaissait que les choses pouvaient facilement nous glisser entre les doigts.

22

Le matin de la répétition générale, mon téléphone a été inondé de messages.

On est dans le train. On arriiiiiiive !!!

Tatum joignait un selfie : nos parents, Seamus et elles serrés à une table de la voiture-restaurant. Ken avait l'air légèrement amusé, ma mère paraissait agacée que Tatum l'oblige à prendre la photo, et Seamus embrassait la joue de Tatum – à l'improviste, visiblement, parce que Tatum avait les yeux fermés et semblait rire. J'avais tellement hâte qu'ils arrivent, même si des conversations délicates s'annonçaient. À moins que l'université ne lui ait envoyé un message, ma mère ignorait toujours que j'avais différé mon inscription à Georgetown.

J'attends ta prestation avec impatience.
Aucun doute, tu vas être magnifique.

La confiance que m'accordait Abuela m'a fait sourire.

Le truc à dire, c'est «*Break a leg*[10]».
Mais tu as besoin de la tienne, alors casse-toi
peut-être plutôt un bras ?

Le message de Paolo m'a fait rire aux éclats.

Je garde mes jambes,
tu gardes tes bras.

Bon plan. Vivement demain.

J'avais hâte d'être le lendemain pour de nombreuses raisons.

Sage avait vérifié à trois reprises que nous avions toutes les informations sur la répétition générale et l'endroit où obtenir des billets pour notre famille et nos amis. Nous devions être au Whitney à cinq heures ce soir-là, en tenue et prêtes à nous échauffer.

À mon arrivée, l'espace du musée m'a coupé le souffle. Tous mes sens étaient en éveil, d'une part parce que chaque représentation était passionnante et d'autre part parce que ma grande aventure touchait à sa fin. Sage a travaillé l'éclairage et le placement sur la scène pendant que nous y répétions pour la première fois. Je me sentais plus légère que l'air, portée par les ailes de mon adrénaline, comme si je pouvais m'élancer au sommet du plus haut gratte-ciel. Dès que je levais le bras, que je fléchissais le pied, mon cœur s'emballait, comme à l'instant où j'avais su que Paolo était sur le point de m'embrasser. L'énergie était surnaturelle.

10. En anglais, l'expression « *Break a leg* » (« Casse-toi une jambe ») est dite par les artistes avant de monter sur scène pour se porter chance.

À la faveur d'une pause que nous faisions pour boire, j'ai consulté mon téléphone.

J'espère que tout se passe bien, m'avait écrit Paolo avec une série d'emojis en forme de tournesol.

En pensant à ce qu'Abuela avait dit à propos des primevères, j'ai vite cherché la signification des tournesols. Comme je m'y attendais, ils symbolisaient le bonheur, mais j'ai été agréablement surprise de voir qu'ils représentaient aussi la loyauté et l'adoration. J'ai souri. J'aimais la façon dont fonctionnait l'esprit de Paolo.

Merci !

Enhardie, j'ai ajouté un emoji envoyant un baiser, pour symboliser ce que j'espérais à la fin de la représentation.

Il a compris le message et m'en a renvoyé un, qui m'a fait fondre. J'ai reposé le téléphone, bu une gorgée d'eau et je me suis remise en position pour la suite de la répétition.

Le deuxième tableau de notre spectacle était bref. Ella et moi étions seules sur scène, comme des aimants qui s'attiraient et se repoussaient en fonction de nos positions. Au moment où la chanteuse a baissé la voix jusqu'au pianissimo, nous nous sommes figées, nous regardant mutuellement comme si nous guettions ce que l'autre allait faire. Nous allions nous remettre en mouvement lorsqu'une sonnerie stridente a rompu le silence, jurant avec la musique qui enflait pour retrouver le fortissimo.

J'ai grimacé intérieurement, m'efforçant de ne pas trahir mon embarras. C'était mon téléphone ! J'aurais juré l'avoir mis en mode vibreur, mais mon pouce avait peut-être fait une fausse manipulation. J'ai envoyé à Charlotte, qui attendait son tour à l'autre bout de la salle, un message télépathique pour qu'elle l'éteigne avant que ce vacarme ne gâche la danse. Malheureusement, elle n'a pas capté mon signal.

Alors que je feignais de m'éloigner brusquement d'Ella, j'ai vu Sabrina, qui se trouvait à côté de mon sac, fouiller celui-ci à la recherche de mon téléphone.

Au moins, il allait arrêter de sonner. Soulagée, j'ai tourné le dos et continué à tournoyer autour de la salle, en tendant un bras devant moi, puis l'autre. Au passage suivant, horreur : Sabrina, non contente d'avoir saisi mon téléphone, semblait s'entretenir avec un interlocuteur, un doigt dans son oreille libre pour atténuer le bruit de la musique. J'ai serré les dents, impuissante.

Il ne me restait qu'à espérer qu'un inconnu m'ait appelée par erreur.

J'ai dû attendre la fin de cette première répétition pour me ruer sur le téléphone, posé sur mon sac où Sabrina l'avait laissé tomber. J'ai cliqué sur « Appels récents ». Le numéro d'Abuela était affiché tout en haut.

Sabrina se trouvait dans un coin. Une barre protéinée posée sur la jambe, elle brossait nonchalamment ses longs cheveux roux.

— Tu as parlé à ma grand-mère ? ai-je demandé.

Sabrina a hoché la tête :

— Oui, mais elle n'avait pas l'air très bien. Tu devrais probablement la rappeler.

Mon cœur s'est arrêté deux secondes.

— Comment ça, elle n'avait pas l'air très bien ?

Sabrina a levé les yeux au ciel.

— Exactement ce que je viens de dire. C'était difficile de la comprendre. Elle a articulé quelque chose à propos du médecin, je ne sais pas…

Elle a fait un geste évasif de la main. Je n'ai pas cherché à en apprendre davantage. Nous n'avions que quelques minutes de pause avant que Sage ne nous fasse tout reprendre. Je suis sortie du hall du musée en courant et j'ai appuyé sur « Appeler » à côté du nom d'Abuela. La sonnerie a retenti. Encore. Et encore.

— Bonjour, vous êtes bien sur la messagerie de Blanche. Je ne peux pas répondre, mais laissez-moi un message. Je vous rappellerai une fois mon aventure du jour terminée. En attendant le bip, pourquoi ne pas envisager de partir à l'aventure, vous aussi ?

Le bip a retenti.

— Abuela ? Est-ce que tu vas bien ? Sabrina m'a dit que tu n'avais pas l'air en forme, alors je viens aux nouvelles.

J'ai jeté un coup d'œil par-dessus mon épaule à travers l'immense verrière. Sage rassemblait les danseuses, probablement pour faire part de ses critiques et demander des corrections.

— Je ne pourrai pas décrocher, mais s'il te plaît, envoie-moi un SMS pour me dire que tu vas bien. Je t'appelle après la répétition. *Te amo.*

Une sueur froide a perlé à la base de mon cou. Et si Abuela s'était blessée à nouveau ? Son épaule allait beaucoup mieux, mais à son âge, il était facile de se refaire mal. Elle avait pu se casser le bras, ou tomber, ou… Mon ventre s'est noué. Il fallait que je m'assure qu'elle allait bien. J'ai jeté un nouveau coup d'œil à l'intérieur. Sage m'observait, et j'ai cru la voir taper le sol de la pointe de l'orteil.

J'ai vite composé le numéro de Paolo.

— Décroche, décroche, décroche, ai-je chuchoté frénétiquement en sautillant d'un pied sur l'autre.

— J'ai décroché, qu'est-ce qui ne va pas ?

Il avait l'air inquiet. Je lui ai expliqué en dix secondes ce qui venait de se passer.

— Tu pourrais appeler Abuela et vérifier qu'elle va bien ?

— Bien sûr, a acquiescé Paolo sans hésiter. J'irai la voir si elle ne répond pas, d'accord ? Respire, Tilly. Je te tiens au courant.

Je n'avais pas pris conscience que je retenais mon souffle. J'ai inspiré, je l'ai remercié, je lui ai envoyé par texto le numéro et l'adresse, et je suis retournée à l'intérieur. Sage tapait bel et bien du pied, mais elle n'a rien dit. Charlotte m'a dévisagée d'un air intrigué, mais je me suis bornée à secouer la tête. Je ne pouvais même pas regarder Sabrina.

Pendant le reste de la générale, qui comprenait deux autres répétitions complètes et quinze minutes de rappels, je me suis forcée à respirer, comme Paolo me l'avait dit. S'il était arrivé quelque chose à Abuela… Eh bien, je ne savais pas ce que je ferais. J'ai essayé de me calmer en me disant que ce n'était probablement rien. Cela n'a pas marché. J'ai raté le même repère deux fois, et sur la dernière série de sauts, j'ai atterri maladroitement, ce qui a heurté ma mauvaise cheville et déclenché un élancement de douleur jusque dans mon mollet. Prise au dépourvu, j'ai crié, m'attirant un regard à la fois inquiet et agacé de la part de Sage. Ma nervosité ne l'incitait pas à croire que je pouvais être une professionnelle compétente.

Lorsque Sage nous a libérées, j'ai eu l'impression qu'il fallait que je fasse le tour du bâtiment en courant, alors que je venais de danser jusqu'à l'épuisement de mes muscles. Je me suis précipitée sur mon téléphone.

Le premier message était de Paolo.

Elle va bien. J'ai appelé plusieurs fois et je me dirigeais vers le métro quand elle a fini par répondre. Elle m'a dit qu'elle était dans un train quand elle t'a téléphoné, donc la connexion était probablement irrégulière. Appelle-la quand tu auras fini.

Le deuxième message provenait d'Abuela.

Mija, ne t'inquiète pas pour moi. Désolée pour le malentendu. Je me rendais chez le médecin et je voulais juste te dire de profiter de ce dernier jour avant que le reste de ta vie ne commence. *Te amo*.

Je me suis effondrée par terre. Abuela allait bien. Tout allait bien. J'ai fermé les yeux, j'ai remercié l'univers de l'avoir gardée en sécurité et j'ai essuyé la sueur de mon front.

Charlotte a posé une main chaude sur mon épaule nue.

— Hé, qu'est-ce qui se passe ?

— Rien, ai-je soufflé. Absolument rien.

— Tu es sûre ?

Les sourcils froncés de Charlotte montraient qu'elle n'était pas convaincue.

— Certaine.

J'ai tourné les yeux vers Sabrina.

— Mais il y a quelque chose dont je dois m'occuper.

Arden et Ella se sont approchées pour demander si nous voulions manger. J'ai fait signe aux autres d'y aller en leur disant que je les rejoindrais.

Sabrina bouclait son sac. Quand elle s'est redressée, nous nous sommes retrouvées face à face. Son expression neutre ne trahissait rien. Avait-elle été délibérément obtuse en me disant qu'Abuela n'avait pas l'air en forme ? Une mauvaise connexion téléphonique, ça arrive, mais elle ne pouvait pas clarifier la situation ?

— Il faut arrêter ça. Maintenant.

Je parlais d'un ton calme, mais ferme.

— Je n'ai aucune idée de ce dont tu parles, a dit Sabrina, sans me regarder dans les yeux.

Sans doute ne le pouvait-elle pas.

— Tu sais exactement de quoi je parle. Tu es tombée encore plus bas aujourd'hui. Essayer de me saboter, c'est une chose, mais laisse ma grand-mère en dehors de ça.

— Ce n'est pas ma faute si tu m'as mal comprise.

Elle a jeté son sac sur son épaule, toujours sans me regarder.

J'ai rendu ma voix glaciale, pour qu'il n'y ait aucune équivoque.

— Je suis fatiguée de tes stratégies et de tes menaces mesquines. Tu comptes autant que moi dans ce spectacle. Alors, au lieu d'essayer de m'abattre, pourquoi est-ce que tu ne t'occupes pas de toi-même ?

Sabrina a cligné des yeux plusieurs fois, mais n'a rien dit.

J'ai fait un pas en arrière :

— À demain. Bonne soirée.

J'ai tourné les talons pour rejoindre les autres. Je ne savais pas si elle me laisserait tranquille, mais j'avais dit ce que j'avais à dire. Je ne pouvais qu'espérer que sa conscience prendrait le dessus et qu'elle se débarrasserait de l'amertume qu'elle nourrissait à mon égard. Quoi qu'il en soit, je n'allais pas laisser l'inquiétude me gâcher ces derniers moments précieux de l'été.

Nous avons pris le train pour Brooklyn toutes les quatre et dîné de bonne heure avec Abuela et Ginger. Au moment où l'on nous servait, Charlotte a fait tinter son couteau sur son verre.

— Que diriez-vous d'un toast ?

Elle a levé son verre d'eau, imitée par toute la tablée.

— Aux tueuses de dragons. Que nos pieds soient légers et nos visages féroces.

— À nous. J'espère que nous aurons toutes ce que nous voulons demain.

Ella a souri et bu une gorgée de thé glacé.

J'ai jeté un coup d'œil à Charlotte, qui m'a tendu la main sous la table et l'a serrée. Je lui ai rendu la pareille.

— À Sage, ai-je ajouté. Puisse-t-elle être fière de nous.

— À tout ça, ont dit les convives en faisant tinter leurs verres.

Ce repas décontracté a constitué la fin idéale d'une journée qui s'était révélée plus stressante que prévu. Pour couronner le tout, j'ai appelé Paolo avant d'aller me coucher :

— Merci d'avoir été mon héros aujourd'hui.

— Ce n'est rien. Tu aurais fait la même chose pour moi.

Il avait raison.

— En tout cas, tu m'as sauvée, j'ai une dette.

Sans même le voir, je savais qu'il souriait au téléphone.

— Je peux être payé en baisers.

— Tu es dur en affaires.

Nous avons ri ensemble. Il m'a dit « À demain », m'a souhaité bonne chance et bonne nuit. Ce soir-là, je me suis endormie avec la certitude que, quoi qu'il advienne le lendemain, j'avais fait tout mon possible pour que mon rêve se réalise, et que j'avais saisi les occasions qui m'étaient offertes – à la fois avec Sage et avec Paolo.

23

Le lendemain, quatre-vingt-dix minutes avant l'heure du spectacle, je me tenais à l'extérieur du Whitney Museum, les yeux levés sur sa façade. Le soleil de la fin de matinée se déversait à flots entre les hauts immeubles, et l'odeur du fleuve flottait dans l'air chaud. Mon beau-père venait de m'appeler pour me dire qu'Abuela les avait rejoints à l'hôtel et que toute la famille ainsi que Seamus se rendraient bientôt au musée. La gorge sèche, je lui avais répondu : « À tout à l'heure ». Charlotte avait retrouvé sa famille, venue en avion pour le spectacle. Les autres s'étaient dispersées, peut-être pour parfaire leur coiffure ou leur maquillage, ou pour rejoindre leurs amis et leur famille.

Je me dirigeais donc seule vers le musée, le lieu où tout allait s'achever. J'observais sa structure moderne. Faute d'être aussi haute que les gratte-ciel qui m'avaient tant intimidée à mon arrivée, elle était tout aussi imposante. J'espérais que ce jour-là serait aussi le début de quelque chose.

J'ai franchi la porte vitrée. À la vue des chaises installées dans le hall où nous allions nous produire, j'ai senti mon cœur palpiter.

J'ai filé vers notre vestiaire de fortune, une pièce verte utilisée comme salle de réunion par le personnel du musée, et j'y ai déposé mon sac. Après avoir ôté mon tee-shirt, j'ai fait glisser ma jupe ample le long de mes hanches, la laissant s'étaler comme une flaque à mes pieds. En dessous, je portais un débardeur et un short de danse, uniformément noirs.

Sage voulait que nos costumes soient aussi sobres que des toiles vierges, afin de ne pas détourner l'attention du public de nos mouvements et expressions. « Soyez l'émotion », nous avait-elle dit. Alors nous étions en noir basique, toutes les cinq.

Je me suis fait deux tresses que j'ai enroulées en forme de bretzel sur ma nuque, où je les ai fixées avec quelques épingles à cheveux. J'ai ensuite commencé mes échauffements contre la table de la salle de conférence. J'ai étiré les jambes et fait rouler ma cheville jusqu'à ce qu'elle soit bien souple. Je n'ai pas lésiné sur les moyens. La dernière chose dont j'avais besoin, c'était que ma cheville me lâche comme la veille.

Arden est entrée à son tour. Sa tenue noire faisait ressortir l'éclat chaud et lumineux de sa peau brune. Elle m'a adressé un sourire radieux.

— Prête ?

— Prête comme jamais, ai-je répondu.

Je savais que mon sourire n'atteignait pas mes yeux, mais je faisais de mon mieux. Mes nerfs commençaient à s'infiltrer dans mes veines. L'électricité que j'avais considérée comme bénéfique quand elle me faisait flotter, légère à travers la ville, me semblait soudain dangereuse, presque semblable à un choc. J'ai respiré profondément plusieurs fois en me rappelant que tout irait bien, quel que soit le dénouement.

Ella est entrée avec un signe de la main amical, son maquillage de scène appliqué à la perfection. Charlotte a surgi derrière elle en faisant claquer ses tongs.

— Est-ce que j'ai des empreintes de lèvres sur les joues ?

Je lui ai inspecté une joue, puis j'ai fait pivoter son visage pour examiner l'autre.

— Il y a un très léger contour rose ici, oui.

— Ma mère et ses baisers étouffants..., a-t-elle grogné, non sans sourire. Je l'aime, mais pfiou. Il faut que j'aie un gant de toilette humide ou des lingettes démaquillantes quand elle est là.

J'ai esquissé un sourire.

— Tu lui as manqué.

J'ai continué mes étirements et mes bonds dans la salle de conférence, en me demandant où était Sabrina. Ce spectacle était crucial pour elle – peut-être plus que pour le reste d'entre nous, parce que son sort en dépendait encore davantage – alors il était étrange qu'elle ne soit pas encore arrivée.

J'ai sorti la tête et regardé à gauche, vers le hall. Mon champ de vision embrassait tout juste l'extrémité des rangées de chaises destinées au public. À une heure de la représentation, des spectateurs clairsemés s'y étaient installés. J'espérais pour Sage que la salle serait comble. J'ai tourné la tête à droite. Au-delà des toilettes et d'une enfilade de portes qui devaient être des bureaux, j'ai aperçu Sabrina.

Elle était recroquevillée dans un coin telle une chatte acculée contre un mur, le poil hérissé, prête à bondir. Debout devant elle, la dominant de toute sa taille, sa mère semblait lui parler à un rythme étourdissant. Sabrina se taisait. Les bras croisés en forme de bouclier, elle détournait le visage au lieu de regarder sa mère. Elle semblait résignée, mais sans colère. On aurait dit qu'elle laissait les paroles maternelles rebondir sur elle et tomber sur le sol.

Au bout d'un moment, Mme Wolfrik a paru abandonner la partie. Elle a levé les mains en l'air et s'est mise à foncer dans le couloir. Elle m'est passée devant sans m'accorder un regard, avec de grands mouvements froufroutants de hanches. J'ai eu l'impression d'être frôlée par une élégante tornade.

Pendant ce temps, Sabrina s'était effondrée à même le sol, comme un tas. Je me suis approchée avec prudence. Ma colère de la veille n'avait pas tout à fait disparu, mais je ne pouvais pas la laisser là, misérable et déprimée.

— Ça va ?

Sabrina a levé vers moi ses yeux verts, où miroitaient des larmes naissantes.

— Ça veut dire quoi : « Ça va » ?

Je me suis mise à genoux pour que nos regards soient au même niveau.

— Eh bien, je viens de voir ta mère te quitter d'une manière spectaculaire, alors j'ai pensé que la question était appropriée.

— Comment sais-tu… (Elle s'est interrompue.) C'est vrai. Tu m'as espionnée sur Internet.

J'ai haussé les épaules.

— Tu l'as fait la première.

Sabrina a haussé les épaules à son tour, comme pour signifier que nous étions quittes.

— Tout va bien avec ta mère ?

Elle a soupiré si fort que j'ai vu sa poitrine se soulever sous le débardeur noir.

— Vu que je ne lui ai pas parlé depuis plus d'une semaine, probablement pas. Je crois que le terme « déception majeure » a été répété plus d'une fois.

J'en ai eu les tripes nouées. Ma mère avait peut-être des exigences élevées, parfois absurdes, mais je savais, sans l'ombre d'un doute, qu'elle ne m'aurait jamais qualifiée de déception. J'ai bafouillé :

— Pourquoi elle dirait ça ? Je veux dire, pourquoi tu ne lui parles plus ? Il s'est passé quelque chose ?

Un silence, puis Sabrina a de nouveau soupiré, plus fort cette fois, comme si elle avait décidé qu'elle n'avait rien à gagner en se retenant.

— Comme tu l'as si astucieusement compris, ma mère et moi passions nos après-midi à nous entraîner dans son studio de danse. Et la semaine dernière, elle est venue après notre répétition pour parler à Sage. Pour la remercier.

Sabrina a pratiquement craché le mot « remercier ». Elle a secoué la tête et fermé les yeux, avant de poursuivre, les larmes aux yeux :

— Pour la remercier de m'avoir permis de faire partie du groupe. D'avoir admis une minable sans talent. D'avoir eu pitié de moi.

— Mais elle a dit qu'elle ne t'aurait pas prise si elle avait estimé que tu n'étais pas à la hauteur. Sage n'est pas comme ça. Elle ne t'aurait jamais donné une place par pitié. Elle tient trop au travail bien fait. Manifestement, elle a vu quelque chose en toi.

Sabrina a écarquillé les yeux.

— Qu'est-ce que tu viens de dire ?

— Que tu as du talent…

— Non, tu as répété exactement les propos de Sage. Comment es-tu au courant ?

Elle a plissé les yeux et serré la mâchoire.

— Tu écoutais.

J'ai senti mes joues prendre feu.

— Oui, j'étais là, ai-je répondu à voix basse. Mais je ne l'ai pas fait exprès. Je quittais le studio, j'ai poussé la porte et j'ai entendu quelques phrases.

Mon explication n'a pas adouci l'expression blessée de Sabrina.

— Bien sûr, oui. Simple coïncidence, a-t-elle marmonné.

— Je sais que ce n'était pas bien. Ça m'ennuierait que quelqu'un que je déteste ait surpris une conversation aussi personnelle. Mais pour ma défense, j'avais pensé que ce serait plus embarrassant si je passais la porte.

— Peut-être, m'a concédé Sabrina. Et je ne te déteste pas.

— Non ?

Je me suis assise par terre ; nous étions désormais côte à côte, adossées au mur.

— C'est stupéfiant, je sais.

Elle a laissé échapper un rire amer.

— Prends-le comme tu voudras, mais je ne te déteste pas non plus, ai-je répliqué.

Elle a inspiré lentement.

— Ma mère voulait que je te stoppe aujourd'hui.

Sabrina avait baissé la voix, l'air presque effrayé.

— Me stopper ?

Elle a acquiescé.

— C'est ce qu'elle m'a dit. Je savais qui tu étais avant de te rencontrer. J'avais regardé les comptes de réseaux sociaux et les sites web de chaque fille. Ma mère m'avait dit de collecter des informations. Des données. Pourquoi crois-tu que je logeais au Marian et pas chez moi ?

Sabrina a haussé un sourcil et j'ai compris. Sa mère voulait qu'elle nous espionne.

— Le premier soir, elle m'a demandé qui était ma plus grande concurrente. J'ai répondu que c'était toi. C'était évident. En plus, Sage m'avait bien fait comprendre que c'était toi qu'il fallait regarder dès le départ.

Sabrina a froncé les sourcils à ce souvenir.

— Alors ma mère m'a dit que je devais faire ce qu'il fallait pour m'assurer que rien ne m'empêcherait d'avoir ce que je méritais.

Sabrina parlait d'un timbre vide et robotique. Disparue, la passion furieuse avec laquelle elle s'était adressée à moi plus tôt dans l'été.

— C'est donc pour ça que tu as été si horrible avec moi. Le croche-pied. Les chaussettes. L'e-mail. Le mensonge au sujet de mon *abuela*.

— Oui. Je te demande pardon pour ces choses-là. Toutes.

Elle avait l'air sincère. Sa voix flanchait un peu.

— J'ai eu l'impression d'être une ordure hier. Tous les jours, en fait, mais surtout hier. Je savais exactement ce que je faisais, je te blessais, je t'angoissais à propos de ta grand-mère, et je l'ai fait quand même. Et puis ta cheville…

J'ai réagi sans hésiter.

— Je te pardonne. Et ma cheville va bien.

Sabrina a inspiré par saccades.

— Ma mère voulait que je t'enferme dans la salle verte. Ou que je glisse des pilules laxatives dans ta gourde.

Elle s'est tournée vers moi, les yeux cerclés de rouge.

— Elle a essayé de me les fourrer dans la main, tu as vu ça ?

Détournant le regard, elle l'a fixé sur ses pieds.

— J'ai refusé de l'écouter. Je ne pouvais pas le faire. Ni à toi. Ni à Sage.

Elle a ajouté dans un murmure imperceptible :

— Ni à moi non plus.

J'ai compris à quel point Sabrina avait dû se sentir mal. Le problème n'était pas seulement d'être assez douée pour obtenir un emploi. Le problème était l'avis de sa mère sur sa capacité à en obtenir un. Et les actes de Mme Wolfrik avaient prouvé qu'elle ne croyait pas Sabrina capable d'y parvenir seule.

Sans réfléchir, et sans prendre peur à l'idée qu'elle me repousse, j'ai passé un bras autour des épaules de Sabrina.

— Je suis vraiment désolée.

Elle a reniflé, et je l'ai laissée pleurer. J'ai failli lui dire à quel point ma mère avait été dure avec moi au fil des ans, mais je m'en suis empêchée. Il ne s'agissait pas de moi. Je me suis demandé ce qu'Abuela ferait à ma place. Elle disait qu'on est écouté quand on parle avec fermeté et gentillesse.

— Qu'est-ce que tu veux ? Pour toi ? ai-je demandé.

J'aurais parié que personne ne lui avait jamais posé cette question. Elle a reniflé bruyamment.

— Je ne sais pas.

— Tu as envie de bien danser aujourd'hui ?

Les problèmes de Sabrina avec sa mère ne seraient pas résolus dans l'heure, ni de sitôt, mais peut-être que la réussite du spectacle serait à même de lui donner un peu confiance en elle. Et si elle finissait par obtenir un emploi ? Eh bien, ce serait une bonne leçon pour sa mère.

— Oui, m'a répondu Sabrina en se redressant pour appuyer fermement ses épaules contre le mur.

— Tu veux le faire pour ta mère ?

Sabrina a froncé les sourcils.

— Non. Je veux le faire pour moi. Et pour vous toutes. Pour Sage aussi. Je sais que tu veux du travail. Je sais que c'est aussi ta dernière chance. Et celle de Charlotte. Et je sais qu'Ella et Arden veulent se faire connaître.

Elle a reniflé à nouveau.

— Je ne suis vraiment pas ce genre de personne. Du moins, je ne veux pas l'être.

— Je te crois. Trêve ?

J'ai tendu une main que Sabrina a aussitôt serrée avec une fermeté surprenante.

— Trêve. Je suis vraiment désolée, Tilly.

— Je suis désolée d'avoir mis le nez dans tes affaires.

— Non, je suis contente que tu l'aies fait. Non seulement j'ai arrêté de parler à ma mère, mais je me suis reposée cette semaine. Je me sens mille fois mieux sans tous ces entraînements supplémentaires. J'ai passé des semaines sur les nerfs et épuisée, et maintenant je me sens plutôt bien, en fait.

— Tu vois, Sage avait raison ! Il va falloir qu'on aille le lui dire et elle nous le rabâchera tout le reste de notre carrière.

— On ne peut pas prendre ce risque, si ?

Nous avons ri ensemble, et les problèmes de l'été, les échanges de piques, les mensonges, les manœuvres d'intimidation ont commencé à s'effacer.

Sabrina s'est levée la première, a essuyé les traces de mascara sur ses joues et s'est époussetée. Puis elle m'a tendu la main. Je l'ai saisie, laissant ma camarade m'aider à me relever.

L'heure du spectacle sonnait.

24

Juste avant notre entrée en scène, Sage nous a motivées à sa façon, moins comme une entraîneuse de football que comme une sage-femme avant un accouchement. Elle nous a rappelé de respirer et de nous concentrer et nous a assuré que tout allait bien se passer. Charlotte a pouffé de rire pendant tout le discours.

Nous sommes sorties de la salle verte en file indienne et à pas de velours. J'ai gardé les yeux baissés jusqu'à ce que j'aie atteint ma place, à gauche, jambes en V, dos droit, bras tendus, comme si je demandais au public de me donner quelque chose. C'était peut-être le cas.

L'avantage – et l'inconvénient – de cette représentation dans une salle vitrée au milieu d'un après-midi d'été, c'était la lumière. Un soleil éblouissant inondait la salle. Normalement, sur une scène, on ne voit rien, mais ici, je distinguais chaque détail. Les traits de chaque personne. Des centaines de paires d'yeux braqués sur moi.

Pendant que Sage nous présentait et en attendant le démarrage de la musique, j'ai parcouru la salle des yeux. J'ai immédiatement reconnu Jonathan Calsan, de la District Ballet Company, flanqué à sa gauche de sa première danseuse, Alyona Miller. Celle-ci était la grâce personnifiée. Je l'avais adulée l'année précédente. Rien qu'à sa vue, mon rythme cardiaque s'est légèrement accéléré. Quelques rangées plus loin, j'ai aperçu ma famille. Tatum levait les pouces sur ses genoux de manière tout sauf discrète, tandis que Seamus tentait de l'en empêcher en levant les yeux au ciel, gêné. Mon beau-père me souriait en remuant ses sourcils gris. Abuela était là avec son amie Ginger ; elles m'ont toutes les deux adressé un clin d'œil. Et puis, il y avait ma mère. Ses cheveux noirs étaient coupés plus court qu'ils ne l'avaient été depuis des années, ce qui la rajeunissait. Elle portait un nouveau rouge à lèvres et une robe d'été rose. Si elle n'avait pas été assise à côté de mon beau-père, j'aurais pu la survoler du regard sans la reconnaître. Je me suis demandé dans quelle mesure Tatum était à l'origine de ce nouveau look plein de fraîcheur. Si elle se sentait aussi légère qu'elle en avait l'air, alors peut-être que lui parler de mes projets à l'issue du spectacle ne déclencherait pas la Troisième Guerre mondiale.

L'autre voisin de ma mère était Paolo. Son bonnet gris avait disparu, et il portait une chemise bleue à col, aux manches retroussées, avec un collier tressé qui dépassait de l'encolure. Les pointes de ses cheveux bouclaient, encore humides. On aurait dit qu'il revenait de la plage. Je ne sais pas ce que ma mère en pensait – son avis devait être assez positif pour qu'elle l'ait laissé s'asseoir à côté d'elle.

Toutes les personnes qui m'aimaient et me soutenaient étaient là, alignées en une seule rangée. Cela a suffi à rassembler les morceaux épars de moi-même qui me semblaient flotter dans l'air, pour ne former qu'une seule Tilly bien solide. Juste à temps.

Aux premières notes de musique, nous nous sommes élancées. À chaque pas, je sautais en orbite, autour de la lune, puis je redescendais. J'atterrissais lorsque ma pointe de pied touchait le sol et je projetais le bras au-dessus de moi. Je tournais autour de Charlotte et Sabrina, guerrières, et je renversais mon corps. Je donnais un coup de pied à côté d'Arden et roulais devant Ella. Nous étions devenues les tueuses de dragons que Sage souhaitait que nous soyons. Lorsque la musique a ralenti pour prendre les accents d'une triste défaite, nous avons rampé et évolué sur la pointe des pieds. Lorsqu'elle a repris de l'éclat, nous avons redécollé. Je sentais la sueur couler le long de mon dos. Je n'y prêtais pas attention. Je me sentais forte, solide, confiante et complètement moi-même.

Pantelante, trempée, je savais que j'avais déjà gagné. Même s'il n'y avait pas de grand prix pour moi à la fin, j'avais accompli ce que j'étais venue faire ici. Je m'étais prouvé que j'en étais capable. Je pouvais appartenir à une ville qui m'avait semblé redoutable au début, mais qui m'avait acceptée, accueillie à bras ouverts, qui avait partagé ses secrets avec moi, du moins quelques-uns d'entre eux. Je pouvais survivre aux drames d'une vie de danseuse sans dévier du cap fixé par ma boussole morale. Et je pouvais nouer des amitiés sans avoir l'impression que celles-ci me distrayaient dans ma progression vers le bonheur et la réussite à travers la forêt hostile du doute. Mieux encore, mes amies me tenaient par la main et nous allions traverser les bois ensemble, plus fortes et plus confiantes.

Peu importait que l'on m'offre un emploi ou non. Le rêve que j'avais nourri sans le savoir était déjà réalisé.

Lorsque la musique s'est arrêtée et que nous nous sommes figées telles les statues grecques en marbre du Metropolitan, le public nous a récompensées par des applaudissements nourris. J'ai jeté un coup d'œil à Charlotte. Un sourire lui fendait le visage d'une oreille à l'autre.

Les coins de mes lèvres se sont soulevés aussi. Rien n'est plus merveilleux au monde que la gratitude d'un public à l'égard du sang, de la joie, des larmes et de la sueur que vous avez déversés pour lui sur une scène. Personne ne pourrait jamais me convaincre du contraire.

J'ai cherché ma mère parmi cette mer de visages enthousiastes. Elle avait les yeux brillants, miroitants de larmes joyeuses. J'ai senti les mêmes larmes me monter aux yeux. C'était la première fois que Maman pleurait à l'issue d'un de mes spectacles. C'était une victoire supplémentaire, peut-être la plus belle de toutes.

Sage est apparue et nous a fait signe de nous mettre au repos. Elle a tiré un micro sans fil de la poche arrière de son pantalon de smoking noir et a tripoté le nœud papillon noir assorti jusqu'à ce que tout le monde se taise.

— Mes amis, merci de vous être joints à nous aujourd'hui. C'est avec une admiration et une gratitude suprêmes que je salue la Fondation Collective des Arts – elle a fait signe à trois personnes en costume au premier rang – qui a conçu ce merveilleux projet et m'a permis d'y jouer un modeste rôle. La danse a changé ma vie à de nombreuses reprises au cours des dernières décennies, toujours de manière surprenante, et je suis très reconnaissante de pouvoir partager ces moments avec vous tous.

Applaudissements polis.

— J'espère que vous verrez ce week-end autant de spectacles que vous pourrez en caser dans votre emploi du temps. Tant de jeunes gens qui travaillent dur ont des choses passionnantes à partager avec vous. Soyez remerciés de soutenir les arts.

Sage a pris une profonde inspiration avant de poursuivre :

— C'était un spectacle personnel pour moi. Tous le sont d'une certaine manière, mais c'était mon retour à la maison. Je veux partager rapidement mon histoire – mes excuses si vous l'avez déjà entendue.

Elle nous a jeté un coup d'œil en coin et nous avons souri. Personne n'y voyait d'inconvénient.

— Il y a vingt ans, j'étais sur le point de devenir danseuse principale ici à New York. Malheureusement, mon partenaire, un jeune homme brillant qui a eu une carrière courte mais fulgurante, m'a laissée tomber, accident qui m'a amenée à changer d'orientation. Ça a été dur, je ne vous le cache pas, mais je me suis battue contre l'adversité. J'ai trouvé la force de travailler avec de jeunes danseurs, de leur apprendre à surmonter la douleur pour dénicher les éclats de lumière.

Elle s'est retournée vers nous et a souri comme un parent fier. Ça m'a bouleversée.

— Ces femmes fortes, infatigables, sont les plus beaux exemples de ce que je ne pourrais jamais souhaiter. Elles ont relevé le défi de travailler avec moi, et permettez-moi de dire que je ne suis pas toujours « tout sucre tout miel ».

Elle nous a adressé un haussement de sourcils, qui nous a fait rire.

— Mais elles se sont accrochées. Ce que vous venez de voir est le résultat de la pureté du cœur, de la force de l'esprit et de la pugnacité du corps. Je leur ai demandé de puiser leur inspiration chez des personnes qui ont combattu leurs démons. Ces personnes n'ont peut-être pas toujours gagné, mais elles ont rendu coup pour coup dans la bataille. Chère équipe, est-ce que je peux vous mettre à contribution une seconde ?

Sage a tendu son micro à la danseuse la plus proche : Ella.

— Expliquez à notre estimable public à qui vous avez choisi de penser aujourd'hui en dansant.

Ella a cligné des yeux à plusieurs reprises, faisant papillonner ses longs cils sombres. Elle a fini par dire :

— Cléopâtre et Malala Yousafzai.

Sage a acquiescé, et Ella a transmis le micro à sa voisine, Arden.

— Michelle Obama. Et Daenerys Targaryen, a déclaré celle-ci.

Sage a ri, le public aussi.

— La mère des dragons. J'approuve, a commenté notre chorégraphe.

— Esmeralda Santiago et Gerda Weissmann Klein, a dit Charlotte.

J'ai remarqué un bon nombre de hochements de tête dans le public. Puis mon tour est venu.

— Le petit chaperon rouge, ai-je commencé.

— Une tueuse de loup au sens littéral du terme. J'aime bien, a dit Sage d'un ton approbateur.

— Et Gabriela Mistral.

J'ai jeté un coup d'œil à Abuela qui a porté une main à ses lèvres, les yeux brillants.

Sabrina était la dernière. J'ai tourné la tête vers elle. Qu'allait-elle dire ? Elle était plus pâle que d'habitude, et essoufflée comme si nous venions d'arrêter de danser.

— Moi-même, a-t-elle dit à voix basse.

J'ai étendu le bras et serré sa main libre.

— Merci, Sabrina.

Sage l'a saluée d'un signe de tête puis, reculant d'un pas, elle a fait un grand geste du bras vers la salle et vers nous. Le public nous a offert une nouvelle salve d'applaudissements, et nous nous sommes inclinées.

— Merci à tous d'être venus. Bon week-end !

Sur un dernier geste d'au revoir, Sage nous a reconduites dans la salle verte. Elle a fermé doucement la porte et croisé les mains sous son menton, comme si elle allait dire une prière.

— Merci à toutes les cinq. C'était plus que magnifique. Vous avez donné vie à la vision que j'avais, et je vous en serai à jamais reconnaissante. Je vais vous laisser vous changer, mais j'espère que vous me présenterez à vos fans quand vous sortirez, d'accord ?

Elle s'est esquivée avec un large sourire.

En sortant du vestiaire, je me suis précipitée vers ma famille. Ken a été le premier à me donner une accolade en disant qu'il était fier de moi. Abuela a pris mes mains dans les siennes en disant qu'elle aurait aimé qu'Abuelo soit là pour voir cela, juste avant que Tatum et Seamus ne me serrent dans leurs bras.

— Il aurait reconnu Mistral en toi, sans aucun doute, m'a-t-elle chuchoté à l'oreille.

Ma mère se tenait à côté d'Abuela, tenant entre ses doigts son sac à main rose assorti à sa tenue. Je me suis lentement approchée d'elle, et elle m'a souri à travers ses larmes d'émotion.

— C'est la plus belle chose que j'aie jamais vue, Matilda. Tu étais métamorphosée.

Elle m'a déposé un baiser sur le sommet de la tête.

— Je ne te savais pas capable de danser comme ça, a-t-elle ajouté d'une voix pleine de respect.

— Merci, Maman. Je ne savais pas non plus. Sage est un professeur exceptionnel.

— On dirait, oui. Il faudra que tu me présentes pour que je puisse la remercier.

Ma mère m'a serrée contre elle. Elle s'est penchée pour chuchoter :

— Et Paolo ? Est-ce qu'il a joué un rôle, d'une manière ou d'une autre ?

J'ai rougi contre son épaule.

— Je l'aime bien.

— Je l'aime bien aussi.

D'un geste qui lui ressemblait si peu, elle m'a poussée doucement vers Paolo, qui tenait compagnie à Tatum et Seamus, et me regardait de ses yeux dorés.

Avec sa bénédiction, je me suis approchée de lui.

Le sourire de Paolo s'est accentué. J'ai voulu le serrer dans mes bras, mais il m'a déposé un baiser franc sur les lèvres, puis il m'a soulevée et m'a fait tournoyer sur moi-même.

— Sacré spectacle, a-t-il dit.

— N'est-ce pas !

— Incroyable, époustouflant, terrifiant.

— Terrifiant ? ai-je répété en haussant un sourcil.

— Seulement dans le bon sens du terme. Mais rappelle-moi de ne jamais te provoquer. Tu pourrais bien essayer de me tuer.

— C'est parfait. Reste sage et il ne t'arrivera rien.

— Oui, M'dame.

Sa voix rocailleuse m'a touchée au creux de l'estomac et tout s'est réchauffé à l'intérieur de moi. Il a ajouté :

— Blague à part, bravo. Je serais prêt à t'embaucher.

— Merci. De me le dire. Et d'être ici.

— Je ne voudrais être nulle part ailleurs.

J'ai souri contre sa joue.

— Tous les chemins mènent ici.

25

Notre groupe imposant restait là à bavarder, avec des crampes aux mâchoires à force de sourire. J'ai sursauté lorsqu'un bras s'est glissé autour de mes épaules. C'était Sage.

— Tu t'es bien débrouillée, petite.

— Merci, Sage, ai-je répondu, tout sourire. C'est grâce à toi.

— Taratata, a-t-elle rétorqué, faussement modeste. Qui sont ces belles personnes ?

J'ai présenté mon petit troupeau, gardant ma mère pour la fin. Sage lui a serré la main quelques secondes de plus qu'aux autres et a hoché la tête lorsqu'elles se sont regardées.

— Madame, ça a été un immense plaisir de travailler avec votre fille. Merci de me l'avoir confiée. Elle a vraiment un don.

Ma mère a rougi comme si elle était restée exposée trop longtemps au soleil. Chez elle qui rougissait rarement, c'était le signe que ce compliment lui allait droit au cœur.

— Merci de lui avoir donné cette chance. L'année n'a pas été facile pour Matilda. Je vous en suis reconnaissante.

Sa voix s'est nouée. J'ai vu Sage poser l'autre main sur celle de ma mère pour la réconforter. Même si ma chorégraphe n'avait pas d'enfant, j'ai eu l'impression d'avoir deux mamans fières devant moi.

Sage s'est tournée vers moi.

— Tilly, tu peux venir avec moi une petite seconde ?

J'ai acquiescé. Elle m'a emmenée jusqu'à l'un des bureaux situés dans le couloir, au-delà de la salle verte.

Jonathan Calsan et Alyona Miller étaient assis derrière une table ovale. J'ai senti tout l'air de mes poumons se vider. Sage m'a fait entrer, m'a adressé un clin d'œil, puis elle est ressortie en fermant la porte derrière elle avec un léger déclic.

— Bonjour, Matilda, m'a saluée Jonathan. Magnifique, ta performance. Alyona et moi avons été impressionnés par les progrès considérables que tu as faits cette année, malgré ta blessure.

— Merci, Monsieur, ai-je réussi à dire. C'est très généreux de votre part.

Il s'est raclé la gorge.

— Je vais aller droit au but. Il se trouve que nous disposons d'un poste de membre permanent à la District Ballet Company. Nous souhaitons te l'offrir.

Je me suis forcée à garder une apparence neutre et professionnelle. Mais en mon for intérieur, j'enchaînais des pirouettes joyeuses en poussant des cris incrédules. J'avais réussi. J'avais suffisamment bien dansé pour attirer l'attention de quelqu'un qui avait un emploi à me proposer, et pas n'importe qui : quelqu'un que je connaissais et respectais. Le soulagement m'a envahie lorsque j'ai pris conscience que si j'acceptais ce travail à la DBC, j'avais un poste. J'avais un chemin à suivre vers un avenir. Vers mon avenir.

Pendant une seconde, cependant, mon enthousiasme a vacillé. Et si c'était le mauvais choix ? Et si je devais être embauchée par Sage ou par une autre entreprise new-yorkaise ? J'ai imperceptiblement secoué la tête, balayant ce doute. New York représentait pour moi le rêve ultime, mais je pourrais y revenir après avoir pleinement profité de la chance extraordinaire que Jonathan m'offrait à la DBC. Je n'étais pas arrivée jusque-là pour hésiter maintenant.

J'ai regardé Jonathan, puis Alyona, dont les yeux pétillaient presque. La DBC était connue pour être innovante et moderne. Ils savaient prendre des risques, là-bas. De plus, être proche de chez moi ne serait pas forcément une mauvaise chose. Une petite voix au fond de ma tête m'a rappelé que Paolo reviendrait en Virginie pour les vacances et qu'il serait alors plus facile de le voir, s'il était partant pour poursuivre tout cela à distance. Je connaissais Washington – c'était chez moi. Si New York était une paire de bottes rouges en cuir verni, Washington était une paire de bottes pointues en peau de serpent noir. L'une était plus excitante, mais l'autre était confortable et restait pleine d'attraits.

Jonathan s'est éclairci la voix :

— Je pense que tu sais que les prises de postes dans la compagnie sont assorties d'une période d'essai.

J'ai acquiescé. Je ne craignais pas cet aspect. Je n'avais pas peur de travailler dur et je m'étais prouvé que je pouvais gérer des situations de haute pression sans m'effondrer.

Il a poursuivi :

— Je te demande d'être suivie par un kiné. On veut être sûr que ta cheville reste en parfait état.

J'ai de nouveau hoché la tête. Cette requête était sensée aussi. J'étais consciente que je risquais de me fouler la cheville un jour ou l'autre.

Jonathan s'est calé contre le dossier de sa chaise et a croisé les mains sur son ventre.

— Alors, qu'en dis-tu ?

Je lui ai souri, ainsi qu'à Alyona ; ma décision était claire.

— J'accepte, ai-je dit aussi posément que possible.

À la seconde où les mots se sont envolés de ma bouche, Alyona a bondi de sa chaise, d'une manière qui n'était pas sans rappeler mes bonds sur scène quelques instants auparavant, et m'a serrée dans ses bras.

— Je suis tellement contente, s'est-elle exclamée.

Jonathan s'est levé et m'a offert une poignée de main.

— Je vais faire rédiger ton contrat. Tu ne regretteras pas ton choix. Nous allons faire de grandes choses cette saison.

— Merci, Monsieur. J'ai hâte d'y être.

Je suis sortie du bureau dans un état second. J'avais un travail. J'avais réussi. Des années de cours et de représentations, d'orteils foulés et en sang, de pointes déchirées et de chaussettes trempées de sueur, de collants brillants et de maquillage excessif, de courbatures et de douleurs... Des années à surveiller ma ligne et à m'effondrer au lit morte de fatigue, les soirs de répétition... sans oublier un ou deux mensonges à ma mère sur mes projets, plusieurs mois passés à tenter de survivre à ma blessure en faisant de la pâtisserie pour dompter mes angoisses, quand j'avais cru que mon rêve était mort ; tout cela m'avait conduite ici. À ce moment. Je l'avais fait.

La respiration difficile, j'ai longé le couloir pour rejoindre ma famille. Ma mère me tournait le dos. Je me suis forcée à inspirer et expirer régulièrement, à mettre un pied devant l'autre.

Tel un missile à tête chercheuse, Charlotte s'est ruée vers moi :

— Tilly ! Sage me propose une place dans sa compagnie ! Je reste à New York ! Je meurs, je meurs, j'te le dis.

Une petite onde de jalousie m'a envahie. Je l'ai balayée d'un revers de main. Charlotte était mon amie. Je ne pouvais qu'être ravie pour elle. Et, ai-je pensé avec un petit sourire, je pourrais venir la voir à New York quand je le voudrais.

J'ai pris les mains de Charlotte dans les miennes et les ai serrées.

— C'est une nouvelle extraordinaire. Je suis vraiment très heureuse pour toi.

Elle m'a répondu par un sourire radieux et s'est mise à faire des bonds de cabri. Son enthousiasme contagieux m'a fait éclater de rire, et j'ai commencé à sauter avec elle, main dans la main, au milieu du Whitney Museum. Nous avons ralenti, à bout de souffle.

J'ai lâché doucement les mains de Charlotte et l'ai serrée dans mes bras en lui murmurant à l'oreille ma bonne nouvelle à moi :

— Je viens d'accepter la District Ballet Company.

Elle a sursauté et renforcé son étreinte.

— On a tué les dragons, Till.

— Oui, pour de bon.

Lorsque nous nous sommes séparées, nous avions toutes les deux les larmes aux yeux. Pour une paire de filles en quête d'une seconde chance, nous aurions certainement pu faire pire.

J'ai quitté Charlotte des yeux, sentant que quelqu'un nous observait. Ma mère. J'ai bien vu qu'elle avait assisté à l'échange avec Charlotte. Et elle savait. C'était écrit sur son visage. Quelqu'un lui avait-il dit ? Abuela ? Non. Je savais qu'elle n'aurait pas fait ça. Peut-être m'étais-je persuadée pendant des mois que je gardais le secret sur mon véritable désir, mais d'un seul coup d'œil, j'ai su qu'elle l'avait toujours su.

J'ai parcouru les cinq mètres qui nous séparaient et j'ai remarqué qu'une larme se formait au coin de son œil. Il était superflu de lui donner des explications. Je fixais les yeux de ma mère, du même brun que les miens, et elle me regardait, l'air si triste. J'ai senti mes paumes transpirer en attendant qu'elle m'adresse la parole, mais elle n'a rien dit. Normalement, lorsque ma mère était contrariée, son visage pâlissait et se colorait de taches, et parfois ses lèvres tremblaient. Mais là, elle restait calme, les joues empourprées.

Elle allait me dire que je ne pouvais pas partir. Elle allait me dire que je lui avais brisé le cœur en mentant. Elle allait me dire que je devais aller à l'université ou quitter le toit familial. J'ai ouvert la bouche, prête à énumérer toutes les raisons pour lesquelles la danse était le bon choix, pourquoi elle me rendrait heureuse, j'allais préciser que je pourrais aller à l'université plus tard, quand ma mère s'est éclairci la gorge :

— Où ? a-t-elle demandé, la voix hésitante.

— Washington D.C. La District Ballet Company.

Elle a reniflé et acquiescé.

— Tu seras tout près. Ce sera bien.

Mon cœur s'est arrêté. Elle avait dit « bien ».

— C'est ce que j'ai pensé aussi. Aussi près que Georgetown.

— Et c'est ce que tu veux ?

— Oui, Maman.

Je n'ai pas ajouté « de tout mon cœur », c'était inutile. Je savais qu'elle devinait ces mots.

Ma mère a cligné des yeux. Des larmes perlaient sur ses longs cils.

— Ce ne sera pas facile. Es-tu prête pour cette vie ? Tu devras avoir la peau plus dure que tu ne l'as déjà.

J'ai essayé d'avoir l'air confiante, comme si tout allait me glisser le long du dos.

— Je crois que j'y suis prête.

Je ne m'étais pas entraînée pendant toutes ces années pour être incapable de supporter les critiques.

Les lèvres de Maman se sont enfin mises à trembler, trahissant sa véritable peur.

— Et… et si ça ne marche pas ? Si tu fais ce saut et que…

— Et que je m'écrase au sol en me brûlant ?

J'ai souri pour lui faire comprendre que je pouvais gérer la situation si cela arrivait.

Ma mère a secoué la tête.

— Je m'inquiète pour toi. L'université est tellement plus sûre. Danser en amatrice, c'est plus sûr.

— Maman, si je ne le fais pas, je le regretterai toute ma vie.

La passion dans ma voix m'a surprise. J'étais vraiment sincère. Et j'étais sûre à mille pour cent de ne pas pouvoir vivre toute une vie avec des regrets. Je devais donc lui dire toute la vérité. J'ai respiré un grand coup et poursuivi :

— En plus, j'ai déjà reporté mon inscription à Georgetown. Je sais que j'aurais dû te le dire, mais j'avais peur.

Je l'ai regardée avec prudence, me préparant au pire.

— Je ne voulais pas que tu sois déçue, mais il fallait que je le fasse. Pour moi-même. C'est la seule chose que je veux au monde.

Les joues roses de Maman ont blêmi, et les taches familières sont apparues.

— Tu as annulé l'université et tu ne me l'as pas dit.

Ce n'était pas une question.

J'ai senti mon visage se décomposer.

— Oui. Je suis désolée.

Nous sommes restées là une éternité. J'attendais le coup suivant. Il m'était déjà arrivé de demander pardon à ma mère, mais jamais pour un mensonge aussi grave. Comme son silence se prolongeait, je lui ai pris la main. Si elle ne voyait pas à quel point j'étais convaincue de faire le bon choix, elle pourrait peut-être le sentir.

— J'aurais…, a-t-elle commencé, puis elle a marqué une pause, la voix vacillante. J'aurais aimé que tu ne te sentes pas obligée de me mentir.

— Pardon. Je ne voulais pas te blesser, Maman.

Ma voix était nouée au fond de ma gorge.

— Plus de secrets. Je te le promets.

Maman a crispé les mâchoires, mais sans lâcher ma main.

— Et la bourse d'études qui t'a été si généreusement offerte ? Et l'acompte que nous avons envoyé à Georgetown ?

— J'irai rendre l'argent. En personne s'il le faut. Je présenterai mes excuses et je les supplierai de les donner à quelqu'un qui les mérite.

J'étais prête à me prosterner à leurs pieds si cela pouvait aider.

— Et je te rembourserai l'acompte. Avec mon petit salaire, jusqu'à ce que tu aies récupéré chaque centime.

Maman a de nouveau reniflé en essuyant une larme du doigt.

— Bon… C'est une bonne chose que la couette et le ventilateur de bureau que j'ai achetés la semaine dernière puissent retourner au magasin.

Nous nous sommes dévisagées un instant, immobiles, puis nous avons toutes les deux éclaté de rire. Elle m'a serré contre son cœur, son parfum boisé me chatouillant les narines.

— Nous poursuivrons cette conversation à la maison. Mais pour l'instant, tu sais que je suis très fière de toi, oui ?

— Oui, Maman.

— Et ce sera toujours le cas. Tu es une bonne fille. Et je sais que c'est ton rêve. Tu travailles dur. Tu le mérites.

— Merci, Maman.

Elle m'a déposé un baiser sur la tête et m'a serrée dans ses bras, et toute l'anxiété résiduelle que j'avais ressentie, à cause de la représentation, de Sabrina, du travail et de ce que j'avais à lui dire, s'est dissipée. Au bout d'un long moment, ma mère a doucement repris de la distance. Elle s'est redressée en s'essuyant les yeux à nouveau.

— Ton beau-père a fait une réservation. Tu dois mourir de faim. Allons fêter tout ça au restaurant.

Maman a lissé sa robe et regardé sa montre. J'ai acquiescé, puis j'ai remarqué que quelqu'un se tenait à l'écart, dans un coin de la pièce.

— Donne-moi cinq minutes, Maman.

Sabrina avait l'air perdue. Sa mère n'était pas en vue. Je me suis précipitée vers elle et je lui ai dit :

— Tu as été formidable.

— Merci. J'ai entendu dire que tu avais trouvé un travail.

— Waouh. Les nouvelles vont vite par ici.

Sabrina a pincé les lèvres.

— Eh bien, au cas où la mauvaise nouvelle se répandrait, je voulais te le dire moi-même. On ne m'a pas proposé de travail. Et avant que tu ne poses la question, je vais bien.

Son visage contredisait ces mots. Je lui ai posé une main sur l'épaule.

— Tu vas vraiment bien ? Je sais que c'est ce que tu voulais.

Sabrina a soupiré.

— Je ne sais pas. Peut-être que je ne le voulais pas autant que je le pensais.

— Non ?

Elle a haussé les épaules.

— J'aime gagner. Perdre, c'est pourri. Mais tu sais ce que je ressens le plus à cet instant ?

J'ai secoué la tête.

— Du soulagement.

J'ai souri.

— C'est peut-être un signe.

— Peut-être, oui.

— Tu peux faire n'importe quoi, tu sais ? Voyager à travers le monde. Entrer dans un Community college[11]. Prendre un boulot de barista jusqu'à ce que tu aies pu définir tes projets.

Sabrina a observé un instant de silence, comme si elle réfléchissait aux choix possibles.

— Ça peut paraître bizarre, mais je crois que j'aimerais enseigner. Enseigner la danse.

Je lui ai souri.

— Je ne pense pas du tout que ce soit bizarre. Tu as des années d'expérience à partager.

J'ai jeté un coup d'œil vers ma famille. Ils avaient tous l'air prêts à partir.

— Tiens-moi au courant, d'accord ?

— Oui.

Nous nous sommes souri.

— Et si jamais tu passes à Washington, appelle-moi.

— D'accord.

Les yeux de Sabrina se sont plissés sur les côtés. Je ne savais pas si elle me ferait signe pour de bon, mais j'étais contente d'être arrivée à un point où j'étais heureuse de le lui proposer.

J'ai rejoint ma famille juste à temps pour entendre Tatum crier :

11. Les Community college sont des établissements qui proposent des cursus de deux ans débouchant sur un diplôme. Un peu l'équivalent des BTS en France.

— J'ai tellement faim que je pourrais manger un cheval. Braquons ce stand de glaces !

Elle a glissé son bras sous le mien.

— Je peux te dire que je suis contente que tu rentres à la maison ? New York, c'est génial et tout, et ça m'aurait parfaitement convenu de venir en bus tous les quinze jours pour squatter un studio avec toi et tes dix-sept amis danseurs, mais je suis contente que tu sois tout près. Ce sera bien d'avoir ma sœur à mes côtés pour ma terminale. Je pourrais avoir besoin de ton aide.

Elle m'a regardée avec insistance avant d'ajouter :

— J'ai entendu dire que tu étais très douée pour la rédaction des dossiers universitaires.

Nous avons ri ensemble.

— Moi aussi, je suis contente de rentrer.

J'étais sincère.

26

Après le spectacle, j'ai pris un taxi avec Charlotte et Arden pour retourner au Marian. Chacune de nous était invitée à dîner en famille. Nous avions beau savoir que nos familles nous aimaient inconditionnellement, nous estimions qu'une douche rendrait le dîner plus agréable. Je ne voulais pas non plus m'asseoir à côté de Paolo en sentant comme, eh bien, comme si je venais de danser le spectacle de ma vie. Charlotte m'a laissée me doucher en premier, parce que, m'a-t-elle dit :

— Il va te falloir un max de temps pour choisir ta tenue étant donné que tu as quelqu'un à impressionner.

— C'est pour moi seule que je m'habille, merci beaucoup, lui ai-je rétorqué en tirant la langue comme une gamine.

Sortie de la salle de bain, j'ai choisi la dernière tenue que je n'avais pas encore portée : un débardeur noir soyeux et un short blanc à bord festonné. J'ai mis une paire de chaussures compensées que je n'avais pas encore eu le courage d'étrenner – un achat impulsif –, j'ai peigné mes cheveux de manière à ce qu'ils sèchent en longues vagues dans mon dos et j'ai fixé mes lunettes rouges sur le dessus de ma tête. Même si le soleil allait bientôt se coucher, je ne voulais pas m'en séparer. Abuela me les avait données pour me mettre en confiance, et elles avaient fait leur boulot.

— Qu'est-ce que tu penses de l'offre faite à Arden ? a lancé Charlotte depuis la douche.

Arden s'était vu proposer un apprentissage dans une compagnie du Colorado. Elle allait finir son lycée là-bas tout en dansant avec la compagnie et, avec un peu de chance, une fois son diplôme en poche, elle deviendrait membre à part entière de la compagnie.

J'ai entrouvert la porte pour que Charlotte entende ma voix par-dessus le bruit de l'eau.

— Je pense que c'est bien. Il y a des gens de mon lycée qui ont accepté des offres similaires. En revanche, j'ai l'impression qu'elle n'est pas très enthousiaste à l'idée de partir si loin de ses parents.

— Il m'a semblé aussi. Elle avait l'air nerveuse dans le taxi. C'est une chose de partir un été, une autre de partir pour des années.

— Oui. Mais je suis sûre qu'elle est contente d'avoir été remarquée. Et Ella avait l'air optimiste. Elle m'a dit que son père avait tout enregistré et qu'elle prévoyait d'intégrer le spectacle au portfolio destiné aux directeurs de casting.

Ella n'avait pas reçu d'offre d'emploi, mais elle était bien partie pour réaliser son rêve de danser au théâtre.

— Elle finira peut-être par jouer dans des comédies musicales un jour, et nous pourrons alors dire que nous l'avons connue « à l'époque » et aller dans les coulisses, a dit Charlotte avec un petit rire malicieux. (L'eau s'est arrêtée de couler derrière la porte entre-bâillée.) En tout cas, plus de la moitié d'entre nous a reçu des offres d'emploi. C'est pas mal, je trouve, vu le peu de places disponibles. Cela en dit long sur Sage.

Elle est sortie de la salle de bain enveloppée dans son peignoir, un peigne à la main.

— Ça en dit long sur toi, mon amie. De toutes les danseuses qu'elle aurait pu choisir, c'est toi qu'elle a sélectionnée. Et en parlant de s'installer loin de chez soi, quel effet ça te fait ?

J'ai posé la question avec un grand sourire. Je savais que Charlotte était plus enthousiaste qu'inquiète.

— Ma mère m'a dit qu'elle allait prendre un studio dans le New Jersey pour les moments où elle viendrait me rendre visite. Elle est prête à se débarrasser du câble pour financer les allers-retours en avion.

Charlotte a haussé les épaules comme si sa mère était ridicule, mais je voyais bien que la perspective de visites familiales l'enchantait. Ma mère ferait probablement la même chose si je déménageais à New York à temps plein.

— Elle t'aime, ai-je répondu avec un sourire, en mettant une paire de boucles d'oreilles créoles en argent.

— Ta mère aussi, apparemment.

Charlotte m'a regardée par-dessus ses lunettes orange.

— Je savais qu'elle ne serait pas fâchée pour Georgetown.

— Je suis contente que tu l'aies su, parce que moi, ce n'était pas mon cas. Et elle était un peu fâchée que j'aie reporté l'inscription sans le lui dire.

— N'empêche. Elle a approuvé ton choix de la danse, ce qui ne devrait pas être une surprise. Mais c'est toujours plus facile de voir la vérité quand tu regardes les choses de l'extérieur.

— Tu as peut-être raison.

Une fois habillée, alors que nous étions toutes les deux prêtes à partir, Charlotte s'est avancée et m'a serrée fort dans ses bras.

— Tu vas me manquer.

— Tu vas me manquer aussi. Tu as été pour moi le plus grand rayon de soleil de cet été.

— Ah oui ?

— Sans aucun doute. Merci de m'avoir montré que j'avais besoin de plus de gens sur mes photos.

Elle a ri.

— Bien contente.

Comme pour appuyer ces mots, elle a sorti son téléphone et nous avons pris une dernière photo ensemble, pour immortaliser les grands sourires de deux filles qui sortaient d'un été extraordinaire.

Tatum a utilisé une méthode très scientifique pour choisir le restaurant de ce dîner de fête.

— J'hésitais entre l'un des restaurants de Mario Batali – il en a un million – et le Scarpetta de Scott Conant. J'ai choisi Scott parce que je n'aime pas du tout le fait que Mario soit en short et en sabots dans son émission.

Elle a dit cela comme s'il s'agissait d'une raison parfaitement valable.

— Tu as regardé le menu ? lui ai-je demandé.

— Évidemment, grosse maline. Les deux avaient l'air bien, alors les sabots ont fait la différence.

Nous nous sommes rendus au restaurant à pied depuis l'hôtel où logeait ma famille. Lorsque nous sommes arrivés en vue de la porte, j'ai aperçu Paolo qui nous attendait devant. Même à cette distance, une douce chaleur m'a envahie. Quand je l'ai rejoint, il m'a pris la main et m'a embrassé la joue.

— Je t'ai dit à quel point j'aimais ces lunettes de soleil ? m'a-t-il murmuré à l'oreille.

— Une fois ou deux.

Ken a commandé une bouteille de champagne pour les adultes et, pour nous, une série de mocktails recommandés par le serveur. Il a levé son verre.

— À notre Tilly. Nous sommes tellement fiers d'elle.

— Merci, Ken.

Dans le monde des beaux-pères, ma mère m'en avait choisi un bon.

— *Salud*, a joyeusement embrayé Abuela.

— *Salud*, Abuela.

J'ai fait tinter mon verre avec le sien.

— À mon tour, a déclaré Tatum. À la sœur la plus talentueuse que j'aurais jamais pu demander.

Elle m'a souri par-dessus son Shirley Temple.

— C'est vrai, c'est vrai, a renchéri Seamus.

Tous les regards se sont tournés vers Paolo. Celui-ci s'est éclairci la voix et a levé son verre. Je lui ai été reconnaissante d'accepter d'être mis sur la sellette.

— Ma famille italienne dit « *Cin cin* », ce qui signifie : « Toutes les bonnes choses pour vous ». Donc, *cin cin*.

Il a levé son verre plus haut et tout le monde a fait écho à ses paroles.

Ma mère m'a regardée à travers la lumière des bougies de la table et a hoché la tête.

— Félicitations, Matilda. S'il te plaît, ne nous oublie pas dans ton ascension vers la célébrité.

Je savais que c'était du second degré, mais je l'ai quand même rassurée :

— Je ne pourrais jamais vous oublier, Maman. Vous serez au premier rang de tous mes spectacles. Même ceux où j'apparais une minute sur scène, et encore, tout au fond.

Je savais qu'on ne me mettrait pas au premier plan avant que j'aie fait mes preuves, et cela pouvait prendre des années.

— Billets de spectacle à volonté ! a crié Tatum, probablement un peu trop fort, mais nous avons tous ri.

Le dîner est arrivé ; il s'est révélé délicieux. Le spectacle et le stress m'avaient affamée, si bien que j'ai vidé mon assiette et qu'il me restait de la place pour le dessert. Au moment où nous terminions nos tartes au caramel salé, ma mère a pointé sa fourchette vers Paolo, qui m'avait tenu la main sous la table pendant la majeure partie du repas, quand nous n'étions pas en train de couper les aliments dans nos assiettes.

— Et quels sont tes projets à toi, jeune homme ? L'université ? Le conservatoire ?

Paolo s'est redressé avec fierté.

— Je vais étudier les percussions et l'histoire à Oberlin. Mes deux passions.

Maman m'a regardée comme si elle me posait la question que je voulais poser à Paolo. Elle a repris :

— Au moins, l'Ohio n'est pas trop loin. Je suis sûre que tes parents en sont ravis.

— Juste assez loin pour qu'ils ne puissent pas venir me voir sur un coup de tête, a répondu Paolo avec un rire léger. Mais je crois que je vais devoir m'offrir un forfait très haut débit pour mon téléphone, vu tous les appels vidéo que je prévois.

Il m'a doucement touché la tête avec la sienne.

Un sourire m'a fendu le visage d'une oreille à l'autre. Tatum s'est couvert la bouche d'une main et a baissé les yeux sur son assiette en pouffant discrètement.

— Peut-être que je la convaincrai de se faire tatouer, pendant l'une de nos conversations, a ajouté Paolo avec malice.

J'ai souhaité qu'il soit socialement acceptable de ramper sous la table. Les sourcils de ma mère se sont pratiquement envolés vers le ciel, tandis que Tatum en restait bouchée bée. J'ai jeté un coup d'œil réprobateur à Paolo.

— Je ne me ferai pas tatouer, Maman. Pas d'inquiétude, ai-je dit en rougissant.

Paolo a gloussé à côté de moi. J'ai lu « Pas pour l'instant » sur ses lèvres. Je lui ai donné un coup de pied sous la table. Il m'a pris la main et l'a serrée fort.

— Moi, j'envisageais de me faire tatouer, en fait, a glissé Abuela, l'air espiègle. Tu pourrais peut-être m'aider à choisir le motif, Paolo.

— J'en serais honoré, Madame.

Abuela lui a souri et m'a adressé un clin d'œil. J'ai éclaté de rire, certaine que c'était ma mère qui rêvait subitement de ramper sous la table.

Le lendemain matin, après avoir utilisé trois fois le bouton « Rappel » du réveil de l'hôtel, Tatum s'est retournée et a demandé d'une voix à demi étouffée par son oreiller :

— Tu regrettes de ne pas rester en ville ?

Blottie sous les couvertures, j'ai étiré mes jambes au maximum.

— Non, pas vraiment. Je veux dire, oui, ça aurait été génial de vivre ici au quotidien, mais peut-être que le charme de la nouveauté s'estomperait avec le temps ?

Tatum a levé la tête et m'a décoché un regard sceptique.

— Tu plaisantes ?

Nous nous sommes dévisagées une seconde, puis nous nous sommes effondrées de rire sur nos lits.

— D'accord, tu as peut-être raison. Je suis sans doute en train d'essayer de me convaincre que je veux rentrer à la maison. Pas besoin de me convaincre vraiment, d'ailleurs, vu que je ne serai pas à la maison. J'aurai mon appartement en ville et ce sera amusant de redécouvrir Washington D.C.

— Voilà ! C'est ça qu'on veut entendre, a approuvé Tatum en étirant les bras au-dessus de sa tête.

— Et en plus, on a prévu une merveilleuse journée. Je ne vais pas être triste pour mon dernier jour ici. Je veux en profiter.

Nous nous sommes habillées avant de rejoindre le reste de la famille, ainsi que Paolo, pour une dernière aventure.

— Tu sais que j'ai rêvé de monter dans un grand bus rouge une fois ? L'été dernier.

L'idée de ce trajet en bus venait de Paolo. Il avait dit à Ken et à ma mère, lors du dîner, que c'était un moyen facile de voir la ville et de décider ce que l'on voulait retourner voir de plus près. Il avait ajouté, sourire aux lèvres :

— Dans mon enfance, nous faisions ce tour tous les deux ou trois ans. Pour voir si la ville changeait.

— Excellente idée, fiston, avait dit Ken, enthousiaste. Faisons ça.

Seamus et Paolo s'étaient fait un check discret et rapide, comme si, avant ces retrouvailles familiales, ils s'étaient échangé des astuces sur le thème « Plaire au papa ».

Un quart d'heure plus tard, nous étions assis sur le pont supérieur du bus, à parcourir Broadway tandis que le chauffeur nous racontait l'histoire de New York. Je me suis calée dans mon siège, j'ai mis en place mes lunettes de soleil rouges et je me suis souri à moi-même. Avec la main de Paolo dans la mienne et mon avenir sur le point de commencer, la ville électrique crépitait doucement dans mes veines. Je n'étais pas encore new-yorkaise, mais je savais, de tout mon être, que je reviendrais un jour.

Remerciements

Pendant que je travaillais sur ce livre, l'une de mes plus chères amies du lycée est décédée subitement et tragiquement.

Quelques semaines plus tard, l'inimaginable est survenu, et nous avons perdu un autre ami. Dans les jours qui ont suivi, malgré le choc et le chagrin, il s'est produit quelque chose de beau. Les autres membres de notre cercle se sont retrouvés, ont partagé des photos et des histoires. Malgré la distance physique, nous avons renoué notre amitié comme nous ne l'avions pas fait depuis longtemps. J'ai toujours su que j'avais eu de la chance de vivre une expérience aussi positive à l'adolescence, mais j'ai été réconfortée de constater à quel point ces personnes étaient merveilleuses, à quel point elles avaient influencé ma vie et continuaient à le faire. Amis de la WSHS, c'est grâce à vous que j'ai passé de si bons moments au lycée. C'est grâce à vous que j'écris sur des enfants qui bénéficient d'amitiés, d'alliés et de passions solides.

Merci d'être des amis extraordinaires, hier comme aujourd'hui.

Toute ma gratitude à mon éditrice, Jillian Manning, qui a voulu ce livre et y a travaillé si dur. Je suis ravie que tu aies trouvé Tilly « fascinante » et que tu aies compris que les personnages plus discrets recèlent parfois une profondeur cachée. J'ai de la chance de t'avoir dans mon équipe.

Merci à mon agent, Kevan Lyon, d'avoir mis cette histoire au défi d'être la meilleure possible, et de ne pas avoir jeté par la fenêtre mon flot d'e-mails obstinés.

Merci à toute l'équipe de Blink : Mary Hassinger, Sara Merritt, Liane Worthington, Marcus Drenth, Ron Huizinga, Denise Froehlich, Londa Alderink, Annette Bourland. Je suis très reconnaissante de pouvoir compter sur un groupe de collaborateurs aussi enthousiastes. Merci à Amy Sisoyev pour son aide et son soutien. Et champagne à Darren Welch, qui a créé pour moi de si belles couvertures.

Un auteur n'écrit pas en solitaire. Je ne pourrais rien créer sans Katherine Locke, Rebecca Paula, Leigh Smith, Rebekah Campbell et Sarah Emery. C'est grâce à vous que mes livres et moi-même sommes meilleurs. Un grand merci à Lauren Karcz, Catlihn Nguyen, Melissa Roske, Chloe Roske, Nadine Jolie Courtney, Sunhi Keller, Katy Upperman, Angele McQuaid, Olivia Hinebaugh, Kristin Lippert-Martin, Heather Maclean, Stephanie Morrill, Alison Gervais, McCall Hoyle, Sonia Belasco, Leah Henderson et Heather Van Fleet pour votre franchise, votre camaraderie et votre prévenance.

Toute ma gratitude à Suzette Henry, Melissa Donoghue, Kat Pacenka, Amanda Summers et Amy Burns, pour leur amour et leur amitié. Merci de m'avoir soutenue pendant toutes ces années.

Merci à tous les bibliothécaires, enseignants, lecteurs et blogueurs qui ont soutenu mes livres – vous êtes mon univers.

Merci à ma famille pour son amour et son soutien sans faille. Je reçois les meilleurs encouragements qui soient.

Et à ceux qui doivent me supporter tous les jours, mes amis : je vous aime pour toujours. Merci pour tout.

L'autrice

Christina June écrit des romans contemporains pour jeunes adultes quand elle ne rédige pas des lettres de recommandation pour les universités dans le cadre du métier qu'elle exerce en journée : conseillère scolaire. Elle aime les petits moments de la vie qui aident quelqu'un à découvrir ce qu'il peut devenir, qu'il s'agisse de ses élèves ou de ses personnages. Christina lit avec voracité, aime voyager, mange trop de cupcakes et espère un jour vivre sur deux côtes – la côte est des États-Unis et la côte est de l'Écosse. Elle habite tout près de Washington D.C. avec son mari et sa fille.

PEFC
PEFC/18-32-94

Certifié PEFC

Ce produit est issu de forêts gérées durablement et de sources contrôlées

www.pefc-france.org

Cet ouvrage est imprimé grâce à des encres à base d'huile végétale,
garantissant la démarche de développement durable
de l'éditeur et de l'imprimeur.

Achevé d'imprimer en juillet 2025
par Rotolito en Italie
N° d'édition : 25L0925
Dépôt légal : septembre 2025